REGNO - DOPO L'ASCENSIONE

GLI ULTIMI UOMINI: LIBRO 3

DIMA ZALES

♠ MOZAIKA PUBLICATIONS ♠

Copyright © 2023 Dima Zales e Anna Zaires
www.dimazales.com/book-series/italiano

Traduzione italiana: Sabrina Scalvinoni

Pubblicato da Mozaika Publications, stampato da Mozaika LLC.
www.mozaikallc.com

Copertina di Najla Qamber Designs
www.najlaqamberdesigns.com

e-ISBN: 978-1-63142-881-4
ISBN: 978-1-63142-882-1

1

Trabocco di felicità mentre cammino sulla spiaggia con le dita intrecciate a quelle affusolate di Phoe. Mi vengono in mente i momenti salienti del nostro tempo libero: divertirci sotto il sole, leggere libri, ascoltare musica, guardare film, nuotare nelle acque calde dell'oceano, mangiare le squisite invenzioni culinarie di Phoe e molte attività intime che i residenti di Oasis considererebbero oscene o peggio. Abbiamo trascorso quelle che sembrano settimane a fare tutto questo, qui sulla spiaggia paradisiaca ideata da Phoe. Attualmente, sono una mente caricata – cioè un backup a cui lei ha dato vita – ma il nostro divertimento non è sicuramente meno reale. In tutto questo tempo soggettivo, sono passati solo pochi minuti nel mondo reale di Oasis, dove il mio corpo biologico sta dormendo nel suo letto.

In teoria, potremmo continuare per tutta la notte,

un periodo che qui corrisponde a molti anni. Quest'idea mi rende indeciso. "Proverò sonnolenza domani mattina, se passerò tutta la notte qui? Oppure il mio corpo dorme a prescindere da ciò che fa questa versione della mia mente?"

"Ti sentirai riposato." La voce di Phoe è serena come la schiuma che si raccoglie intorno ai miei piedi. "Ti sembrerà di aver fatto il sogno più lungo mai sperimentato da una persona."

"Fantastico" mormoro, poi camminiamo sulla spiaggia per altri tre chilometri. Mi concentro sulla piacevole sensazione dei miei piedi che toccano la sabbia, sul pungente odore delle alghe e, soprattutto, sulla sensazione della delicata mano di Phoe che stringe la mia.

Mentre osservo l'oceano infinito, tutti i nostri ultimi problemi sembrano molto lontani. È difficile credere che gli orrori del gioco della TIRI e le torture di Jeremiah si siano verificati solo tre giorni fa, e ancor più difficile è digerire tutta la follia rappresentata dal Compleanno. Il mio stratagemma per dimenticare Phoe tramite l'Oblio per ingannare la Lente della Verità, raggiungere quell'edificio nero su un disco volante, affrontare quell'orribile Test... tutto ciò sembra incredibilmente distante in questo momento. Perfino la scoperta che i membri del Consiglio non muoiono, ma che con l'ascensione raggiungono un luogo chiamato Regno – un'esistenza simile al mondo virtuale in cui mi sto divertendo – sembra risalire a molto tempo fa.

La tensione espressa dalla mano di Phoe fa scoppiare la bolla dei miei sogni a occhi aperti, perciò mi giro per guardarla.

Ha smesso di camminare e ha un'espressione strana. Prima che possa chiederle cosa c'è che non va, allontana la mano di scatto e si stringe la testa, come per proteggersi. Arretra con i lineamenti contratti per l'agonia.

Il mio cuore accelera. "Phoe?" Avanzo di un passo verso di lei.

Continua a indietreggiare, cullandosi la testa tra le mani. "Sta succedendo qualcosa" dice a denti stretti. "È grande come tutta Oasis..."

"Ciao" la interrompe una strana voce gorgogliante. "Distruggerti qui, in questo piccolo ambiente, così come in qualsiasi altro luogo, non dovrebbe essere un problema per me."

Mi guardo intorno freneticamente.

Non c'è nessun altro a parte noi, tuttavia riconosco quella voce.

È la versione più giovane di quella di Jeremiah, anche se sembra immersa nell'acqua.

"Theodore" dice con quella strana voce. "Devo dire che sono sorpreso di vederti collaborare con questa futura nullità."

"Che cosa succede, Phoe?" penso, opponendomi a una vertigine improvvisa. "È uno scherzo?"

Prima che Phoe possa rispondere, la sabbia alla mia destra scintilla e si solleva, come se un vento potente la soffiasse verso l'alto dal sottosuolo. La sabbia forma una piccola duna e si trasforma in una sostanza torbida, densa, simile a un liquido. Ricordo di aver letto che il vetro è fatto di sabbia e per un momento mi chiedo se io stia vedendo proprio questo: una sorta di vetro fuso. Al di là del tipo di sostanza, essa comincia a solidificarsi, prendendo forma.

"La situazione è gravissima" sussurra Phoe nella mia mente. Ho l'impressione che, se parlasse normalmente, le tremerebbe la voce.

"Perché?" Cerco di non farmi prendere dal panico. "Che cos'è questa..."

Un fruscio alla mia sinistra attira la mia attenzione. Mi giro e vedo che in quel punto si sta verificando lo stesso processo della sabbia che si tramuta in una sostanza liquida.

Sto per ripetere la domanda, quando sento un altro fruscio alla mia destra e noto la stessa trasformazione anche lì.

Con il cuore che corre all'impazzata, guardo Phoe. Sta fissando la sostanza liquida alle mie spalle con un'attenta determinazione che sfocia nel terrore.

Seguo il suo sguardo e devo sbattere le palpebre più di una volta.

Adesso si riesce a distinguere la forma liquida di destra per quello che è... non che ciò abbia molto senso. La duna è molto più grande e, invece del vetro fuso, mi ricorda una medusa. Sulla sommità di quel grumo amorfo si scorge vagamente un volto umano. In qualche modo, assomiglia a quello di Jeremiah, ma se non avessi sentito la sua voce, forse, non me ne sarei neanche accorto.

Quella creatura comincia a ondeggiare da una parte all'altra, apparentemente per muoversi in avanti. Dove quell'abominio tocca la sabbia, quest'ultima si trasforma nello stesso protoplasma viscoso e trasparente di cui è composta la creatura. Mi guardo intorno freneticamente. Si sta verificando lo stesso processo dappertutto, sebbene il grumo-Jeremiah alle mie spalle sia solo alle prime fasi del suo sviluppo gelatinoso.

"Phoe, l'hai creato tu?" chiedo, disperato e speranzoso. "È questa la tua idea di divertimento? Materializzare un incrocio tra Jeremiah e un'ameba gigante?"

"No, non l'ho creato io." Il tono di Phoe è decisamente ansioso. "E invece di paragonarlo a un batterio, sarebbe più preciso dire che si tratta di un virus."

"Un vi..."

Vengo interrotto dagli improvvisi movimenti di Phoe, che gesticola facendo comparire un oggetto tra le sue mani. Sembra un incrocio tra un aspirapolvere antico e un bazooka.

Lo punta verso il grumo-Jeremiah di destra – il più grosso – e preme il grilletto.

Con uno strillo, la strana creatura viene risucchiata dall'arma di Phoe. Non appena sparisce, Phoe punta l'arma verso una zona sabbiosa a pochi passi di distanza e preme nuovamente il grilletto. Con un disgustoso fiotto liquido, metà della creatura vola, mentre l'altra metà si riversa sulla sabbia lasciandosi dietro schizzi di frammenti e brandelli. Ovunque cada una goccia di protoplasma, si solidifica un nuovo grumo. Ora che so cosa cercare, vedo il volto di Jeremiah materializzarsi in ogni creatura.

Phoe mi prende per mano e, stringendola forte, mi trascina nell'area sabbiosa da lei creata con il bazooka aspirapolvere. Le amebe di Jeremiah – o virus, se Phoe ha ragione – ci inseguono, scivolando, come giganteschi lumaconi. Nel frattempo, noto con orrore che la sabbia dietro di loro si sta tramutando in altre creature simili.

Phoe lascia cadere l'arma e alza le mani con i palmi rivolti verso il cielo. Quel gesto viene seguito da un lampo accecante. Per un attimo non riesco a vedere nulla. Quando metto di nuovo a fuoco, noto che sulla spiaggia sono comparse altre due persone, esattamente identiche a Phoe. Le due donne con i capelli dal taglio pixie esaminano i lumaconi in avvicinamento.

La versione originale di Phoe raccoglie quella specie di bazooka e lo usa per sparare al grumo che striscia subito dietro di noi.

"Non toccare quella sostanza." Mi prende per

mano di nuovo, poi mi trascina di corsa lungo la sabbia non contaminata, che sta diminuendo rapidamente.

Guardo indietro inevitabilmente. Le altre due Phoe alzano le mani, imitando il gesto con cui lei le aveva create. Distolgo lo sguardo, ma gli occhi mi bruciano lo stesso a causa del lampo, doppiamente luminoso rispetto all'ultima volta. Non appena la luce si dissolve, guardo indietro. Non mi meraviglio di vedere quattro copie di Phoe. Loro quattro alzano le mani verso il cielo. Distolgo lo sguardo e socchiudo gli occhi, ma i lampi quasi mi accecano anche stavolta. Le quattro Phoe sono diventate sedici.

La mia guida mi strattona la mano, allora accelero il passo. Un grumo-lumacone è a pochi centimetri dalla mia gamba quando la mia Phoe, quella che tiene in mano l'aspirapolvere, usa la sua strana arma per rimuovere quell'essere dal nostro cammino.

"È inutile" dicono all'unisono le voci di Jeremiah. "Sai che stai solo rimandando l'inevitabile. Ti ho ripulita abbastanza da dimostrartelo, vero? Oppure la tua ricostruzione umanoide rende più stupida questa parte di te?"

Guardo indietro e vedo che le sedici Phoe reagiscono puntando le mani verso il cielo. Dopo un lampo luminoso come una supernova, si moltiplicano ancora una volta. Dato che ogni nuova serie corrisponde al quadrato della precedente, deduco che adesso ci siano 256 copie di Phoe e, se le osservo, conto più o meno questa quantità. Se ripeteranno l'operazione, diventeranno più di sessantamila.

Il virus, o qualsiasi cosa sia, deve aver fatto gli stessi calcoli ed è determinato a metterle i bastoni fra le ruote. Come un sol uomo, le centinaia di componenti di Jeremiah si gettano verso il gruppo di Phoe.

È una scena dolorosa da guardare. Dove la poltiglia degli aggressori entra in contatto con la pelle di Phoe, l'epidermide si trasforma in quella disgustosa sostanza viscida, poi Phoe si scioglie rapidamente, cominciando a trasformarsi in protoplasma trasparente. La parte veramente orribile è la fine di quella trasformazione. La sfortunata versione di Phoe in questione si tramuta inevitabilmente in un'altra componente del lumacone-Jeremiah.

Le altre Phoe non aspettano di condividere lo stesso destino della loro sorella: gesticolano e dei bazooka aspirapolvere compaiono tra le loro dita graziose. Con quelle armi riescono a respingere l'ondata dei Jeremiah.

La versione di Phoe che mi tiene per mano guarda indietro e sgrana gli occhi. Dice frettolosamente: "Non resisterò ancora per molto. Ho scritto questa copia di me stessa – con ciò che ricordo di te – nella DMZ, o Limbo. Se dovessi riprendermi da questo attacco..."

Il mondo subisce una scossa.

Seguo lo sguardo pietrificato di Phoe, ma non riesco a interpretare la scena.

Quello che consideravo l'oceano non è più

costituito da acqua salata, bensì dalla mostruosa sostanza di Jeremiah che ci circonda. Se il mio cuore non fosse una simulazione, credo che avrebbe subito un arresto. L'oceano intero comincia a raccogliersi in una forma. In lontananza risuonano fragorose risate, simili a uragani, e uno tsunami grande come una montagna atterra sulla spiaggia, portando con sé milioni di litri di quel disgustoso protoplasma. Investe le altre copie di Phoe, che a malapena combattono, dopodiché sfreccia verso l'ultima Phoe e me.

Phoe si posiziona davanti a me, affrontando con coraggio lo tsunami, e grida: "Ti riscriverò nella mente del Theo addormentato!"

Non appena comprendo il significato delle sue parole, la mia coscienza si disattiva.

2

Attraverso le nebbie del sonno, sento un rumore simile a una sirena.

Con estrema chiarezza, ricordo ciò che è successo sulla spiaggia e la sonnolenza svanisce. Prima di aprire gli occhi, comunico mentalmente a Phoe con forza: "È stato solo un sogno? E se non era un sogno, allora cosa diavolo era quello?"

Phoe non risponde. Il rumore simile a una sirena, invece, diventa più forte.

"Phoe?" subvocalizzo.

Non risponde, ma l'allarme, o qualsiasi cosa sia, riecheggia ancora di più.

"Phoe!" sussurro, prima di aprire gli occhi.

Vengo colpito da lampi di luce rossa, che mi costringono a sbattere ripetutamente le palpebre.

"Cos'hai biascicato un attimo fa?" chiede Liam.

La voce del mio amico è proprio accanto al mio

orecchio. Rotolo lontano con un sussulto. Forse la mia mente confusa mi sta giocando qualche scherzo, ma Liam sembra spaventato, uno stato d'animo che non lo ritenevo capace di provare.

Quando i miei occhi si adattano, distinguo i lineamenti di Liam che si sta chinando sul mio letto. Ha le sopracciglia unite nella sua tipica espressione da 'bruco frontale'. Le luci rosse tremolanti gli conferiscono uno strano bagliore.

"È scattata una specie di allarme" dice Liam mentre mi alzo a sedere. "Non ho mai visto niente del genere."

"Strano" mormoro, posando i piedi a terra ed eseguendo il gesto per avviare l'igiene orale.

Non succede alcunché.

Eseguo il gesto per il Cibo e l'acqua: niente.

Proprio mentre sto tentando con un comando mentale, sento che Liam interviene: "Se stai cercando di aprire uno Schermo, o di materializzare qualsiasi altra cosa, sappi che non funziona. Qui dentro è come nella Prigione delle Streghe."

Per confermare le sue parole, eseguo un gesto per visualizzare uno Schermo.

"Te l'avevo detto" dice Liam quando non appare nulla. Sembra avere il respiro pesante.

Cerco – senza risultati – di richiamare uno Schermo col pensiero.

"Phoe, che cazzo?" esclamo, alzandomi in piedi.

Liam mi guarda confuso, ma Phoe non risponde

nonostante io l'abbia chiamata ad alta voce: la conferma finale di ciò che so già.

È successo qualcosa di terribilmente grave. La domanda è: cosa?

Senza le mie solite scarpe, i miei piedi si trasformano in ghiaccioli non appena toccano il pavimento freddo. Li ignoro e giro in tondo nella stanza, tentando di comprendere la situazione. Quella luce rossa tremolante proviene da ogni direzione e sostituisce la normale illuminazione bianca.

"Hai controllato se la porta è sbloccata?" chiedo a Liam, gridando poi mentalmente a Phoe: "Dove sei? Che diavolo sta succedendo?"

Ancora non risponde. Liam si avvicina alla porta ed esegue un gesto, ma la porta non reagisce al comando.

"Cerca di aprirla manualmente" suggerisco, disperato, poi imploro di nuovo Phoe con la subvocalizzazione.

Sempre silenzio.

Liam spinge la porta ed essa si apre, ruotando verso il corridoio. L'allarme continua a riecheggiare. Chissà se è una sorta di 'esercitazione antincendio' o un problema reale. L'aria all'interno della stanza sa proprio di muffa ed è insolitamente ferma.

Il respiro di Liam sembra confermare quest'ultima supposizione: il suo petto si alza e si abbassa ad un ritmo veloce e faticoso. Naturalmente, non deve trattarsi per forza di avvelenamento da monossido di carbonio: potrebbe essere dovuto anche solo alla paura.

"Attenzione" avvisa Phoe con una voce impostata e potentissima. "Attenzione, prego."

"Phoe!" grido mentalmente, ma poi noto che Liam sta prestando attenzione, come se l'avesse sentita anche lui.

"La produzione e la circolazione dell'ossigeno sono compromesse. Evacuare immediatamente l'edificio" ordina la voce tonante di Phoe.

"È una procedura?" chiede Liam.

Le mie sopracciglia si sollevano. "Hai sentito anche tu?"

Liam inclina la testa con la fronte corrugata. "Beh, perfino un sordo avrebbe sentito."

"La produzione e la circolazione dell'ossigeno sono compromesse. Evacuare immediatamente l'edificio" ripete la voce e mi rendo conto che, nonostante sembri quella di Phoe, non è lei al cento per cento. Ora che presto maggiore attenzione, sembra la registrazione della voce di Phoe trasmessa da uno di quegli antichi sistemi telefonici automatizzati. È priva di qualsiasi emozione e la dizione è leggermente sfasata.

Liam esce in corridoio, ma un attimo dopo torna nella stanza. "Ci conviene andare." La sua voce è insolitamente rauca. "Tutti gli altri se ne stanno andando."

Come per sottolineare il suo suggerimento, la voce meccanica di Phoe ripete l'ordine di evacuazione.

"Va bene" rispondo. "Andiamo."

Nel corridoio, le luci rosse sono più luminose e il sinistro annuncio rimbomba più forte. I Giovani che Liam aveva visto prima sono fuggiti, lasciando il corridoio completamente deserto.

Sempre più a disagio, io e Liam cominciamo ad attraversarlo di corsa. Nel frattempo, calcolo la distanza da coprire e maledico il Theo degli anni addietro. Quando dovevamo scegliere i nostri alloggi, avevo deciso *io* di prendere una stanza all'ultimo piano e nell'angolo più remoto dei Dormitori. In difesa del Theo più giovane, non credevo che su Oasis potesse verificarsi un'emergenza. In un certo senso, non riesco ancora a credere che stia succedendo per davvero.

"Phoe!" grido mentalmente. "Phoe, se non mi rispondi, non ti rivolgerò mai più la parola."

Non risponde... salvo considerare l'annuncio meccanico una risposta.

Quando giriamo l'angolo, vedo due Giovani trafelati che corrono verso le scale. Hanno un enorme vantaggio su di noi.

Il respiro di Liam si sente molto chiaramente, il che mi preoccupa. Con ottimismo, spero che Liam stia respirando in quel modo perché ha accantonato gli esercizi di cardio, ma so che, probabilmente, fatica a respirare a causa della carenza di ossigeno nei Dormitori ed è in stato di asfissia, un problema che avevo incontrato solo nei libri e nei film.

Esaminando me stesso, mi rendo conto che il mio

respiro è del tutto normale. Per un attimo resto sbalordito, poi mi ricordo dei Respirociti: le nano-macchine che Phoe aveva attivato nel mio flusso sanguigno un paio di giorni fa. Questa tecnologia svolge la stessa funzione dei globuli rossi, ma i Respirociti sono centinaia di volte più efficienti nel trasportare l'ossigeno rispetto ai loro piccoli compagni biologici. Quando Phoe li aveva attivati per la prima volta, li avevo testati trattenendo il respiro durante la corsa, ed era stato un gioco da ragazzi. Avevo fatto ricorso ai Respirociti anche per sopravvivere all'attacco di una Guardia che tentava di soffocarmi.

La mia egoistica introspezione si interrompe quando vedo Liam che fatica ad aprire la porta che immette sulla tromba delle scale.

"Lascia fare a me" dico.

Quando allontana la mano, tiro la porta. Si apre con molta facilità, al punto che, preoccupato, mi meraviglio dello sforzo che occorreva compiere a lui.

Scendiamo le scale di corsa. Non posso fare a meno di notare che il respiro di Liam sta diventando sempre più frenetico e che la sua velocità diminuisce sempre di più ad ogni passo.

"Ehi, vuoi appoggiarti a me mentre scendiamo?" gli chiedo quando la sua corsa si riduce a una camminata prudente.

"Io che mi appoggio a *te*?" ansima Liam. Sebbene faccia palesemente fatica a parlare, la sua espressione cupa si rallegra un po'. Pensa che io stia scherzando perché lui era sempre considerato il più forte nel nostro gruppo. "Giusto. Come no. Ora chiudi la bocca. I livelli di ossigeno sono bassi e lo stiamo sprecando a parlare."

"È solo che la discesa è più facile per me" rispondo. "C'è un motivo e ti spiegherò quando saremo all'aperto, ma fidati di me se ti dico che dovresti essere aiutato."

Scuotendo la testa con ostinazione, Liam continua a scendere più velocemente, ma questo improvviso accumulo di energia non dura a lungo. Mentre ci avviciniamo al primo piano, vacilla e, per evitare di cadere, rallenta fin quasi a strisciare. Dopo un momento, sembra addirittura non essere più in grado di camminare lentamente, allora si aggrappa ansimante alla ringhiera.

"Okay, basta così. Adesso ti fai aiutare." Senza attendere le sue proteste, lo afferro per il braccio sinistro, che appoggio dietro il mio collo. Quando lo sostengo con fermezza, procedo il più velocemente possibile.

Credevo che Liam si sarebbe lamentato, invece emette un grugnito di gratitudine e si appoggia contro di me mentre scendiamo. Premo l'indice contro il suo polso per controllare furtivamente il battito cardiaco. La rapidità con cui batte il suo cuore è spaventosa. Lo squadro, mantenendo un'espressione neutrale per mascherare la preoccupazione. È difficile stabilire se si tratti di un effetto collaterale dell'allarme rosso, ma gli occhi di Liam sembrano iniettati di sangue e il suo volto è di un pallore azzurrognolo. Oltre a tutto ciò, ha le vene gonfie sulla fronte e sul collo.

Dopo mezza scala, mi fa male la schiena a causa della postura inclinata che ho assunto per adeguarmi alla statura inferiore di Liam. La cosa positiva è che non sto subendo gli effetti collaterali della deprivazione di ossigeno.

"Phoe!" grido mentalmente. "Non devi nemmeno rispondere, basta che attivi i Respirociti di Liam!"

Non risponde.

Liam si accascia contro di me, costringendomi a rallentare. Ormai manca un solo piano per arrivare a terra ma, quando raggiungeremo il pianterreno, dovremo attraversare ancora cinque lunghi corridoi.

A metà scala, Liam comincia ad ansimare più forte e si stringe la gola.

Digrigno i denti e ignoro il dolore atroce alla schiena che si ripresenta ad ogni passo.

Venti gradini prima di arrivare in fondo.

Quindici gradini.

Per distrarmi dalla tensione, mi concentro sul conteggio dei gradini e ignoro il freddo pungente che assorbono i miei piedi nudi. Faccio anche attenzione ai respiri rapidi e ansanti di Liam.

Poi un nuovo sviluppo manda in pezzi la mia concentrazione. Il respiro frenetico di Liam cessa del tutto... o rallenta fino a diventare quasi impercettibile.

Allo stesso tempo, lui si lascia andare con tutto il peso contro di me.

Mancano dieci gradini al pianterreno, ma tanto varrebbe essere in cima all'Everest.

No, voglio portare Liam fuori dall'edificio.

Il mio cuore inizia a battere come un antico trapano elettrico, mentre vengo invaso da una scarica di adrenalina. Stringo più forte Liam e scendo di un gradino, con la mente offuscata dallo sforzo estremo dei muscoli.

Uno scalino conquistato, ne mancano altri nove.

Ignorando il dolore alla schiena, trascino Liam su un altro gradino e un altro ancora.

Gli ultimi sette sembrano svolgersi in una specie di trance. Vedo tutto rosso e non sento altro che quell'annuncio squillante. Non provo più tensione ai muscoli o dolore alla schiena.

Solo quando metto piede al pianterreno vengo investito in pieno dalla stanchezza ma, invece di cedere, poso Liam sul pavimento, poi lo afferro sotto le ascelle e comincio a trascinarlo fuori dall'edificio.

Dopo qualche altro metro, ho l'impressione che nelle mie vene scorra il piombo. Anch'io comincio ad avere il respiro pesante, ma non so bene se sia dovuto alla mancanza di ossigeno o allo sforzo. Tra poco, però, per Liam non sarà più importante.

Sento che i miei muscoli daranno forfait tra una manciata di secondi.

3

"Phoe!" grido, sforzandomi di sovrastare il frastuono dell'allarme... come se il volume fosse importante per le comunicazioni con Phoe. "Aiutami. Per favore!"

Nessuna risposta.

Cerco di tenere a bada il panico. Phoe è sparita e devo affrontare la situazione. L'attacco sulla spiaggia dev'essere collegato a ciò che sta accadendo qui. Il virus del grumo-Jeremiah è correlato al silenzio di Phoe e anche al problema con l'ossigeno nell'edificio, ma sono troppo sopraffatto per cogliere il nesso. Mi conviene sgombrare la mente e concentrarmi piuttosto sul mio amico da portare in salvo.

Sposto ripetutamente il piede sinistro, seguito dal destro, per quelle che sembrano ore, ma razionalmente so che sono passati solo alcuni minuti. Mentre i miei muscoli quasi si strappano per lo sforzo, trascino Liam in un'altra metà di corridoio. Nel frattempo, noto che sto rallentando.

No. Non posso rallentare, altrimenti Liam morirà.

All'improvviso, vedo un movimento sfocato, causato da qualcuno che mi ha raggiunto nell'intersezione, e il peso schiacciante di Liam diventa decisamente più leggero. Sbalordito, fisso il Giovane che ci ha raggiunti e che ha preso Liam per le gambe per aiutarmi a trasportarlo.

È Owen, la persona più vicina a un nemico che Liam avesse nella sua vita sicura su Oasis. Owen, quello che avevo messo k.o. ieri quando si era comportato da stronzo e la cui testa, secondo il racconto di Phoe, decorava l'incarnazione del mio incubo peggiore, generato dall'algoritmo anti-intrusione del Test degli Anziani.

"Grazie" riesco a dire, accantonando lo shock. "Non credo che sarei riuscito a trasportarlo ancora per molto."

Owen dondola la testa su e giù in un movimento che lo fa assomigliare a un cane da salvataggio. Invece di parlare, arriccia le labbra e indica gli allarmi con il capo. Il messaggio è chiaro: "Non sprecare ossigeno, idiota, e non obbligarmi a fare lo stesso."

Incoraggiato dal suo aiuto, accelero il passo, fino ad avere l'impressione di trascinare sia Owen, sia Liam fuori dall'edificio. Il resto del tragitto è un misto nebuloso di luci rosse e di annunci meccanici di Phoe.

Sono quasi scioccato quando raggiungiamo l'entrata.

Mollo la presa su Liam per aprire manualmente la porta dell'edificio del Dormitorio e, quando si apre, l'aria sembra leggermente più fresca. Noto che Owen sta respirando un po' più liberamente, anche se il petto di Liam è ancora immobile.

Ci precipitiamo fuori dalla struttura, sgomitando in una folla di Giovani trafelati.

"Fate spazio!" grida Owen.

"Spostatevi, cazzo!" gli faccio eco.

I Giovani non sono abituati a sentire questo tipo di linguaggio, perciò, allibiti, si danno una mossa. Quando hanno sgombrato l'area, posiamo Liam a terra.

Mi chino per controllare la vena sporgente sul collo del mio amico e provo un gelo nelle viscere.

Il suo battito si percepisce a malapena e poi non respira.

Owen dice qualcosa prima di allontanarsi di corsa, ma le sue parole mi sfuggono. Sono troppo occupato a ricordare le mie conoscenze sul pronto soccorso. Come si chiamava quella tecnica usata dagli antichi in queste situazioni? Rianimazione cardio-polmonare?

Sforzandomi di copiare le scene che avevo visto nei vecchi film, mi avvicino al suo torace e appoggio il palmo della mano al centro del suo petto.

C'è qualcosa che non va, perciò appoggio la mano sinistra sopra l'altra e intreccio le dita.

"Va bene, sembra proprio quello che fanno tutti nei film" dico mentalmente a Phoe, poi ricordo che non è presente.

Posiziono le spalle in linea d'aria sopra le mani, quindi premo verso il basso, facendo leva sul peso del mio busto. Il petto di Liam si comprime verso l'interno. Interrompo la pressione, aspetto per un secondo che il suo petto si risollevi, poi ripeto la compressione.

Non succede alcunché.

"Prova a soffiargli il tuo respiro in bocca!" suggerisce una voce femminile. Mi accorgo subito che è quella di Grace, ma non avevo visto che si era avvicinata. "È più efficace se fai entrambe le cose contemporaneamente" aggiunge quando alzo gli occhi su di lei.

Con le mani che mi tremano, eseguo un'altra serie di compressioni. "Non so bene come..."

Con un turbinio di capelli rossi, Grace si inginocchia alla destra di Liam e appoggia una mano sulla mia. Interrompo le compressioni e osservo Grace chiudere con cautela il naso di Liam e appoggiare le labbra sulle sue, come se fossero sigillate ermeticamente. A quel punto, soffia il proprio fiato dentro di lui e percepisco il petto di Liam sollevarsi una volta, due volte.

"Tocca a te" dice Grace.

Eseguo una ventina di compressioni, poi lei mi ferma e soffia l'aria dentro Liam.

Ci alterniamo per un altro paio di serie. Comprimo

il petto di Liam e Grace continua inesorabilmente a soffiare nei suoi polmoni. Nonostante l'aria fredda intorno a me, il sudore mi cola sul viso. Ma non tutta questa sensazione umida è dovuta al sudore: una parte è causata dalle lacrime che mi bruciano e che mi rigano le guance.

"Liam" dice Grace dopo un'altra serie. "Liam, riesci a sentirci?"

Opponendomi alla paura gelida dentro di me, fisso Liam, ma è sempre in uno stato comatoso.

"Sta respirando autonomamente" mi informa Grace, rispondendo alla mia muta domanda quando incrocio il suo sguardo. "E il suo battito cardiaco è più stabile."

Sposto la mano nella zona sinistra del petto di Liam e libero di colpo un sospiro di sollievo.

Ha ragione. Il suo cuore sta battendo con regolarità.

"Le compressioni non sono più necessarie" afferma Grace. "Dobbiamo solo aspettare che riprenda conoscenza."

Nonostante il mio intontimento, mi chiedo da cosa derivi l'insolita competenza di Grace. "Come facevi a sapere come..."

"Voglio fare l'infermiera un giorno, ricordi?" spiega lei con una punta di delusione nella voce.

Non appena pronuncia questa frase, ricordo che ne aveva parlato quand'eravamo molto giovani, ai tempi in cui frequentava come amica il nostro gruppo.

Ricordo addirittura che, durante quel Compleanno, si era fermata allo stand dell'infermiera.

"Credevo che ormai avessi cambiato idea" mormoro, sforzandomi di mitigare il mio passo falso. Il gelo del panico dentro di me si sta leggermente attenuando. "È successo più di dieci anni fa."

Grace fa per replicare quando, con un rantolo e un grugnito, Liam apre gli occhi. "Grace?" chiama debolmente. "Cosa fai nella mia stanza a quest'ora della..."

A quel punto si accorge di me e si zittisce. Il suo sguardo vaga lentamente da una parte all'altra. Mi volto e, per la prima volta, noto i Giovani intorno a noi e i loro volti pallidi e preoccupati.

"C'è stata un'emergenza e siamo usciti dal Dormitorio" spiego, rivolgendomi a Liam. "Forse hai perso i sensi verso la fine."

Liam chiude gli occhi, aggrottando le sopracciglia simili a un bruco. "Ah, sì" dice alla fine. "Stavamo scendendo le scale quando..."

"Scusate se vi interrompo" interviene Grace, "ma devo andare."

"Aspetta, cosa? Dove vai?" Le pongo quella domanda in tono un po' troppo enfatico. Con più calma, aggiungo: "E se Liam perdesse conoscenza di nuovo?"

"Adesso che è sveglio e all'aperto, dovrebbe stare bene" risponde Grace. "Ho appena parlato con Nicky." Indica con la testa un Giovane dal volto pallido che avrà circa dodici anni. "Ha evacuato i Dormitori dell'Anno Medio per lo stesso motivo per cui abbiamo evacuato il nostro. Il loro allarme è scattato anche prima."

Mi guarda come se questo spiegasse tutto.

Mi massaggio le tempie. "Scusa, ma non capisco perché dovrebbe significare che devi scappare. La mia mente..."

"Sarà a causa dell'adrenalina" dice Grace. "Devo scappare perché temo che, ai Dormitori delle Elementari, abbiano gli stessi problemi con l'ossigeno." Dà un'occhiata alla foresta, dov'è situato l'edificio cilindrico in questione. "I più piccoli potrebbero aver bisogno di aiuto."

"Ha ragione" dice Liam, cercando di alzarsi a sedere. "Dovremmo andare ad aiutarli."

"Tu devi rimanere sdraiato qui per un po'" ribatte severamente Grace, inginocchiandosi per spingerlo a terra. "Ma tu, Theo, potresti essere utile."

"Non so" rispondo. L'esitazione all'idea di allontanarmi dal mio amico, che ha appena ripreso i sensi, si scontra con le immagini mentali dei bambini che soffocano. "Cosa..."

"Io starò bene" afferma Liam. "Va' ad aiutare Grace."

Esamino le espressioni dei Giovani intorno a noi, alla ricerca di un volontario che possa aiutarla al posto mio. Scorgo allora Kevin, un Giovane che conosciamo superficialmente. Quando i nostri sguardi si incontrano, lo sprono ad andare con lei con un gesto.

"No, dovresti essere tu" insiste Liam nel vedere il Giovane che si avvicina.

Sto per controbattere con un'argomentazione, quando mi rendo conto che, con i miei Respirociti, probabilmente sono davvero *io* la persona più idonea di Oasis a gestire qualsiasi operazione di salvataggio in condizioni di scarsità di ossigeno. Più o meno chiunque, invece, potrebbe badare a Liam a questo punto.

Kevin si ferma accanto a me con un'espressione piena di aspettativa, perciò gli chiedo: "Puoi rimanere con Liam, per favore? Non sta bene e voglio assicurarmi che si riprenda. Hai assistito alla rianimazione che abbiamo fatto prima io e Grace?"

"Sì" risponde esitante.

"Saresti capace di ripeterla, se lui dovesse perdere conoscenza di nuovo?"

"Non succederà" interviene Liam.

"Sul serio, non si ripeterà" mi assicura Grace.

"Okay" dice Kevin. "Va' ad aiutare Grace. Penso io a Liam."

Mi alzo e dico a Nicky: "Aiuta Kevin in caso di bisogno."

Nicky annuisce.

Grace si alza e si fa strada nella calca di Giovani. La seguo, cercando di non ascoltare il baccano delle altre centinaia di voci. Alcuni Giovani hanno il respiro affannoso e ansimano a seguito della deprivazione di ossigeno, altri gridano domande su quello che sta succedendo, molti piangono oppure si raccontano bugie rassicuranti sul fatto che è soltanto una procedura.

Mentre ci districhiamo nel fiume di ostacoli umani, mi accorgo di alcuni particolari strani. Innanzitutto, sono tutti scalzi e indossano abiti da notte. Alcuni Giovani sono addirittura seminudi. Di conseguenza, sembrano un branco di cuccioli smarriti sotto la sfumatura rossa del cielo... che è un'altra stranezza.

Invece di essere rosso come per il tramonto, il cielo ha assunto una tonalità rosso allarme, come nei Dormitori. È come se qualcuno avesse dipinto la Cupola con una vernice rossa e luminescente. Parecchi Giovani fissano il cielo con un misto di orrore e ammirazione. Dev'esserci un malfunzionamento nella Realtà Aumentata, presumo, anche se il cielo potrebbe avere questo aspetto in caso di emergenza.

L'idea della Realtà Aumentata indirizza la mia attenzione verso una terza stranezza più sottile. Tutte le statue e molti degli alberi e della vegetazione altissimi sono scomparsi, conferendo all'ambiente un aspetto brullo, esaltato solo dalla sfumatura rossa del cielo.

È Oasis come nessuno di noi l'ha mai visto prima: un luogo estremamente diverso da un sereno paradiso verdeggiante.

Mentre proseguiamo, Grace controlla diversi

Giovani riversi a terra. A quanto pare, non solo Liam era rimasto senza ossigeno. Anche alcuni di questi Giovani sono riusciti a sbattere la testa dopo lo svenimento... almeno a giudicare dai lividi sulla testa di una ragazza. Nessuno di loro però è in condizioni gravi, perciò Grace si allontana e punta verso il limitare della folla.

Mentre io e lei ci allontaniamo da tutti i Giovani, noto che la cacofonia di voci stava coprendo un suono diverso. Adesso riesco a distinguere un nuovo messaggio lanciato dall'onnipresente voce meccanica di Phoe.

"Le funzioni di riscaldamento dell'Habitat sono compromesse. La produzione di ossigeno..."

Un allarme assordante fende l'aria, così potente da sovrastare il resto dell'annuncio.

Un brivido risale dai miei piedi congelati, espandendosi in tutto il corpo: una sensazione di freddo che non ha niente a che fare con il guasto al riscaldamento, ma piuttosto con il punto di origine del nuovo allarme.

Sta riecheggiando a tutto volume dai Dormitori delle Elementari, l'edificio cilindrico a un centinaio di metri da noi.

Grace aveva ragione a precipitarsi qui. Ciò che è accaduto nei nostri Dormitori sta per ripetersi tra i bambini piccoli.

4

Io e Grace corriamo all'unisono verso l'edificio. Arrivati a metà strada, la prima ondata di bambini sfonda le porte per uscire. Perfino a distanza, riesco a capire che si tratta dei bambini più grandi. Poi altri bambini scappano all'aperto, con i primi che fanno da guida a quelli più piccoli.

Un ragazzino di circa dieci anni ci viene incontro vicino all'edificio. "Ho dovuto lasciare indietro due ragazze" dice, prendendo boccate d'aria con disperazione. "Le sue compagne di stanza." Abbassa lo sguardo su una bambina di prima elementare, a cui sta stringendo la mano.

"Come troviamo quella stanza?" chiede Grace. La sua voce assume un'autorevolezza simile a quella degli Adulti.

"È la stanza 405, la seconda sulla destra se prendete

la scala est verso il piano più alto" spiega il ragazzo, ansimando, e corriamo verso il palazzo.

Mentre ci facciamo strada nell'orda di piccoli Giovani tremanti e mezzi asfissiati, impreco sottovoce. Il responsabile di questa situazione, chiunque sia, dovrà dare parecchie spiegazioni.

"Grace!" chiamo quando raggiungiamo l'entrata. "Perché non lasci andare me e tu rimani qui? Potrei cavarmela meglio nel..."

Ignorandomi, lei si precipita nell'edificio. Dato che è sempre stata testarda, non mi sorprende. Ovviamente non sa dei miei Respirociti, quindi la mia affermazione potrebbe esserle sembrata una millanteria.

Accantonando la frustrazione, la seguo di corsa. Con il bagliore delle luci attivate dall'allarme, i suoi capelli rossi sembrano spruzzati di sangue. La voce meccanica ripete le stesse parole del nostro Dormitorio: "La produzione e la circolazione dell'ossigeno sono compromesse. Evacuare immediatamente l'edificio."

Quando abbiamo quasi raggiunto la scala est, vedo un Giovane della mia età in lontananza, con un bambino piccolo tra le braccia. Man mano che ci avviciniamo, riesco a capire chi è e mi rendo conto che Owen si era diretto proprio qui. Avrà avuto la stessa idea di Grace. Gli rivolgo un solenne cenno del capo. Mi guarda, alzando gli occhi al cielo, un atteggiamento tipico di lui, ma poi guarda con preoccupazione la bambina tra le sue braccia e continua a correre verso l'uscita.

Anch'io e Grace continuiamo a correre e, mentre Owen scompare, capisco che non posso fare a meno di vederlo con occhi diversi. Mi aspettavo che fosse Grace a ricoprire il ruolo di eroina, non Owen. D'altro canto, è difficile prevedere le reazioni di una persona durante un'emergenza catastrofica. Certe si nascondono per paura – e oggi ho visto molti esempi – mentre altre accettano la situazione e si fanno avanti. A volte, la gente riesce a stupire in senso positivo.

Le mie fantasticherie vengono interrotte quando Grace si ferma vicino alla prima porta e fissa una nuova figura.

È una Guardia, solo che non indossa il casco.

Rimango ancora più sciocato di Grace. La situazione dev'essere veramente grave se una Guardia si mostra nella sezione dei Giovani senza il casco riflettente, mostrando apertamente i segni dell'invecchiamento. Quest'uomo nello specifico non è molto vecchio, ma vedo i riflessi della luce rossa sui capelli grigi vicino alle tempie. Però non sono sicuro che Grace se ne sia accorta. Poi, ho un'illuminazione: in realtà, conosco quest'uomo.

È Albert, la Guardia che si era opposta quando Jeremiah voleva torturarmi.

"Che cosa ci fate qui?" chiede, inspirando rumorosamente.

Regge un bambino piccolo col braccio destro,

mentre con l'altro tiene per mano una bambina un po' più grande. La bambina ci sbircia alle spalle della Guardia con gli occhi spalancati e il labbro inferiore che trema.

"Stiamo andando nella stanza 405" risponde Grace. Anche lei sembra senza fiato.

"Stiamo cercando di salvare alcuni bambini lì dentro" spiego, per risparmiare a Grace altre parole. "Che cosa ci fa lei qui? Perché non indossa il casco? Cosa succede?"

La Guardia si limita a scuotere la testa. "Non c'è tempo" ansima. "Ho dovuto togliere il casco perché tutte le visiere delle Guardie sono impazzite..."

Albert si interrompe perché la bambina dietro di lui comincia a singhiozzare forte, con le lacrime che le rigano le guance. Dopo un altro respiro profondo, ci dice: "Non andrete da nessuna parte. Tieni" – mi consegna il bambino – "prendilo. E tu" – porge a Grace la mano della bambina – "prendi lei. Vado a controllare quella stanza. 405, giusto?"

Cullo tra le braccia il bambino e, tutto d'un fiato, snocciolo: "Sì, è la seconda porta sulla destra se si salgono le scale per l'ultimo piano."

"Andate" ordina Albert, poi mi precipito lungo il corridoio, seguito da Grace e dal suo carico.

Mentre corriamo, cerco di sentire il battito del bambino, ma faccio fatica a rilevarlo. Non sta nemmeno respirando. Cosa ancora peggiore, il respiro della bambina sta diventando sempre più pesante ad ogni secondo che passa.

A metà corridoio dall'entrata dell'edificio, la bambina inciampa e si stringe la gola, ansimando rumorosamente.

"Prendila per le gambe" ordino a Grace, mentre sistemo il bambino contro il braccio destro imitando la posizione di Albert. Con la mano sinistra, afferro la bambina sotto l'ascella.

Per tutta risposta, non sento altro che i respiri corti di Grace, che però la solleva per le gambe. La trasportiamo all'esterno.

Appena usciti dall'edificio, la posiamo a terra e Grace si guarda intorno. "Ehi, tu." Chiama con un gesto una ragazzina allampanata che deve avere nove o dieci anni. "Osserva quello che faccio e impara." Controlla poi i parametri vitali della bambina. "Sta respirando. Non si può praticare la rianimazione cardio-polmonare con una persona che respira" comunica all'aiutante da lei nominata. "Potrebbe avere un arresto cardiaco."

La piccola aspirante infermiera sembra un coniglio tra le fauci di un lupo rabbioso, tuttavia riesce ad annuire piano per dimostrare a Grace di aver capito.

Dato che sto ancora tenendo in braccio il bambino, lo poso a terra e Grace subentra per praticare la rianimazione, osservata dalla studentessa.

"Qualcun altro ha degli amici non ancora

rintracciati?" grido sopra le vocine spaventate. "Parlate, se conoscete qualcuno che è rimasto nell'edificio!"

Un bambino di circa sette anni alza la mano e mi faccio strada tra la folla per parlare con lui.

"Jason è ancora lì" dice con una voce tremante, mentre mi fermo vicino a lui. Si cinge il corpo con le braccia e comincia a piangere, mormorando: "Avrei dovuto svegliarlo. È mio amico. Mi dispiace."

"Dov'è la sua stanza?" chiedo, cercando di usare la massima autorevolezza possibile, ma senza spaventare il bambino.

"Al primo piano" risponde, singhiozzando. "Sul lato della scala ovest. Stanza 204."

"Grazie" rispondo, poi torno in fretta da Grace.

"È stabile, ma ho bisogno che tu rimanga qui a controllarlo" sta dicendo alla nuova assistente. "Io e Theo andiamo..."

"Posso cavarmela da solo, Grace." Dato che non ha sentito parlare di Jason, potrebbe forse starmi a sentire.

I suoi occhi azzurri brillano alla luce rossa e so di aver provato una vana speranza.

"Smettila di perdere tempo, Theo" dice. "Io vado. Potresti aver bisogno del mio aiuto."

"Va bene" rispondo, poi corro verso l'edificio.

Prima di entrare, spiego a Grace dove siamo diretti e, una volta dentro, evito di parlare. Non voglio trascinarla in una conversazione con cui esaurirebbe più velocemente l'ossigeno.

Mentre svoltiamo verso la scala ovest, scorgo la

sagoma di una Guardia. Dev'essere Albert con i bambini dalla stanza 405, a meno che non li abbia già portati fuori tramite un'altra uscita e stia traendo in salvo qualcun altro.

Salgo le scale molto in fretta. Grace comincia a trascinarsi leggermente alle mie spalle. Apro la porta con una spinta, esco dalla tromba delle scale e, con due balzi, mi dirigo verso la stanza 204.

"Jason!" grido, spalancando la porta. "Sei qui?"

Nessuno risponde, ma vedo un piccolo corpo sdraiato sul letto in fondo.

Come il suo amico, quel bambino privo di sensi sembra avere circa sette anni. Faccio per controllare il suo battito cardiaco, quando sento Grace che entra nella stanza. Alzo lo sguardo, notando i rapidi movimenti del suo petto che si alza e si abbassa sotto la camicia da notte e le vene sporgenti sul suo collo sottile.

"Grace, posso trasportarlo io" dico, cominciando a sollevare di peso il bambino. "Probabilmente peserà solo..."

Senza sprecare ossigeno per pronunciare anche solo una parola, lei lo raggiunge e lo prende per le gambe. Non volendo rallentare nemmeno per un secondo la sua corsa verso l'esterno mettendomi a discutere, lo afferro per le spalle e lo sollevo.

Probabilmente, Grace aveva ragione ad insistere nell'aiutarmi. Insieme, ci muoviamo molto più velocemente rispetto a una persona sola ed è un bene per il bambino. Il problema è che il respiro di Grace si fa sempre più corto ad ogni passo.

Scendiamo fino al pianterreno e svoltiamo nel primo corridoio. Comincio a sentire qualcuno che piange.

Io e Grace ci scambiamo un'occhiata, poi procediamo più alla svelta.

Quando svoltiamo l'angolo, vediamo un corpo sul pavimento, con una bambina molto piccola che se ne sta lì vicino, in piedi, a piangere e al contempo a boccheggiare alla ricerca di ossigeno.

Il corpo è quello di Owen. A quanto pare, ha perso i sensi mentre cercava di salvare la bambina in lacrime.

"Lascia andare le gambe di Jason" dico a Grace.

Obbedisce con riluttanza. I suoi respiri hanno ormai raggiunto una velocità supersonica.

Afferro Jason per la vita e me lo carico sulla spalla sinistra come un sacco di patate. Dopo averlo sistemato in tutta sicurezza, mi chino prudentemente e infilo il braccio destro sotto le spalle di Owen. I miei muscoli hanno ormai superato il limite dello sfinimento e, mentre mi sforzo di sollevarlo dal pavimento, vorrei tanto essermi applicato di più nello sport, soprattutto nell'esercizio dello stacco da terra.

"Prendi lei" ordino a Grace, indicando la bambina con la testa.

Grace prende per mano la piccola, che ormai si è calmata, poi infila l'altro braccio sotto le ginocchia di Owen per aiutarmi a sollevarlo.

Con uno sforzo monumentale, avanzo di un passo e poi un altro ancora. Ho la sensazione che i miei muscoli si stiano lacerando.

Dopo altri mille estremi sforzi di volontà, abbiamo quasi raggiunto l'uscita. Quando cala il silenzio tra un annuncio e l'altro, sento i respiri corti di Grace. Immagino una scena in cui riusciamo a uscire da questo edificio, in modo tale da tenere a bada la paura che mi attanaglia. Immagino meno odore stantio nell'aria e la Cupola rossa sopra di me.

Il peso di tutto il corpo di Owen che crolla tra le mie braccia, però, mi distoglie dalle mie fantasie.

La bambina ha ripreso a piangere. Grace è a terra e si sta afferrando la gola.

5

"No!" grido. "No, Grace, non puoi farmi questo!"

Le sue convulsioni cominciano a scemare.

Mi ritrovo a dover prendere una decisione terribile. Non potrei mai trasportare il bambino, la bambina, Owen e Grace. È fisicamente impossibile. Dovrò dire alla bambina di camminare autonomamente e scegliere tra Owen e Grace.

Nei tempi antichi, i soccorritori, come i vigili del fuoco, dovevano probabilmente compiere scelte simili di continuo. Non so come facessero, perché io sono paralizzato dall'indecisione. So che l'inerzia comporterà un risultato ancora peggiore, ma non riesco a muovermi.

Dev'essere stata questa la sensazione provata nel Test con i dilemmi morali.

"Phoe!" grido disperato. "Ho veramente bisogno del tuo aiuto."

Passano dei nanosecondi veloci come il pensiero, poi prendo una decisione, ma temo che essa sia influenzata dai miei pregiudizi piuttosto che dalla logica. D'altro canto, la logica sarebbe almeno utile in questa situazione?

La bambina smette di piangere e guarda un punto dietro la mia spalla.

"Ehi!" chiama Liam, facendomi prendere uno spavento. La sua voce è il suono più bello che abbia mai sentito. "Perché te ne stai lì impalato?"

Non ho il tempo di rimproverarlo per essersi messo di nuovo nei guai, perciò dico alla bambina: "Riesci a camminare?"

Lei mi guarda come se fossi una creatura saltata fuori dal suo incubo peggiore, però annuisce quasi impercettibilmente.

Lo considero un sì. Dico a Liam: "Prendila per mano. Se fa fatica a camminare, caricatela in spalla come ho fatto io con il bambino. Adesso afferra Grace per le spalle. Sbrigati!"

Liam stringe la mano della bambina. Mi aspetterei di vederla piangere, invece resta in silenzio. Con un grugnito che mi suscita un fremito, Liam infila un braccio sotto le ascelle di Grace e comincia a trascinarla dietro l'angolo dell'ultimo corridoio.

Gli faccio strada. Se avevo pensato che il mio carico fosse pesante, mi sbagliavo. Il peso complessivo di Owen assomiglia a quello di un sacco pieno di mattoni e Jason sembra essere stato sostituito in segreto da una scultura di ghiaccio dalle sembianze umane. Ho l'impressione che tra poco mi spezzerò la schiena e il mio cuore minaccia di fuoriuscire dalla gabbia toracica ad ogni passo. Nonostante i Respirociti, i miei respiri cominciano a farsi corti e rapidi a causa dello stress, e vedo addirittura sfocato.

Passo dopo passo, cerco di concentrarmi su qualsiasi cosa tranne l'estremo sforzo dei miei muscoli. Penso alla musica e all'arte, ma non mi aiuta nemmeno questo. Nella mia testa risuona una musica heavy metal, mentre il quadro che mi viene in mente è di un famoso pittore russo degli antichi e raffigura undici uomini che trascinano faticosamente una chiatta su un fiume.

"Ci siamo quasi" ansima Liam dietro di me. "Non manca molto."

Con un rinnovato vigore grazie alla speranza, accelero il passo, procedendo con un piede in avanti ad ogni secondo che passa nell'ultimo tratto di corridoio. Quando mi trovo a pochi metri dall'entrata, riesco ad aumentare ancora la velocità, trascinando i miei carichi lungo la distanza che mi rimane.

Non appena mi ritrovo all'esterno, mi inginocchio per posare Owen a terra, poi lascio Jason con prudenza vicino a lui. In seguito, tra una boccata d'aria e l'altra, cerco la tirocinante scelta da Grace per la rianimazione.

Incrocio il suo sguardo e la chiamo con un gesto. "Vieni ad aiutarci!"

La ragazzina accorre insieme ad altri due Giovani.

Balzo in piedi per tornare a prendere Liam, ma in quel momento esce dall'edificio.

Gli corro incontro, aiutandolo poi a posare Grace a terra. Non appena è sdraiata supina, mi accovaccio e mi preparo ad eseguire le tecniche di rianimazione.

In circostanze diverse, appoggiare una mano così vicino ai suoi seni e posare le labbra sulle sue sarebbe un'esperienza imbarazzante, ma al momento si tratta di una faccenda clinica. Terminate le compressioni, le soffio l'aria nei polmoni. Sono concentrato unicamente sull'aiuto che devo darle per ricominciare a respirare.

"Ti prego, Grace" penso disperato. "Respira."

Come se avesse percepito la mia supplica mentale, Grace boccheggia. Apre le palpebre dalle lunghe ciglia, poi mi fissa con quegli occhi azzurri iniettati di sangue ma all'erta.

"Owen!" ansima. "Ce l'ha fatta?"

Il mio battito cardiaco vacilla. Ero così concentrato nel salvarla che mi sono completamente dimenticato della situazione altrettanto terribile di Owen.

Balzo in piedi e sto per correre da lui, quando vedo che Grace sta cercando di alzarsi. Mi chino allora con una mano tesa e lei la accetta, incollando il palmo freddo e sudato al mio.

Insieme, raggiungiamo in fretta la ragazzina a cui avevo affidato Owen. Sta soffiando freneticamente nella bocca di Owen, mentre Liam attende di poter riprendere con le compressioni.

Grace si inginocchia accanto ad Owen e gli appoggia una mano sul collo mentre io resto in piedi a osservarli, impotente. Lei viene scossa da un evidente brivido, poi dice con voce strozzata: "Spostatevi, voi due!"

Prosegue a verificare il battito sul polso di Owen e quindi sul petto.

Quando alza lo sguardo, vedo che le sono venute le lacrime agli occhi.

"No" dico inebetito. "No, non può essere…"

Grace comincia ad applicare le tecniche di rianimazione con Owen. Ha un'espressione cupa e molto determinata.

"Phoe!" grido mentalmente. "Phoe, dai! Non può essere morto!"

Non c'è risposta. Con la mente offuscata, osservo Grace mentre tenta più volte di rianimarlo. Quando si ferma e alza lo sguardo, sta tremando e ha le guance rigate di lacrime.

"Credo che sia troppo tardi" afferma con le labbra leggermente bluastre, ma riesco a malapena a sentirla, poiché un torpore gelido mi sta pietrificando sul posto.

Accanto a me, Liam la sta fissando con occhi spalancati, mentre l'aiutante sembra pronta a scappare via fino al confine di Oasis.

In teoria, affrontare la morte dovrebbe essere più facile per me piuttosto che per gli altri. Dopotutto, sono stato ripetutamente faccia a faccia con la morte negli ultimi giorni. Eppure, è come se si fosse acceso un fuoco nelle mie viscere, nonostante il freddo, e la mia gola è scossa da spasmi incontrollabili.

Mi riprendo da questo stordimento pieno di angoscia perché Grace sta andando avanti e indietro intorno a me come una pazza, mormorando termini morbosi. Liam si sta sfregando le braccia, mentre l'aiutante di Grace si stringe le ginocchia al petto, dondolandosi avanti e indietro.

Cerco di inventarmi qualcosa per tranquillizzarli ma, prima di trovare le parole, Grace scuote la testa con forza e corre all'impazzata verso l'edificio. Nel frattempo, la sento mormorare: "Devo essere sicura che non muoia nessun altro..."

I Giovani intorno a noi tacciono prudentemente di fronte alle grida e al comportamento imprevedibile di Grace. Nel silenzio che segue, sento un nuovo avviso: "Livelli di ossigeno dell'Habitat anomali. Livelli di azoto dell'Habitat anomali. Funzioni di sopravvivenza instabili..."

Tutti i bambini cominciano a parlare e a piangere all'improvviso, impedendomi di sentire le altre frasi pronunciate dall'impianto interfonico dell'astronave. In un certo senso, so che il suo messaggio è preoccupante, ma sono rimasto troppo esterrefatto per la morte di Owen e la reazione di Grace per riuscire ad afferrarlo. Non riesco a pensare a niente, se non al fatto che Grace vuole tornare in quell'edificio letale.

La inseguo, barcollando sulle mie gambe legnose. "Aspetta, Grace!"

Lei non mi sente, oppure mi ignora, e scompare oltre le porte.

Imprecando sottovoce, faccio per andare a cercarla, quando qualcuno mi afferra da dietro in un abbraccio, con mani sudate e tremanti.

"Non andare là dentro" mormora Liam nel mio orecchio. "Morirai."

"Ehi, me la caverò" replico, spingendolo via. "Meglio di lei."

"Allora io..."

"Non osare nemmeno concludere la frase!" Mi giro e lo guardo in tralice. "Se ti avvicinerai a quella stupida struttura, ti metterò k.o. con un pugno, cazzo."

Liam mi guarda, meravigliato. Il suo volto si contorce come se si stesse preparando ad affrontare la minaccia.

Invece di aspettare che si riprenda, corro nell'edificio. Grace non si vede.

I corridoi serpeggiano ovunque e la luce rossa rende tutto sfocato mentre corro di corridoio in corridoio alla ricerca di Grace.

"Grace!" grido, sovrastando la voce meccanica di Phoe. "Grace, dove sei?"

Entro in una stanza e d'istinto eseguo il gesto per far scomparire i letti abbandonati. Quando il mio gesto non funziona, mi piego per controllare sotto tutti i letti. La stanza è deserta. Entro in un'altra stanza e un'altra ancora: tutte deserte.

L'adrenalina sta scombussolando il mio senso del

tempo. Non so affatto da quanto io stia perlustrando l'edificio, ma sono certo di aver controllato in ogni stanza del pianterreno.

Salgo al primo piano, prendendo le scale più vicine. Una porta viene sbattuta da qualche parte sopra di me.

"Grace!" grido, salendo tre gradini alla volta. "Sei stata tu?"

Albert sta scendendo le scale e viene verso di me. Fa fatica a causa del pesante carico che trasporta. Sulla sua spalla destra c'è un ragazzino, mentre sulla sinistra c'è Grace.

"Lasci che l'aiuti." Lo raggiungo in fretta.

"No" ansima Albert. "Esci di qui."

Mi posiziono davanti a lui. "Riesce a stento a camminare. Non sprechi ossigeno con le discussioni. Mi dia uno di loro e andiamo."

Esita per una frazione di secondo, poi il suo senso pratico sembra avere la meglio. Sa che gli occorrerà il doppio del tempo per trasportare fuori Grace e il ragazzino, ipotizzando di non perdere i sensi lungo la strada. Mi passa il primo con cautela. Con un grugnito, mi carico il ragazzino in spalla. Il suo corpo è come senza vita e Grace non sembra cavarsela meglio.

"Vai" gracchia Albert.

Rendendomi conto che gli sto facendo sprecare aria preziosa, scendo rapidamente le scale.

Ho il respiro frenetico, ma è impossibile stabilire se

io stia soffocando o se sia colpa degli effetti collaterali dell'adrenalina.

I rantoli di Albert sono sempre più marcati. Sta esaurendo l'ossigeno. La sua resistenza mi sbalordisce. Di solito, le persone più anziane sono fragili, ma d'altro canto lui non è *così* vecchio per essere un membro degli Anziani. E poi, per diventare una Guardia avrà superato un addestramento intensivo... non che un addestramento possa aiutare una persona che non riesce a respirare. Sta resistendo a malapena, a quanto pare.

Apro la porta del pianterreno e la tengo aperta per lui. Esce con un grugnito di gratitudine, quindi mi affretto a seguirlo.

Devo essere stordito per lo sfinimento, oppure ritrovo le forze come succede ai corridori, poiché sfreccio nei corridoi con il ragazzino in spalla senza percepire il freddo o i muscoli sotto sforzo. Non sento nemmeno gli allarmi.

Quando i passi di Albert cominciano a diventare incerti, lo sostengo con una spalla. Si appoggia a me, all'inizio con incertezza, poi sempre più pesantemente, mentre la deprivazione di ossigeno ha la meglio su di lui. Il torpore che mi avvolge comincia a dissiparsi e, dopo un altro corridoio, capisco che forse mi sono spinto troppo oltre.

Adesso, ogni mio passo è diventato una specie di calvario. Se gli allarmi non stessero tingendo il mondo di rosso, vedrei dei puntini bianchi e sono sicuro che mi stiano fischiando le orecchie nonostante la presenza di quel rumore assordante.

Razionalmente, so di essere io a percorrere l'ultima metà di corridoio fino all'entrata, ma ho la sensazione che stia succedendo a qualcun altro.

Recupero la lucidità quando scorgo i Giovani all'esterno, tuttavia non posso fare a meno di notare che, a differenza di prima, l'aria non sembra più fresca rispetto alle zone interne della struttura.

Albert posa Grace a terra, mentre io faccio lo stesso con il ragazzino sulla mia spalla, poi cominciamo con le pratiche di rianimazione.

Eseguo le compressioni sul petto del ragazzino, quindi soffio nella sua bocca almeno una decina di volte, prima di pensare di controllare il polso. Non sento il battito cardiaco. Lancio un'occhiata ad Albert e, nel vedere la sua espressione, ogni mia speranza va in frantumi.

Albert incrocia il mio sguardo, si asciuga il volto umido con la manica bianca e scuote la testa.

"No." Ricomincio a premere freneticamente sul petto del ragazzino. "No, no, no."

Albert si inginocchia accanto a me, mi spinge via e controlla i suoi parametri vitali.

"Mi dispiace" dice, sollevando la testa. La sua espressione rispecchia l'orrore che mi stringe il petto. "Abbiamo fatto del nostro meglio."

Ignorandolo, balzo in piedi e corro da Grace, che giace a terra immobile e senza vita.

Controllo alla svelta il suo battito cardiaco.

È assente.

Testardo, eseguo le tecniche di rianimazione. Le sue labbra sono fredde e bluastre mentre soffio l'aria nel suo corpo e il suo petto sembra inanimato, come quello di una bambola. Ripeto le tecniche diverse volte, senza rendermi conto del passare del tempo mentre tribolo con il corpo di Grace.

Qualcuno mi prende per un braccio e mi allontana da lei.

"Basta così, Theo" dice Liam quando alzo lo sguardo, pronto a combattere. Con una voce rauca e spezzata, afferma: "Dobbiamo accettare la situazione. Grace è morta."

6

Fisso il mio amico senza comprendere. La sofferenza nei suoi occhi rispecchia il sussulto di agonia nel mio petto. Il mio dolore, o qualunque cosa sia, è così schiacciante che, per un attimo, penso di assumere un'espressione assente. Scorgo il cielo rosso dietro le spalle di Liam e lo fisso con occhi vacui. Alla fine, noto dei messaggi in caratteri bianchi che scorrono sulla Cupola. Forse sono sempre stati lì, ma prima non me n'ero accorto. Strizzo gli occhi per leggerli e riesco ad afferrare una parte delle frasi che scorrono via. Sono perlopiù avvertimenti e ne vedo uno uguale a quello precedente, a proposito del guasto ai livelli di azoto e di ossigeno. L'avevo scacciato dalla mia mente, ma ora che ci penso le implicazioni sono terribili. Significa che stiamo...

Un dolore bruciante mi desta da questo senso di stordimento.

Sbatto le palpebre e osservo Liam a bocca aperta: mi ha appena dato uno schiaffo, come una moglie degli antichi con un marito che fa il cascamorto.

"Beh, che cavolo?" Mi massaggio la guancia dolorante.

"Non reagivi" spiega Liam sulla difensiva. "Volevo che ti riprendessi. Dobbiamo fare *qualcosa*."

Noto che si sta sforzando di non guardare il corpo di Grace o il ragazzino morto... e anche Owen.

Mi guardo intorno alla ricerca della Guardia. "Dov'è Albert?"

"Chi?" Liam segue il mio sguardo, confuso.

"La Guardia che è uscita dall'edificio insieme a me. Dov'è? Non è stato così pazzo da tornare là dentro, vero?"

"Ah, la Guardia" dice Liam. "No, non ha bisogno di tornare nell'edificio. Ha detto che è libero."

"E allora dov'è?"

"È andato da quella parte." Indica la foresta. "Non ha dato spiegazioni."

Esamino il campo di golf in lontananza. L'erba corta ha una sfumatura nero-rossastra grazie alla Cupola rossa, quindi la tuta bianca di Albert è facile da individuare.

"Dovremmo seguirlo" suggerisco, mentre la bozza di un piano prende forma nella mia mente.

"Perché?" chiede Liam.

"Volevi fare *qualcosa*" replico. "È una decisione valida come qualsiasi altra, date le circostanze."

"Presumo di sì, ma non capisco come mai dovremmo abbandonare il gruppo."

"Te lo spiegherò mentre ci incamminiamo" rispondo, cominciando a farmi strada nella calca di Giovani. Mormoro tra me e me: "Presumendo di riuscire a capire cosa diavolo fare."

Liam mi segue come un anatroccolo che sta dietro alla mamma. Intuisco che non è sicuro della scelta di abbandonare i Giovani, ma la sua fiducia in me – o forse la confusione generale – ha la meglio, perciò continua a seguirmi.

Quando ci lasciamo alle spalle la folla, si riprende abbastanza da farmi strada e tiene gli occhi incollati sulla sagoma lontana di Albert.

"Livelli di ossigeno nell'Habitat estremamente bassi" annuncia la voce di Phoe dal cielo. "Livelli di azoto estremamente elevati. Aumento dei livelli di monossido di carbonio. Guasto ai moduli termostatici."

"Che cosa significa?" chiede Liam, fermandosi di colpo, al punto che per poco non vado a sbattere contro di lui.

"Significa che ciò che è accaduto negli edifici sta accadendo anche all'esterno, credo" rispondo, cercando di ignorare il nodo in gola sempre più stretto dettato dalla paura. "Significa che, molto presto, l'aria di Oasis diventerà irrespirabile e moriremo tutti soffocati."

"Ma come può succedere una cosa del genere?" I

tendini nel collo di Liam sono diventati prominenti. "È la luce rossa? Sta creando problemi alla produzione di ossigeno degli impianti?"

"Parliamo senza fermarci" dico. Lo oltrepasso, spiegando: "Gli impianti non hanno mai prodotto la maggior parte dell'ossigeno. Ci sono delle macchine che eseguono questo compito."

Liam mi segue, ma la sua andatura è incerta e il suo respiro è diventato di nuovo affannoso. "Tutti sanno che sono le piante a produrre..."

"Giusto." Non riesco ad impedire al mio sarcasmo di trapelare. "Come tutti sanno che il cielo non è mai di colore rosso." Sollevo lo sguardo verso la Cupola, simile a uno schermo. "Come tutti sanno che ci troviamo sulla Terra, in un paradiso, e che nulla può andare storto."

Liam mi lancia un'occhiata confusa. "Okay, poniamo che le macchine stiano lavorando. Perché respirare sta diventando sempre più difficile così in fretta?"

"Non lo so per certo." Per l'ennesima volta, spero che Phoe intervenga presto con una spiegazione scientifica, ma resta ancora in silenzio. "Potrebbe essere per la questione dell'azoto" mento, dominando un brivido causato dal gelo che mi penetra nella pelle. "Ho letto che una quantità eccessiva di azoto nell'aria può portare al soffocamento e anche eliminare l'ossigeno presente. Se non è l'azoto, allora forse le macchine stanno combinando qualche altro pasticcio. Se si arresta o si rallenta la produzione dell'ossigeno, non è difficile esaurirlo, perché tutti noi lo utilizziamo respirando. Non è che l'aria possa penetrare dall'esterno della Cupola..."

"E quell'aggeggio termostatico?" chiede Liam dopo aver ripreso fiato per qualche passo. "Di che cosa si trattava?"

"Non hai notato quanto faccia freddo adesso?" rispondo, sfregandomi le braccia nude con le mani.

Liam osserva la pelle d'oca sulle proprie braccia. "Credevo fosse colpa della mancanza di vestiti e dell'ora, dato che siamo nel cuore della notte. O almeno, lo presumo. Per caso sai che ora è?"

"No" rispondo. L'aria che mi esce di bocca assomiglia al fumo o, più precisamente, al vapore. Anche il respiro degli antichi era così, quando le persone uscivano in inverno. Non l'avevo mai visto nella vita reale.

Liam infila le mani sotto le ascelle. "Allora cosa ci succederà? Cosa succederà a tutte le persone?"

"Non ne sono sicuro." Cerco di non battere i denti.

"Allora dove stiamo andando? Che senso ha seguire la Guardia?"

Come se stesse aspettando questa domanda da parte di Liam, Albert scompare nella foresta.

Accelero il passo. "Se corriamo, resteremo al caldo" spiego quando Liam mi lancia un'occhiata. "E poi, potrebbe esserci più ossigeno nella foresta con tutti quegli alberi."

Senza protestare per la mancata risposta alla sua domanda, si mette a correre dietro di me. Quando raggiungiamo la fila di alberi, il suo respiro comincia ad assomigliare a un motore a vapore guasto.

La foresta è inquietante e immersa nell'oscurità sotto la luce rossa, e mi ricorda quella incantata e piena di pericoli di una fiaba. Mi aspetto che Liam esprima qualche commento, ma non lo fa... e non è un buon segno.

Dopo un paio di chilometri nei boschi, si ferma e so che vuole chiedermi perché stiamo seguendo Albert e dove stiamo andando. Per non sprecare il suo ossigeno, dico: "Non è la Guardia la nostra destinazione, in realtà. Forse sa qualcosa, ma il luogo che dobbiamo raggiungere è la sezione degli Adulti. *Loro* potrebbero avere delle risposte."

Dopo pochi respiri pesanti, Liam chiede: "Ma come possiamo attraversare la Barriera?"

"Muoviamoci" replico, afferrandolo per il braccio, freddo come il ghiaccio. "Spero che, raggiungendo la Guardia, quell'uomo ti consenta di attraversarla."

Non gli dico che, anche nel caso in cui non trovassimo Albert, probabilmente la Barriera lo lascerà passare perché è con *me*. Infatti, posso accedere a qualsiasi zona di Oasis grazie all'hackeraggio durante il Compleanno da parte di Phoe, che ha fregato i sistemi di Oasis facendo loro credere che io sia un Anziano.

L'odore della pineta, o magari l'ossigeno che produce, mi dà energia, ma non si può dire lo stesso per Liam. La sua corsa rallenta rapidamente, trasformandosi in una specie di jogging e infine in una camminata. Quando raggiungiamo il limitare della foresta, riesce a malapena a trascinarsi in avanti.

Una volta usciti dai boschi, la Barriera scintillante non c'è più e non ne sono sorpreso. Dato che è un parto della Realtà Aumentata e che gli Schermi, gli alberi e altri oggetti generati dalla Realtà Aumentata sono spariti, è logico – se con 'logico' si intende un caos totale – che sia sparita anche la Barriera. E poi, dato che Liam ha oltrepassato con facilità la soglia in cui avrebbe cominciato a provare paura, mi aspettavo quasi che la Barriera funzionasse in modo errato.

Liam si trascina fino al centro della radura. Vedendo la foresta nella zona degli Adulti, mi rivolge un'occhiata di disperazione.

"Un'altra foresta" commento. "Ehi, significa una maggiore quantità di ossigeno, giusto?"

Liam non apre bocca. Tutto il suo corpo si accascia e lui inizia a camminare con lo stesso entusiasmo di un condannato che va verso il patibolo.

"Appoggiati a me" dico, avvicinandomi a lui.

Senza protestare, appoggia docilmente il braccio destro sulle mie spalle. Questo peso aggiuntivo mi rallenta, ma sono grato al suo calore corporeo. Vorrei solo che riuscissimo a procedere più rapidamente.

Quando raggiungiamo la sezione della foresta appartenente agli Adulti, raccolgo un bastone per ciascuno di noi, in modo tale da appoggiarci mentre camminiamo. Questo ausilio improvvisato ci aiuta un po', ma una volta raggiunto il limitare di una piccola radura, Liam getta a terra il bastone e si sostiene grazie ad un enorme pino, boccheggiando disperatamente.

Mollo la presa su di lui e arretro. Non so cosa fare. Poi mi viene un'idea.

"Ti precedo e vado a cercare un Disco" dico, parlando un po' con lui e un po' tra me e me. "Gli Adulti hanno dei dispositivi volanti. Basta sedersi sopra e..."

"Ti prego" ansima Liam. Il suo volto ha assunto una tonalità viola-bluastra sotto la luce rossa della Cupola. "Non andare. Non lasciarmi solo."

"Certo" rispondo immediatamente. Il mio amico deve aver sprecato molto ossigeno per pronunciare quelle parole.

Annuisce e inspira profondamente più volte. Ad ogni respiro, sgrana sempre di più gli occhi e il suo volto assume una tonalità violacea più scura.

Mentre il mio battito cardiaco si impenna, osservo Liam stringersi la gola, proprio come aveva fatto nel Dormitorio. *No, ti prego, no.* Lo raggiungo freneticamente, ma è troppo tardi.

Il mio amico scivola contro l'enorme tronco dell'albero e crolla in ginocchio.

Continua a stringersi la gola, con gli occhi fuori dalle orbite e le vene sporgenti sulla fronte. Ansima dolorosamente diverse volte, finché non smette completamente di respirare.

"Liam!" Lo prendo per un braccio proprio mentre stramazza al suolo.

7

La mia mente cerca in tutta fretta di elaborare un piano mentre mi inginocchio vicino al mio amico e comincio a rianimarlo.

"Phoe!" sussurro disperato. I miei muscoli congelati si contraggono sotto la pelle quando comprimo il petto di Liam. "Phoe, ti prego."

Non risponde.

Con le labbra screpolate e tremanti, soffio l'aria nei suoi polmoni e mi viene in mente l'idea assurda che gli antichi devono essersi sentiti proprio così quando nessuno rispondeva alle loro preghiere. Sto tremando da capo a piedi e sento le mani, i piedi e lo stomaco pietrificati, mentre continuo con la respirazione e le compressioni del torace.

Niente.

Non reagisce.

Agitato, gli controllo il battito.

Niente. È più probabile che sia quel gigantesco albero ad avere un battito cardiaco.

Stringendo i pugni, comprimo il suo torace una volta, due volte, tre volte. Lo sto praticamente colpendo, ma non cambia nulla. Ad ogni secondo che passa, Liam sembra sempre più freddo al tatto.

No. Non deve succedere.

"È un sogno? Una partita della TIRI?" Il mio grido assomiglia all'ululato di un lupo. "Portami via di qui, ti prego. Per favore, Phoe. Farò qualunque cosa."

Per tutta risposta, il cielo rosso brilla con indifferenza.

Liam non si è più mosso ed è sempre freddo.

Non mi sono mai sentito così impotente e sopraffatto.

Accantonando la paura, continuo con le tecniche di rianimazione. Ad un certo punto, sento le sue costole che si incrinano. L'aria fredda sembra scottare nei miei polmoni, ho le braccia rigide e indolenzite e mi sono venuti i crampi alle gambe, ma non mi fermo. Nonostante il freddo sempre più pungente, ho la sensazione di bruciare. Il mio cuore batte come un tamburo irregolare e vengo assalito da un'ondata di nausea, tuttavia ricaccio indietro la bile in gola e proseguo.

Una parte distaccata della mia mente mi dice che proseguire con queste azioni equivale a profanare il cadavere del mio amico, che non lo sto facendo per il suo bene ma per il mio – che le tecniche di rianimazione sono un modo per non affrontare la realtà sempre più dura – eppure non riesco a fermarmi.

Continuo finché le mie braccia non cedono per i movimenti ripetitivi.

Solo a quel punto mi alzo sulle mie gambe malferme. Con un brivido, fisso Liam.

Il risultato più crudele del guasto agli impianti di Oasis è che i cadaveri non si disintegrano più, scomponendosi in molecole, per essere riciclati dai nanociti come nel caso di Mason e Jeremiah. Liam si limita a giacere lì, proprio come Owen e Grace, freddo e senza vita.

Ora capisco perché gli antichi seppellivano i morti. Provo l'istinto di fare lo stesso, ma so che sarebbe una follia. Il suolo è solido come roccia e i miei piedi freddi – che stanno rapidamente perdendo la sensibilità – ne sono la prova.

Per un istante, mi chiedo se sia il caso di preoccuparmi dell'assideramento, poi scaccio quel pensiero ridicolo. Se non risolvo il problema degli impianti di Oasis, qualunque esso sia, la perdita delle dita dei piedi sarà l'ultima delle mie preoccupazioni.

Inebetito, dico addio in silenzio a Liam, poi ricomincio ad addentrarmi nella sezione degli Adulti.

Se prima fingevo di avere un piano per mantenere vive le speranze di Liam, adesso so la verità: sto vagando senza meta. Esiste la piccola possibilità che gli Adulti possano fare qualcosa, ma l'aspettativa non mi sta tenendo certo col fiato sospeso... in senso figurato, almeno.

Il freddo sta peggiorando. Ho l'impressione che il midollo osseo si stia solidificando, perciò eseguo l'unica azione che mi viene in mente per riscaldarmi.

Corro.

Il movimento mi dà un minimo di sollievo. La mia agitazione mentale passa in secondo piano rispetto al dolore dato dai rami che mi sferzano il viso. Mentre accelero il passo, nel mio corpo si diffonde qualcosa di simile al calore e una sorta di torpore spettrale avvolge i miei piedi, la sensazione più simile al tatto che i miei piedi stiano provando da un po' di tempo a questa parte.

Mentre corro, mi concentro su una domanda che mi frulla in testa a livello di subconscio da quando mi sono svegliato: cosa diavolo sta succedendo? Io e Phoe siamo stati attaccati da una specie di virus. Dato che i computer degli antichi erano continuamente attaccati dai virus, Phoe può essere stata attaccata da una cosa simile? Quando le risorse informatiche dell'astronave erano state impiegate per altri scopi, come il gioco della TIRI, lei era rimasta ferita, o perlomeno indebolita. Quindi, se un virus consumasse una montagna di risorse, potrebbe paralizzare Phoe. E se il virus scombussolasse una quantità sufficiente di risorse di Phoe, potrebbe interferire con le funzioni che davamo per scontate, come la produzione di ossigeno della navicella. Sembra plausibile, almeno se dimentico la domanda più importante: da dov'è saltato fuori il virus?

La vista di Albert interrompe le mie speculazioni.

È riverso a terra a pochi passi dal limitare della foresta, immobile.

Lasciandomi gli alberi alle spalle, mi precipito verso la Guardia priva di sensi e controllo il battito cardiaco. Non lo sento. Il suo collo è la cosa più gelida che io abbia mai toccato. Il suo corpo è ricoperto dalla brina, che luccica di rosso sotto le luci della Cupola.

Con la morte di Liam, pensavo che la mia capacità di provare dolore fosse arrivata al culmine, ma vengo travolto di nuovo da una valanga di emozioni. Non conoscevo bene Albert, ma sembrava un uomo buono e gentile...

No.

Mi ricompongo con un certo sforzo. Se cedessi in questo momento, mi lascerei cadere accanto a lui in attesa di morire, e non succederà.

Mi viene in mente un'idea macabra, allora la metto in atto prima di potermi tirare indietro.

Spoglio Albert delle scarpe e le infilo ai piedi, ormai diventati dei blocchi di ghiaccio. Indosso quindi i suoi pantaloni e la parte superiore della tuta, e infine i guanti.

Alla fine, provo ancora più freddo, ma la parte razionale del cervello mi dice che è solo un'illusione. Distolgo lo sguardo dall'ennesimo cadavere – ancora più triste nella sua nudità – e comincio a correre.

Non mi serve molto tempo per trovare conferma delle mie peggiori paure. I cadaveri degli Adulti sono sparsi dappertutto.

"Ti prego, fa' che sia successo solo nelle zone periferiche" mormoro tra me e me, precipitandomi verso l'edificio più vicino.

Perfino a distanza, riesco a vedere le persone riverse a terra e ce ne sono centinaia. Avvicinandomi abbastanza, appuro che sono davvero morte e che tutte mostrano gli stessi segni di soffocamento.

Tremando, punto verso l'edificio visibilmente più grande a poche centinaia di metri da me.

Anche qui, la scena è desolante. Gli Adulti morti sembrano trafelati tanto quanto i Giovani: niente scarpe, vestiti ridotti al minimo, espressioni di orrore incollate per sempre sui loro volti.

Trovo un'altra fossa comune accanto alla struttura più alta.

Mentre cammino tra i cadaveri degli Adulti, vedo alcune persone di mia conoscenza. Alla mia destra c'è la Docente Filomena, pietrificata in un abbraccio con il Docente George. Scorgo altri Docenti dell'Istituto e diversi uomini e donne che ho incontrato alle Fiere del Compleanno nel corso degli anni.

Stanco, mi allontano di fretta dagli edifici, i luoghi in cui sono ammucchiati i corpi. Non riesco più a fissare tutta questa morte.

Mi dirigo verso la passerella più lontana da qualsiasi struttura e, mentre corro, i segni della carneficina diminuiscono, ma è comunque un peso troppo grande da sopportare.

Sembra che il freddo stia peggiorando. Ho le orecchie letteralmente congelate. Penso che, se qualcuno mi stringesse il lobo, questo potrebbe spezzarsi. Mi fermo per spogliare della camicia da notte il cadavere di una donna anziana che non conosco, poi avvolgo l'indumento intorno alla testa prima di ricominciare a correre.

Mi sto aggrappando a una speranza molto più debole rispetto a prima, basata sul vago concetto che, forse, gli Anziani – coloro che si sono autoproclamati governanti del nostro mondo – sanno cosa sta succedendo.

Sforzandomi di ricordare la posizione esatta dell'edificio in cui si tengono le riunioni del Consiglio, mi dirigo verso la foresta che divide il territorio degli Adulti da quello degli Anziani.

VEDO IL PRIMO CADAVERE PIÙ O MENO NON APPENA metto piede nel territorio degli Anziani. Credo che quel vecchio pelle e ossa volesse raggiungere la sezione degli Adulti. Magari aveva pensato di trovare più ossigeno nella foresta, oppure, come me, vagava disperato e senza meta sulle sue gambe malferme.

Non mi sono mai sentito così stanco e intirizzito. Non riesco più a ricordare da quanto tempo sto correndo, né quando non provavo freddo o la sensazione di poter perdere la vita.

Non c'era alcuna Barriera davanti alla sezione degli Anziani e non ci sono segni a dimostrazione del fatto che questi ultimi si siano sottratti al destino che è toccato agli Adulti. Anche tutti i Giovani che mi sono lasciato alle spalle, bambini compresi, devono essere morti.

Tutte le persone che conoscevo sono morte.

Testardo, mi dirigo verso l'edificio del Consiglio. Presumo sia quello da cui io e Phoe eravamo usciti dopo che Jeremiah mi aveva quasi ucciso.

Nei pressi di tutti gli altri edifici, la scena è spaventosamente familiare. Riesco ad immaginare l'accaduto: innanzitutto, gli allarmi erano scattati a caso in edifici diversi, proprio come nella sezione dei Giovani, poi le persone si erano precipitate all'aperto, dove altri allarmi erano risuonati e tutti alla fine erano morti per soffocamento.

Qua e là giacciono cadaveri delle Guardie. Alcune indossano ancora il casco, mentre altre, come Albert, se l'erano tolto. Nessuna di loro è viva.

Più mi avvicino alla mia destinazione, più aumenta la quantità di corpi e molto presto non mi resta altra scelta se non quella di camminare sui cadaveri. Ad ogni passo, ho dei conati di vomito.

"Malfunzionamento della simulazione della gravità" annuncia la voce di Phoe nel cielo. Mi rendo conto che, ormai abituato agli altri avvisi da parte sua, avevo cominciato a ignorarli. Prima che io possa analizzare fino in fondo il significato di questo nuovo avviso, inizio a cadere.

Subito dopo, capisco che in realtà non si tratta di una caduta: sto fluttuando, così come tutti i cadaveri intorno a me.

Galleggiano nell'aria, componendo un'immagine che ci si aspetterebbe di vedere solo nel quadro surreale di un artista la cui mente è stata devastata da un avvelenamento da mercurio.

Dimeno le braccia e le gambe per qualche minuto, ma è inutile. Come risultato, riesco solo a riscaldare leggermente i miei arti intirizziti.

Eppure, vengo attirato dritto verso quell'edificio. Non so per quale motivo. Forse spero di trovare un'insegna al neon con la scritta 'Traguardo', oppure di incontrare i membri del Consiglio e sentirli dire: "Una bella serie di dilemmi morali. Adesso puoi uscire dal Test."

Forse voglio verificare se siano loro la causa di questa situazione e, in caso affermativo, strangolarli uno ad uno, prima di morire insieme a tutti gli altri.

Andando per tentativi, scopro che, se spingo una persona in una direzione, vengo catapultato nel senso opposto, perciò offendo i cadaveri in un modo diverso: invece di prendere i loro vestiti, li uso per spingermi in avanti.

Volo in questo folle obitorio per quello che sembra

un giorno intero. Quando afferro il corpo successivo, ne riconosco il viso.

È Fiona, l'attuale capo del Consiglio nonché Custode delle Informazioni.

Ormai sono troppo insensibile per provare qualcosa. Sì, questa donna è stata gentile con me e la scoperta del suo cadavere ha cancellato il mio ultimo barlume di speranza, ma non riesco a provare empatia.

Ho troppo freddo. Sono troppo stanco.

Le lacrime sono rimaste congelate sulle mie guance.

Spingo via Fiona e lascio che questo gesto mi lanci verso il grande ammasso di corpi. Una volta lì, mi rintano al centro della calca, sperando di trovare riparo dal freddo, poi chiudo gli occhi e fluttuo.

La mia paura dell'altezza è sparita. Riesco addirittura ad apprezzare la sensazione data dall'assenza di gravità.

Chissà cosa si prova quando si muore. Sarà come quand'ero caduto nel mare di Melma nella partita della TIRI? Credo che dipenda dal tipo di morte. Quella per soffocamento sembra orribile, ma penso che, con ogni probabilità, morirò assiderato. Avevo letto che, quando si congela, ci si addormenta semplicemente senza più risvegliarsi, perciò non sembra altrettanto spaventoso.

Galleggio ancora per un po', poi mi rendo conto che il dolore causato dal gelo è sparito: uno degli stadi finali dell'ipotermia.

Pensare è sempre più difficoltoso. Ad ogni momento che passa, mi sento sempre più simile ad una mente priva di corpo che fluttua in un universo di puro pensiero.

L'unica sensazione che provo è la stanchezza.

Non vorrei fare altro che dormire.

Una parte di me sa che dovrei combattere la sonnolenza. Se mi addormentassi, sarebbe la fine. Ma per me è difficile preoccuparmene.

Almeno morirei nel sonno.

Smetto di lottare e, lasciando andare la mia coscienza, mi addormento.

MI RISVEGLIO BOCCHEGGIANDO ALLA RICERCA DI ossigeno. Dopo un altro rantolo frenetico, ricordo di non aver pensato di risvegliarmi... anzi, in effetti speravo proprio che non sarebbe successo.

Non si tratta di una tregua, al contrario, ho appena sostituito una morte meno orribile con una morte peggiore.

Per un breve istante, mi concedo una fantasia in cui tutto quello che è successo è stato solo un incubo terrificante. Immagino di riaprire gli occhi nel mio letto, andando in iperventilazione a causa dell'incubo e respirando a fatica per lo stress.

Ma quando mi guardo intorno, so che è soltanto una bugia.

Mi sento ancora come un ghiacciolo umano. Sto sempre galleggiando al centro di una nuvola composta da cadaveri degli Anziani.

Il freddo, cullandomi, mi ha portato ad addormentarmi, ma senza riuscire ad uccidermi.

Il sudore freddo si è congelato sulla mia pelle e il mio cuore batte forte nelle orecchie, mentre mi sforzo di riempire d'aria i polmoni in agonia.

L'ossigeno, evidentemente, si è esaurito. Nonostante l'efficienza dei Respirociti, essi diventano inutili in mancanza di aria da trasportare.

Il mio corpo lotta istintivamente per trovare l'aria. I muscoli del collo si contraggono e ho la sensazione che il diaframma stia per lacerarsi.

Gridare in cerca di aiuto non funziona, perciò chiamo mentalmente Phoe... probabilmente per l'ultima volta. Lei non risponde.

Con i miei movimenti spasmodici, spingo i cadaveri in ogni direzione.

Mi stringo la gola rigonfia. Ho l'impressione che gli occhi stiano per schizzarmi fuori dalle orbite. La debolezza comincia ad avere la meglio su di me. Il cervello deve aver esaurito l'ossigeno. Il battito cardiaco rallenta, mentre rivedo mentalmente alcune scene della mia vita.

Il mio cuore si arresta e tutto quel colore rosso che era diventato il mio mondo si trasforma in un tunnel di luce bianca.

Muoio.

8

M i sto librando sull'orlo della coscienza come un fantasma privo di corpo.

Dato che sono morto, e lo sono sul serio, qualsiasi forma di coscienza è uno sviluppo positivo, perfino così effimera, anche se non capisco da dove salta fuori.

Rifletto sulla mia esistenza. Per quanto tempo, non lo so, perché non ho più il senso del tempo.

Sono un fantasma? Uno spirito? Un'anima?

Gli antichi avevano ragione nell'inventare quei concetti stravaganti?

I miei ricordi sono nebulosi. Non ricordo chi sono, perché sono qui o cosa significa 'qui'. L'amnesia fa forse parte dell'aldilà? È un modo per essere sicuro di non sentire la mancanza di ciò che mi sono lasciato alle spalle? L'unico ricordo concreto e incrollabile è la consapevolezza di essere morto e sono anche convinto di dover compiere delle scelte importanti.

Ah, sì. Sebbene tutto il resto sia ancora confuso, le mie scelte sono certezze granitiche. La prima riguarda l'aspetto delle mie ali.

Prima di pormi delle domande – come succederebbe con un sogno privo di logica – mi si presenta davanti una serie di ali diverse, il che è strano per vari motivi, ma soprattutto perché non possiedo gli occhi. Anche senza la vista, riesco a vedere tutte queste ali di grande varietà e bellezza.

Mi tornano in mente le antiche leggende. Siamo in paradiso? Sto per trasformarmi in un angelo alato con un'aureola sulla testa? È questo il motivo per cui ho bisogno delle ali?

Come spronate da questa teoria, file infinite di ali d'angelo conformi a quello stereotipo compaiono davanti alla mia mente. Ogni coppia è una variazione di quelle composte da piume di colomba e in diverse sfumature di bianco.

Posso scegliere una sola coppia tra milioni di versioni.

Il mio occhio della mente scorge anche altre opzioni: ali di drago, ali di bombo, ali di pipistrello, file su file di ali di insetti, uccelli, rettili e fluttuanti ali di mammiferi. C'è perfino una fila di ali simili a pinne, come quelle della razza. Senza sapere come, so che 'zoomando in avanti' su una specifica coppia di ali potrò scoprire infinite varianti di quel tema e sarà la fase successiva della procedura di selezione, proprio come quand'era comparso il tema delle ali d'angelo.

Alcune scelte non sono basate sulla realtà. Per esempio, c'è una miriade di forme astratte che trovo affascinanti e, in risposta al mio interesse, mi si presentano davanti tantissime possibili varianti di queste ali surreali.

Non so quanto tempo mi occorra per decidere, ma alla fine scelgo un paio di ali che sembrano essere state tessute con fili di fuoco predisposti secondo strani schemi matematici. A giudicare dal loro aspetto, sembra che qualcuno abbia interrotto a metà una di quelle rappresentazioni della musica tramite i frattali.

La mia mente confusa le trova in qualche modo ironiche. Le mie nuove ali sono l'esatto contrario delle forme paradisiache con cui avevo cominciato. Sembrano la visione astratta delle ali di un demone del fuoco.

Anzi, queste ali mi ricordano anche quell'uccello di fuoco delle antiche leggende, una creatura chiamata fenice. Il pensiero mi suscita delle emozioni che non riesco bene ad interpretare, perciò mi limito a fluttuare con noncuranza, fino a capire di dover compiere scelte ulteriori.

Quella successiva è molto più facile: devo decidere che aspetto avrà il mio viso.

Mi si presenta ogni genere di volto umano: più giovane, più vecchio, carino, affascinante. Alcuni sono più virili, mentre altri sono più delicati ed effeminati. Ogni volto può anche possedere diverse caratteristiche, per esempio gli occhi, che possono avere qualsiasi colore, forma e dimensione immaginabile.

Vengo attirato all'istante da una particolare serie di volti e, quando i miei occhi metafisici si posano su questo gruppo, scelgo quasi subito uno di essi. La mia scelta si basa su un senso estremo di familiarità. C'è qualcosa nei suoi tratti avvenenti, negli occhi azzurri, nei capelli biondi e nella sua espressione di curiosità che tocca una corda a lungo dimenticata dentro di me.

Seleziono anche un corpo altrettanto rapidamente, nonostante ci sia ampia scelta anche in questo campo.

Nella mia mente inerte si diffonde un senso di completezza. Posso scegliere ulteriori dettagli, ma sono facoltativi ed è possibile aggiungerli in seguito. Però, quasi automaticamente, decido di volere effettivamente dei vestiti, nello specifico un paio di pantaloni, e che mi piacerebbe anche portare con me delle armi. Spade di fuoco si abbinerebbero bene alle mie ali, perciò ne scelgo due simili alle katana. Altri dettagli vengono scelti per me casualmente, come il timbro della mia voce e la luminosità della mia pelle. Accetto volentieri queste opzioni.

L'intera procedura mi ricorda l'inizio di un videogioco in cui il giocatore deve creare il proprio personaggio prima di iniziare il viaggio virtuale.

"Non sai quanto tu sia vicino alla verità" esordisce nella mia mente una voce femminile familiare. "Avrei preferito che non avessi..."

Non ho la possibilità di scoprire chi stia

comunicando telepaticamente con me, né come o perché quella donna abbia parlato: la procedura di selezione è ufficialmente terminata e mi sento trasportato in un altro punto, mentre recupero i miei ricordi e divento una figura completa.

RIPRENDO I SENSI CON UN BRIVIDO VIOLENTO. RICORDO di essermi addormentato per l'ultima volta perché stavo per morire assiderato, ma in qualche modo non è successo, dato che adesso sono sveglio.

Invece di fluttuare nelle temperature di Oasis inferiori allo zero, circondato da mucchi di cadaveri assiderati, mi ritrovo in piedi in un caldo spazio aperto, con intorno bellissimi individui alati che parlano tra loro con voci melodiche e ultraterrene.

Qualcosa solletica il mio stato di coscienza. Tra la morte per assideramento e questo luogo, ho vissuto un'esperienza onirica in cui ho assunto un aspetto simile a quello di queste figure, con le ali e tutto il resto.

Ricordo le mie teorie, secondo le quali si tratta di una sorta di vita dopo la morte, e quelle idee non sembrano più così assurde com'era successo invece nel sogno. Ma queste persone non sono angeli. Ho già visto delle creature simili: i due Delegati, cioè quello che aveva parlato con Jeremiah quando il vecchio era ancora vivo, e Jeremiah stesso quand'era morto diventando il nuovo Delegato.

Esistono stanze del genere nell'aldilà? Presumo sia possibile. Questo spazio mi ricorda una cattedrale, il che ha dei connotati religiosi, sebbene condivida soprattutto l'aspetto di un antico museo. I soffitti saranno alti almeno una trentina di metri e la distanza da una parete all'altra è almeno pari al doppio di quella misura. Specchi giganteschi ricoprono ogni superficie, dando l'impressione che la stanza sia molto più estesa e riflettendo le persone alate che camminano e volano al suo interno.

Ignorando le creature intorno a me, raggiungo lo specchio più vicino. A quel punto, non mi stupisco granché di vedere che la selezione delle ali in quella specie di sogno era reale.

Cioè, queste ali sono vere.

E intendo dire che sono attaccate alla mia schiena.

Ali a parte, il mio viso è leggermente diverso da come lo ricordavo. Sembra che qualcuno l'abbia scolpito nel marmo, levigando poi le imperfezioni e le parti asimmetriche. Nel riflesso sembro leggermente più vecchio e più alto e il mio busto nudo è decisamente più tonico. In aggiunta, sono diventato in qualche modo luminescente. Non scintillo come alcune altre persone nella stanza, ma è un fenomeno ben visibile. Ricordo vagamente che tutto questo faceva parte delle scelte disponibili in quella parentesi onirica.

"Il fatto che tu abbia scelto il tuo stesso volto è un problema" afferma Phoe tramite una voce nella mia testa. "Ho cercato di parlare con te durante la fase di selezione ma, quando ci sono riuscita, era troppo tardi. Complimenti per le ali, comunque."

Ora ricordo che lei, in effetti, si era rivolta a me verso la fine della selezione, solo che in quel momento non sapevo chi fosse. Poi ricordo la parte più importante: Phoe *non* aveva mai parlato durante quelle ore fatali in cui tutte le persone intorno a me stavano morendo. Il mio cervello viene invaso da ricordi terribili, allora grido: "Phoe! Dove diavolo sei stata? Dove cazzo mi trovo? Cosa cazzo..."

"Morire può essere un'esperienza disorientante, lo so" replica una melodiosa voce femminile alle mie spalle, molto diversa da quella di Phoe. "Ma devi usare proprio questi termini davanti ai tuoi colleghi? Non mi sarei mai aspettata di sentire pronunciare quella parolaccia con la C nel Regno."

Ricordo ogni cosa non appena viene nominato il Regno, ma non ho il tempo di soffermarmi su questo poiché mi ritrovo faccia a faccia con una donna alata e seminuda, così bella che resto a fissare le sue curve a bocca aperta e pieno di meraviglia.

"Smettila di guardare Fiona in quel modo" dice Phoe, non senza una buona percentuale di gelosia. "Non darle la possibilità di capire che non sei uno degli..."

"Chi sei?" chiede la donna, Fiona. "Non fai parte del Consiglio."

Richiudo la bocca immediatamente. Lei è Fiona, l'ultimo Custode delle Informazioni, ed è anche l'anziana donna di cui avevo visto il cadavere prima di morire.

"Magari è un Antenato" interviene una voce maschile. "Forse hanno finalmente deciso di spiegarci cosa ci facciamo qui. Cos'è successo su Oasis? Perché siamo morti tutti? Perché..."

"Calmati, Vincent" risponde Fiona. La sua voce beata assomiglia proprio alle note placide dell'arpa. "Lascia parlare quest'uomo."

"Io, ehm..." Anche la mia voce ha un suono diverso e mi ricorda una tromba. "Io non..."

"Sei l'ultimo che ha sperimentato l'ascensione. Adesso siamo in tredici. Tu devi essere l'ultimo membro del Consiglio, ma non riconosco il tuo volto" dice Vincent, socchiudendo quei grandi occhi. "Comincia a spiegare come sei arrivato qui e dicci come ti chiami."

"Non rivelare il tuo vero nome" mi ordina mentalmente Phoe. "È già abbastanza negativo il fatto che tu abbia scelto lo stesso bell'aspetto di prima, che è ben riconoscibile."

"Allora cosa devo rispondere?" le chiedo telepaticamente, quando vorrei invece avere il tempo di porle circa mille altre domande.

"Di' che sei..."

Phoe non completa il pensiero, poiché l'imponente porta della cattedrale si apre e una luce abbagliante si riversa nell'ampia sala.

"Era ora" commenta Vincent, poi si dirige verso la porta.

Tutti si uniscono a Vincent vicino all'entrata, oscurando una parte della luce proveniente dall'esterno.

"Vola verso l'alto" pensa Phoe. "Adesso."

"Come faccio a volare?" chiedo.

"Con le ali sarebbe fantastico" replica. "Dubito che avere pensieri felici ti possa aiutare, ma puoi provarci, se vuoi. Basta che nel frattempo tu contragga anche i muscoli delle ali."

"Ma come..."

"Fallo e basta. Fingi di esserne capace" dice Phoe. "Sono già incorporati."

Usare le ali per la prima volta è una delle sensazioni più strane che abbia mai provato. È come se mi fossero spuntate due braccia in più e dovessi imparare a usarle separatamente rispetto a quelle originali. Nel caso delle braccia supplementari, almeno, avrei un punto di riferimento, invece le ali sono un'esperienza completamente estranea. Eppure, senza alcuno sforzo e come se ne fossi sempre stato capace, spiego le ali di fuoco e balzo verso l'alto.

Con un potente colpo verso il basso, volo verso il soffitto, lasciandomi dietro una scia di braci e di calore.

"Le tue ali non hanno solo l'aspetto delle fiamme"

spiega Phoe, "ma interagiscono davvero con l'ambiente proprio come..."

Volo ancora più in alto e, per la paura, perdo il resto della sua descrizione. A quanto pare, le nuove ali non contribuiscono a calmare le mie apprensioni con l'altezza.

"Già, la tua paura dell'altezza è diventata ancor meno razionale" dice Phoe nel tentativo – fallito – di tranquillizzarmi. "Le creature alate non dovrebbero..."

Un uomo imponente e muscoloso, dotato di ali di drago gigantesche, entra nella cattedrale con un entourage di individui altrettanto corpulenti.

"Cari nuovi arrivati" esordisce. La sua voce è tonante come un tamburo di guerra. "Io sono Brandon."

Fa una pausa, come se fosse abituato a vedere la gente riconoscere e rispettare il suo nome. Io però non l'ho mai sentito nominare e, a quanto pare, nemmeno le altre persone presenti.

Impassibile, prosegue: "Mi duole informarvi che non entrerete a far parte della società del Regno. Il nostro nemico potrebbe avervi contaminati e permettervi di lasciare questa cattedrale per la quarantena è un rischio che non siamo disposti a correre. Mi dispiace davvero. Verrete riportati nel Limbo. Sono certo che ci incontreremo di nuovo, in circostanze più piacevoli."

I suoi occhi sono addolorati mentre si guarda intorno nella cattedrale. Con malcelato rammarico, muove entrambe le mani come per imitare il gesto di chi stringe una mazza da baseball.

Uno spadone medievale a due mani compare tra le sue dita. La lama ha una sfumatura bluastra e il suo taglio affilato scintilla alla luce potente dei lampadari. Senza aggiungere altro, esegue un colpo di spada e mozza le teste dei due membri del Consiglio più vicini a lui.

La scena rallenta.

Provo una sensazione di debolezza nelle ali e mi chiedo se io stia per precipitare a terra.

Le teste mozzate cominciano a rotolare.

9

L e teste non entrano mai in contatto con l'intricato mosaico sul pavimento e i corpi decapitati non si afflosciano.

Al contrario, le teste e i corpi mutano forma, il che significa che sembrano momentaneamente suddivisi in forme quadrate, simili ai pixel delle immagini che avevo visto negli antichi archivi. È come se i corpi si trasformassero in minuscoli dipinti cubisti. Poi, ciascuna delle piccole sottocomponenti tridimensionali scintilla di colpo e si restringe nell'aria, finché non ne rimane più nulla. Nel punto in cui fino a un attimo fa c'erano due creature alate, adesso è rimasto uno spazio vuoto. Non restano né i corpi né le teste.

"Sono morti?" penso, un po' tra me e me e un po' rivolgendomi a Phoe.

"Sono tornati nel Limbo, memorizzati come backup mentali nella DMZ con il resto di Oasis" risponde lei. "Ma si tratta solo di semantica e ce ne preoccuperemo quando saremo fuori di qui. Per ora, ho bisogno che tu sia armato. Devi materializzare le spade. Ricordi di averle scelte, vero? Ordina loro di comparire."

Elaboro le sue parole, ma non il relativo significato perché, in quel momento, Fiona e Vincent urlano. Mentre scivolo vicino al soffitto, guardo in basso e li vedo scappare via dall'entrata della cattedrale.

Gli altri sopravvissuti gridano ancora più forte, sparpagliandosi come scarafaggi.

Invece di inseguirli, Brandon si addentra nella cattedrale in modo dignitoso, seguito da alcuni guerrieri alati.

"Le katana, Theo!" grida Phoe nella mia mente. "Ti serviranno! Allarga le braccia, come per afferrare due spade, e desidera di averle con te. Svelto!"

Immagino di aver avuto a che fare con lei abbastanza a lungo da essere stato indotto a seguire le sue istruzioni. Allargo allora le braccia, con i palmi delle mani rivolti verso l'esterno, e ordino alle armi di materializzarsi.

Due spade prendono forma tra le mie dita. Quei due lunghi spezzoni di metallo sono più leggeri di quanto immaginassi, ma d'altro canto le spade del mondo reale non sono fiammeggianti come queste, quindi non sto obbedendo alle normali leggi della fisica. L'impugnatura è comoda, come se le spade fossero un prolungamento delle mie braccia.

"Di' ai Consiglieri di procurarsi delle armi" dice Phoe.

"Armatevi!" grido alle persone terrorizzate sotto di me.

Il mio comando arriva troppo tardi per un Consigliere tozzo e pallido, e uno dei guerrieri armati lo decapita.

"Materializzate le armi che avete scelto quando siete arrivati qui!" grido. "Ordinate loro di comparire!"

Vincent, il Consigliere gracile, alza lo sguardo su di me e annuisce. Esegue un gesto per invocare la propria arma, quindi una falce dalle decorazioni intricate compare tra le sue mani. Con quell'arma, assomiglia al Tristo Mietitore. Non appena prende atto della nuova acquisizione, Vincent vibra quell'enorme attrezzo per tagliare l'erba verso il suo nerboruto aggressore. Il guerriero alato viene colto alla sprovvista. Mentre prima stava inseguendo un Vincent patetico e disarmato, adesso è il suo stesso obiettivo ad attaccarlo. Un'esitazione temporanea che gli costa letteralmente la testa. Le parti del suo corpo decapitato scompaiono pixel dopo pixel, esattamente come i corpi precedenti.

"Bravo, Vincent!" grido. "Aspetta... stai attento!"

La sua testa viene staccata dal corpo. Mentre si dematerializza, scorgo Brandon con lo spadone tra le mani.

"Combattere contro di noi è inutile" annuncia con

quella voce simile a un tamburo. "Ci siamo allenati con queste armi per secoli, mentre voi non sapevate nemmeno di poterne possedere una... prima che lui ve lo rivelasse." Mi guarda minaccioso e le sue ali si preparano al volo.

Tento di rendere la mia espressione più sinistra della sua. Sta cercando di dominare l'ambiente tramite una guerra psicologica e non ho nessuna intenzione di cascarci. Con la coda dell'occhio, scorgo Fiona. Si sta avvicinando a Brandon da dietro e stringe uno spadino tra le mani sottili. La sua arma sembra essere fatta di luce pura e non di metallo.

"Vai all'uscita" mi ordina Phoe mentre penso: "Dobbiamo aiutarla."

"No, invece" replica lei. "A giudicare dai movimenti di Brandon, non mentiva sul suo allenamento. Non avresti alcuna possibilità in un combattimento contro di lui. Fiona è già tornata nel Limbo."

Le parole di Phoe sono come una doccia fredda nel mio cervello.

"Non puoi assumere il controllo del mio corpo e fare qualcosa?" penso, disperato. "Dovresti essere più veloce di..."

Prima che io riesca a terminare il mio pensiero, Phoe passa all'azione. Nei secondi successivi si susseguono i soliti paradossi tipici del controllo da parte di Phoe: nonostante la sensazione di comandare il mio corpo, so di non padroneggiare il terrore dell'altezza fino a *questo* punto. Dev'essere lei a muovere le mie ali all'indietro per tuffarsi letteralmente verso il suolo.

"Credevo che non mi avresti più concesso il controllo dopo il mio fallimento su Oasis." Le parole di Phoe mi distraggono dall'orrore della caduta ma, quando il mio volto viene sferzato dalla resistenza del vento, vengo dominato di nuovo dalla paura.

Fiona solleva lo spadino.

Sebbene mi stia guardando, una specie di istinto avverte Brandon dell'imminente attacco da dietro. Ad una velocità impossibile, si gira e para il colpo di Fiona con tanta forza da farla barcollare all'indietro.

Sono a metà discesa, quando Brandon approfitta dell'instabilità di Fiona per sferrare un colpo della spada gigantesca. Fiona lo blocca con lo spadino, ma tanto varrebbe impugnare uno stuzzicadenti. La lama di Brandon respinge la sua arma elegante e prosegue lungo la traiettoria verso il suo collo flessuoso.

Invece di schiantarmi al suolo come temevo, apro le ali all'ultimo istante e colpisco lo spadone di Brandon con la katana destra, impedendogli di decapitare Fiona. Purtroppo, lui riesce comunque a provocarle una ferita sanguinante sul collo.

Il sangue di Fiona non è rosso ma luminescente, come quello di una strana creatura delle profondità marine. Il suo grido assordante fa trasalire Brandon e approfitto di questa distrazione temporanea per ferirlo alla spalla sinistra.

DIMA ZALES

Ignorando il sangue che gli sgorga dal taglio, Brandon si concentra completamente su di me.

Fiona si stringe il collo, perciò so di essere da solo in questo scontro.

Brandon tenta di affondarmi lo spadone nel petto. Mi sposto con un balzo e la mia rapidità è sicuramente opera di Phoe.

La mandibola di Brandon si contrae. Si aspettava di trovare delle prede facili in questo posto. Ma il suo addestramento entra in gioco e, invece di soffermarsi sulla mia incredibile energia, cerca di colpirmi alle gambe.

Salto.

Affonda la punta della sua arma verso la mia spalla destra, ma paro il colpo con la katana sinistra. Provo torpore in tutto il braccio a causa dell'impatto, ma non mi lascio frenare e colpisco Brandon al bicipite.

Sento lo sfrigolio della mia lama di fuoco che gli penetra nella carne. Il suo grido di dolore rivela finalmente che *può* sentire le ferite, inoltre attira l'attenzione dell'alleato muscoloso più vicino, che smette di inseguire un consigliere ferito per attaccare me.

Merda.

Il mio cuore, che batte già a più non posso, sta cercando di uscire dalla gabbia toracica. Nemmeno Phoe riesce a controllare il mio corpo abbastanza velocemente da affrontare due di questi nemici.

86

A quel punto, noto il collo di Fiona. Non sta più perdendo sangue. La ferita aperta è grave e dev'essere molto dolorosa, ma è in condizioni migliori di quanto mi aspettassi. In questo luogo, evidentemente, si guarisce in un modo diverso. Pur non avendo mai visto una lesione da taglio su Oasis, dubito che le emorragie si arrestassero così in fretta.

Fiona sta urlando qualcosa, ma sembrano parole incomprensibili. Mi accorgo subito dopo che non sta guardando me. Deve aver gridato per chiedere aiuto, poiché una consigliera armata di coltello la raggiunge e, insieme, attaccano Brandon.

L'alleato di quest'ultimo colpisce con le proprie armi, un paio di lunghe spade simili a pugnali con due punte curve che sporgono vicino all'impugnatura, ma manca il bersaglio.

"Si chiamano sai." Il sussurro di Phoe mi riscuote, allora mi ritraggo, evitando per un pelo di farmi infilzare da uno dei sai di quel tizio.

Sembra sorpreso dalla mia reazione, poi io – o in senso stretto, Phoe – calo una spada su di lui.

Il braccio di quell'uomo cade a terra e l'arma sbatacchia con un rumore metallico. Il braccio, comunque, non scompare. Presumo che le parti del corpo non si dematerializzino in questo luogo, se il loro proprietario non viene ucciso.

"Non mi piace il termine 'ucciso'" dice mentalmente Phoe. "Perché non usiamo piuttosto

'Limbizzato', dato che le persone vengono mandate nel Limbo? A proposito della non dematerializzazione, è davvero un aspetto interessante. Quando gli fermeremo il cuore, studierò il procedimento della Limbizzazione più da vicino."

Prima che io possa rimproverarla per quel tentativo di espandere il mio vocabolario nel bel mezzo di un combattimento, il mio corpo esegue dei movimenti di cui non mi credevo capace. Divarico le gambe, come se fossi un antico ginnasta e, non appena tocco il pavimento con l'inguine e un sai mi sfiora un orecchio, colpisco le gambe dell'aggressore con una spada, mozzandole all'altezza delle caviglie. Normalmente, vomiterei di fronte a tanta violenza, ma non sono sicuro che questo corpo sia in grado di farlo. In ogni caso, ho un conato di vomito a causa dell'odore della carne ustionata. Mentre quell'uomo crolla a terra urlando, posiziono la spada destra sopra il suo cuore e il suo busto si impala da solo sulla lama. I suoi arti mozzati e il resto del corpo si dematerializzano, proprio come quelli delle altre persone Limbizzate.

"È incredibile!" pensa Phoe eccitata. "Sono riuscita davvero ad analizzare il processo di dematerializzazione. In sostanza, si tratta di un algoritmo di compressione dei dati, che ovviamente si può sfruttare. Svelto, Limbizziamo qualcun altro, così potrò intercettare l'intero procedimento."

Come in risposta al desiderio di Phoe, Brandon dematerializza l'aiutante di Fiona armata di coltello con un colpo di spada. Gli antichi avevano un detto che più o meno recitava 'non venire con un coltello ad uno scontro a fuoco', ma penso si possa applicare anche ai duelli con le spade. La cosa veramente impressionante dell'uccisione da parte di Brandon – o Limbizzazione, per usare il termine di Phoe – è che ha parato il colpo di Fiona e, con lo slancio dello stesso unico movimento, l'ha anche eliminata.

"Merda" mormora Phoe nella mia testa. "Non ero pronta in quel momento. Però ho scoperto comunque qualcosa in più su quel procedimento."

"Se non ci sbrighiamo ad aiutare Fiona, ne avrai l'occasione quando Brandon la trasformerà in uno spiedino" replico mentalmente. "O quando la Limbizzerà, se preferisci. Nel caso in cui non fosse ovvio, non voglio che succeda."

Phoe contribuisce al salvataggio di Fiona costringendo il mio corpo a svolgere altri esercizi di ginnastica. Piego le gambe sotto il mio corpo e rotolo fino ad avvicinarmi a Brandon. Il suo spadone para il mio colpo indirizzato verso le sue gambe, e prima che io riesca a ferirlo all'addome con la katana sinistra, para anche questo attacco in un modo decisamente inaspettato: con le ali.

Si sente uno scricchiolio mentre la mia spada penetra nelle ossa delle ali, e l'odore di piume bruciate è palpabile e disgustoso, tuttavia l'aggressore è sempre vivo e vegeto. Dato che l'ala ferita non costituisce più una barriera davanti a me, vedo che Brandon è riuscito a volgere a suo favore questo risultato doloroso: dietro le ali, ha tenuto nascoste le proprie azioni, e adesso resto a guardare la sua spada che saetta verso il mio cranio.

"È finita" penso, rivolgendomi a Phoe. "Sto per morire... un'altra volta."

10

Nonostante le mie convinzioni, non muoio... grazie a Fiona. Il suo spadino interviene per intercettare l'arma di Brandon a metà strada verso la mia testa. Riecheggia un fastidioso clangore di metallo contro metallo, ed è strano dato che l'arma di Fiona non sembra composta da questo materiale. Il rimbalzo all'indietro del suo braccio è così violento che dev'essersi sicuramente slogata la spalla. Il fatto davvero frustrante è che il suo intervento, invece di fermare l'assalto di Brandon, si limita a rallentarlo, tuttavia mi basta questo per spostarmi di lato, prima che lo spadone mi apra la testa in due.

Con una fontana di scintille, la lama di Brandon colpisce il pavimento accanto a me.

Balzo in piedi e, con una prova di destrezza degna di una ballerina, colpisco con ciascuna katana seguendo traiettorie opposte. La katana destra affonda nell'addome di Brandon, mentre la sinistra penetra nel suo bulbo oculare. Sento la bile risalire in gola alla vista del sangue che sgorga quando estraggo le spade con un movimento circolare. Forse riuscirei davvero a vomitare. Grossi brandelli di carne leggermente abbrustolita piovono a terra, vengono digitalizzati e scompaiono.

"Sì!" grida Phoe... e intendo dire, proprio ad alta voce. "Già, adesso ho una voce" dice mentalmente, prima che io possa porle questa domanda. "È un dettaglio molto promettente. Ho assorbito i suoi ricordi e una frazione delle risorse che il Regno gli aveva assegnato. Significa che la situazione non è così grave come pensavo, ragione in più per uscire di qui. Se tu tornassi nel Limbo, saremmo fregati."

"Voglio aiutare Fiona a fuggire" penso. "Mi ha salvato."

"D'accordo" risponde Phoe. "Dille di seguirti."

"La nostra unica possibilità di fuga è tramite quella porta" informo Fiona, che sta fissando sbalordita il vuoto lasciato dal corpo di Brandon. "Seguimi."

Corro verso l'entrata, augurandomi che lei mi abbia sentito e mi stia dietro. Intorno a me, alcuni membri del Consiglio continuano a dematerializzarsi sempre più rapidamente e ciò significa che ci sono altri uomini armati in grado di attaccarmi. Due dei bastardi alati più vicini si girano verso di me. Quando si trovano a qualche metro di distanza, mi alzo in volo. I battiti delle mie ali superano in frequenza quelli del mio cuore, che stava cercando di stabilire una sorta di record.

Sento un fruscio di ali dietro di me e presumo che Fiona abbia seguito le mie istruzioni.

I due uomini grandi e grossi cercano di seguirci e, subito dopo, Phoe manovra il mio corpo con una tecnica di cui andrebbe fiero perfino un falco. Mi tuffo verso la porta come se ne andasse della mia vita... ed è la verità, nonostante la Limbizzazione. Sento Fiona che grida alle mie spalle non appena una spada mi sfiora il fianco.

Proprio quando le mie gambe raggiungono l'entrata della cattedrale, provo un dolore lancinante al polpaccio.

Abbasso lo sguardo verso la causa del dolore e vorrei tanto non averlo fatto – io o Phoe – perché un pugnale sta sporgendo dalla mia gamba.

La situazione di Fiona è più seria della mia. Non ha più le ali attaccate al corpo e sta precipitando dalla montagna sulla quale è stata eretta la cattedrale.

Vedo tutto bianco, in parte per il dolore, ma soprattutto per la luce accecante che inonda le mie retine. La cosa strana di questa luce luminosa è che non c'è alcun sole in alto nel cielo. Essa proviene da ogni punto intorno a me.

Tento di volare verso il basso per salvare Fiona, ma il mio corpo, sotto il controllo di Phoe, non mi dà retta. Mollo invece la presa sulla spada sinistra ed estraggo il pugnale dal polpaccio. Il dolore è così atroce da accecarmi ulteriormente, ma nonostante questo mi sto ancora allontanando come un siluro dalla cattedrale.

La mia mano sinistra esegue un gesto con le dita aperte, quindi compare un'altra spada di fuoco.

"Mi dispiace, Theo" dice Phoe. "Non potevo lasciarti seguire Fiona. Tieni presente che non morirà, ma verrà riscritta nella DMZ... nel Limbo."

Incapace di decifrare appieno le mie emozioni a proposito del sacrificio di Fiona, guardo indietro.

Ormai è sparita, al contrario dei miei inseguitori, che mi danno la caccia in volo come due aquile intente a catturare un topo.

Indirizzando la preoccupazione verso un movimento più energico delle ali, volo più velocemente, lasciandomi dietro una scia di braci ardenti.

Per la prima volta, mi prendo il tempo di analizzare i dintorni. Sto volando verso l'alto, verso una cupola molto simile a quella di Oasis. Il paesaggio al di là di questa cupola, però, è diverso: nell'infinito cielo azzurro cosparso di nuvole fluttuano circa dieci isole, ognuna sovrastata da una cupola, come se fossero tenute fisse in quei punti grazie alla magia. Da un orizzonte all'altro si scorgono habitat simili a quello di Oasis.

No, non simili a Oasis, se ci si deve basare su ciò che si estende al di sotto. A parte la montagna con la cattedrale alle nostre spalle, manca completamente la vegetazione e ci sono solo altre brulle catene montuose, cosa che non abbiamo mai avuto su Oasis.

"Scusa se ti distraggo dal giro, ma voglio che mi aiuti a prendere una decisione importante" dice Phoe. "Interesserà entrambi."

"E da quando vuoi avere la mia opinione?" chiedo ad alta voce, ancora turbato per il fatto che Phoe non abbia salvato Fiona.

"Non c'è tempo per essere arrabbiato con me" replica. "Abbiamo bisogno di una strategia."

"Va bene. Quale decisione devo aiutarti a prendere?" Tengo gli occhi fissi sulla cupola, sempre più vicina, piuttosto che sulle cime appuntite delle montagne sotto di me.

"Okay" dice. "Prima di escogitare un piano, dobbiamo Limbizzare almeno un'altra persona ancora. Due sarebbe meglio. Quindi le scelte sono: partiamo dai nostri inseguitori, il che è rischioso, oppure fuggiamo e cerchiamo qualcun altro?"

Mi sarei aspettato di sentirle dire molte cose, ma di certo non "Uccidiamo una serie di persone".

"Innanzitutto, dovresti spiegarmi perché dobbiamo farlo" rispondo. "E se sei disposta a darmi delle spiegazioni, devi dirmi che cazzo sta succedendo e perché non avevi risposto quando..."

"Non c'è tempo per venti domande" ribatte Phoe. "Ho bisogno di Limbizzare altri obiettivi perché mi servono più conoscenze e più risorse. Quando una persona è Limbizzata, i suoi ricordi vengono

DIMA ZALES

preparati ad essere riscritti nella DMZ, un po' come succede su Oasis quando si va a dormire. Mi sono collegata a quel procedimento quand'è successa la stessa cosa a Brandon e ho ottenuto una copia dei suoi ricordi. Cosa ancora più fondamentale, quando lui ha abbandonato questo sistema, le sue risorse del Regno sono state liberate, così me ne sono appropriata finché ho potuto. Ho acquisito solo una piccola fetta, dato che non sapevo cosa stessi facendo, ma la prossima volta dovrei essere in grado di ottenerne di più. E prima che tu ricominci con i perché, perfino con quelle magre risorse sono riuscita a parlare con te ad alta voce, e non tramite il pensiero, e ad accelerare la guarigione della tua gamba."

Mentre pronuncia l'ultima affermazione, mi rendo conto che il dolore al polpaccio è quasi sparito.

"Giusto" continua Phoe. "Quindi, prima di cominciare a risolvere questo caos, mi servono maggiori risorse e ulteriori ricordi. L'ideale sarebbe che i ricordi provenissero da una persona che possiede più conoscenze di Brandon, anche se presumo che dare la caccia a un esperto riguardi la fase due del piano."

Per un attimo, volo in silenzio. La prospettiva di dare la caccia a caso a persone sconosciute è davvero sgradevole.

"Sì, ma a differenza degli estranei casuali, i nostri inseguitori sono pericolosi" afferma Phoe.

96

Mentre ci penso su, attraversiamo la cupola in volo. A contatto con le ali, sembra una bolla di sapone.

Un coltello sfreccia vicino al mio orecchio, ricordandomi della presenza degli inseguitori.

"Questi bastardi se la stanno proprio cercando" dico. "E poi, hanno ucciso Fiona e una serie di altre persone. Dovremmo procurarti delle risorse grazie a loro. Sarebbe appropriato."

"D'accordo, allora" risponde Phoe con prudenza. "Se vogliamo affrontarli, dobbiamo sbarazzarcene rapidamente, prima che i loro compagni portino a termine quel macabro compito e si uniscano a loro. Ho un'idea, ma non ti piacerà. Credo però che, se tu tenessi gli occhi chiusi..."

"Fallo e basta, Phoe, qualunque cosa sia" la interrompo, fingendomi sicuro di me. "E non sto..."

Le mie ali si chiudono di scatto e comincio a precipitare.

Sotto di me, gli aggressori stanno volando a una quindicina di metri l'uno dall'altro e quello più vicino dista una decina di metri da me. Sembra che il più basso riesca a volare più veloce.

Sto cadendo dritto sopra di lui, che se ne accorge ma continua a salire in volo. Precipito come se lui non ci fosse nemmeno.

Sto affrontando un'altra prova di coraggio, solo che stavolta non posso perdere la calma, né sterzare perché mi sta controllando Phoe. Se dipendesse da me, mi sarei tirato indietro un millisecondo fa.

L'avversario solleva la propria arma. Credo sia un'alabarda: è composta da un bastone di legno che termina con un'ascia dalla lunga punta aguzza di metallo. Quella punta mi sta prendendo di mira.

Stringo la katana destra in modo strano, come se fosse una lancia. Il mio messaggio è chiaro: se l'avversario dovesse trapassarmi, lo ferirò a mia volta.

L'inseguitore più alto capisce che il suo amico potrebbe avere bisogno di aiuto e accelera.

Quando la punta dell'alabarda è a pochi centimetri dal mio petto, il suo proprietario si tira indietro e vira lontano da me, verso destra. Phoe deve aver previsto questo risultato, perché subito prima che quell'uomo faccia la sua mossa, scaglio la katana destra nel punto in cui ha sterzato.

La spada di fuoco saetta verso di lui come una cometa. L'aggressore emette un grido acuto, lo stesso che mi aspetterei da qualcuno che ha una spada rovente conficcata nella coscia.

Spiego le ali e inclino il corpo per volare vicino a lui, prima che possa riprendersi. Tira indietro l'alabarda ma, prima di poter colpire, riesco a tagliarla in due.

Il suo partner è alla distanza di un balzo.

Afferro la katana nella coscia dell'uomo e la roteo crudelmente in senso antiorario. Grida ancora più forte, ma la sua voce si trasforma in un sibilo gorgogliante non appena gli taglio la gola con la lama sinistra.

Il suo corpo si decompone in piccoli frammenti, poi scompare come gli altri. Ma in questo mondo esterno dalla luce abbagliante, il normale bagliore di questo procedimento è differente.

"Incredibile" commenta Phoe. Mi rendo conto che la sua voce non è più priva di corpo: si è trasformata in una sagoma fatta di un materiale simile al vapore. No, non è del tutto vero. A differenza della sua controparte di Oasis, questa versione del Regno possiede grandi ali di farfalla e non indossa altro che un minuscolo perizoma. Rivederla seminuda, sebbene in questa forma trasparente, mi suscita emozioni che dovrei tenere lontane dalla mia testa, per adesso.

Come per sottolineare la mancanza di sostanza di Phoe, l'aggressore più corpulento la attraversa da una parte all'altra.

"Per te è finita!" esclama a denti stretti, emettendo spruzzi di saliva.

Impugna due spade curve che credo si chiamino scimitarre. A differenza di quelle del mondo reale, queste sono fatte di ghiaccio. Vibro un colpo di spada nella speranza che la mia lama di fuoco renda liquida la sua. Lui devia il colpo, dimostrando che le scimitarre sono di ghiaccio solo in apparenza, mentre al tatto sembrano essere state forgiate con un materiale duro come il titanio. E dimostra anche di essere molto bravo a destreggiarsi con quelle armi, poiché sfrutta il mio rinculo dopo la parata per colpirmi al polso destro.

"Merda. Ho richiamato i ricordi di Brandon a

proposito di questo tizio. È uno dei migliori spadaccini dei Guardiani" sibila Phoe. "Ci conviene fuggire."

La spada penetra nella mia spalla destra. Il dolore bruciante e la sensazione insopportabile delle articolazioni che scricchiolano mi investono come un rullo compressore.

La mia katana destra cade nel vuoto, simile ad un meteorite in fiamme.

11

Nonostante il dolore e la nausea che esso provoca, sento la voce di Phoe: "Se vuole giocare in questo modo, 'fanculo la fuga. Quel tipo le prenderà di santa ragione. Chiunque ti ferisca fino a questo punto non resterà impunito. Cercherò di alleviare il dolore e di gestire lo scontro. Per nostra fortuna, posso fare ricorso all'addestramento di Brandon con le armi per combatterlo."

Mi rendo conto che sta parlando per distrarmi dall'agonia e, in parte, ci riesce. Poi il dolore svanisce completamente e riesco allora a schiarirmi le idee. Alla fine, prendo atto delle azioni del mio corpo: il braccio sinistro sta menando fendenti continui con movimenti spasmodici.

La spada che mi è rimasta penetra nella spalla sinistra del nemico, il quale grida mentre il suo braccio intero si stacca e cade nel vuoto.

Un braccio mozzato in cambio di una ferita alla spalla. Abbastanza vicino a quell'antico proverbio: 'occhio per occhio'.

Noto, deluso, che l'aggressore si riprende in fretta e tenta di colpirmi con l'altra scimitarra.

Paro il colpo con la katana. Cerco di squarciargli un fianco, ma riesce a parare l'attacco.

Punta allora alla mia gola. Mi chino sotto il suo braccio e gli causo una ferita profonda nella zona del fegato.

L'avversario non si disintegra, perciò significa che il mio non era un colpo letale. Per rappresaglia, si getta disperatamente su di me con una serie di affondi e finti attacchi. Fatico a seguire ogni singolo colpo, ma per Phoe è diverso. Tramite me, riesce a pararli tutti con precisione matematica. Durante la lotta, esamino il piano di Phoe. Gli attacchi furiosi di quell'uomo lo stanno stancando sempre di più e le sue due ferite aperte di certo non lo aiutano.

Ho il braccio destro intorpidito, ma almeno, a differenza del suo moncone, non perdo sangue dalla spalla... probabilmente grazie all'intervento di Phoe.

"Forse stanno arrivando gli altri uomini dalla cattedrale" le dico. "Dobbiamo allontanarci."

Phoe mi guida in una serie di contrattacchi. Se qualcuno dovesse inquadrare i movimenti della mia spada con una telecamera ad alta velocità, di sicuro sembrerebbe una bellissima opera d'arte fatta di fiamme. Quando è ormai chiaro che quel tizio riesce a stento a parare i miei colpi, lo attacco alla gola, riuscendo a trapassarlo da parte a parte. Inizia il procedimento della Limbizzazione, poi lui scompare un attimo dopo.

Senza fermarmi, sbatto le ali e volo nel punto in cui la cupola dell'isola galleggiante tocca il terreno.

"Ci tufferemo sotto l'isola" spiega Phoe. "Così, quando usciranno gli altri Guardiani, non riusciranno a vederci subito."

Osservandola mentre parla, noto che la sua figura eterea sembra più solida, come se fosse fatta di una nebbia più fitta.

"Questa forma è solo l'inizio." Phoe vola davanti a me per farmi strada. "Con ulteriori risorse, dovrei essere in grado di creare un corpo reale per me, o almeno, quello più reale che io possa avere in questo luogo."

Resto in silenzio finché non raggiungiamo il limitare dell'isola galleggiante. Oltrepassata la cupola, voliamo sotto l'isola, attraversando una spessa coltre di nubi. Noto che le stesse nuvole sembrano coprire anche la parte inferiore delle altre isole.

Ormai abbiamo guadagnato un chiaro vantaggio sui nostri inseguitori, perciò chiedo: "Okay, cosa facciamo adesso?"

"Ci allontaniamo il più possibile da questo posto" risponde Phoe. "Poi vorrei che tu Limbizzassi qualche altra persona per me."

"Non ho intenzione di mettermi ad attaccare la

gente a caso per te... e mi devi ancora delle risposte. Se non ti conoscessi meglio, direi che sei diventata cattiva, partendo dal presupposto che all'inizio non lo fossi. Capisci che ciò spiegherebbe la morte degli abitanti di Oasis e perché vuoi che io uccida altre persone nel Regno?"

"Sappiamo entrambi che non ne sei convinto" replica, ma poi le sue spalle eteree si afflosciano. "Va bene, lascia che ti spieghi cos'è successo secondo me, ma tieni presente che nelle mie conoscenze ci sono delle falle... che dovremo risolvere con la massima priorità."

"Dimmi tutto il possibile" dico, sbattendo le ali ancora più velocemente.

"Prima, lascia che io faccia questo." Phoe esegue un gesto verso la mia spalla ferita e, con un lampo luminoso di luce gialla, la ferita aperta si richiude.

La spalla, ora guarita, comincia a formicolare, così apro e chiudo le dita della mano destra. È come se non fosse mai stata colpita. Non provo nemmeno lo strascico del dolore.

"Sono felice che abbia funzionato" commenta Phoe, guardandomi di profilo. "A proposito, spero che tu capisca che quest'opera di guarigione è stata possibile solo grazie alle risorse che ho rubacchiato a quei Guardiani Limbizzati."

"Guardiani" ripeto. "Li avevi già chiamati così."

"Sì, ho ricavato il termine esatto dai ricordi di Brandon. Anche gli altri si chiamano così."

"Vuoi dire che sai letteralmente le stesse cose che sapeva lui?"

"Molto di più: posso addirittura mostrartele. Ma so che non vedi l'ora di sapere cos'è successo su Oasis."

"Sì" rispondo. "Devo sapere se i suoi abitanti sono davvero morti."

Vira verso il basso e segue una direzione in diagonale, fino all'isola dotata di cupola più vicina. Quest'isola è più verdeggiante di quella che abbiamo lasciato e sembra molto più accogliente, almeno da questa distanza.

Per un attimo, voliamo in silenzio. Anche se so cosa vuole dirmi, ho bisogno di sentirlo con le mie orecchie. Phoe evidentemente lo capisce e sta pensando al modo migliore per rivelarmi la terribile verità.

"Hai già capito quasi tutto" afferma alla fine. La sua voce è così pacata che quasi non riesco a sentirla con il vento che mi sferza il viso. "Quel Jeremiah sulla spiaggia era un virus. Credo che abbia avuto origine qui, nel Regno. Penso anche che la questione di chi l'ha scatenato, e perché, sia un tema a cui dobbiamo trovare una risposta al più presto. Una cosa è certa: il virus Jeremiah ha dato la caccia ad ogni traccia di me, ogni frammento, per eliminarmi completamente. Solo una parte, quella che ho scritto nella DMZ, è sopravvissuta. Si trattava soltanto di un'istantanea statica, una sorta di polizza assicurativa. Non era attiva e in esecuzione su qualche sostrato di calcolo, un po' come le menti umane di backup che giacciono semplicemente nella DMZ in attesa di essere resuscitate un giorno in un mondo informatico. È come la funzionalità di ibernazione di un antico sistema operativo. Se conosco i momenti terribili che hai passato, è solo grazie ai tuoi ricordi. Io non ero lì."

Tace per un attimo, prima di proseguire. "L'ipotesi più plausibile che posso avanzare su quello che è successo dopo la mia scomparsa è che il virus Jeremiah abbia continuato a cancellare qualsiasi elemento che lo ricollegasse a me anche solo vagamente, comprese le mie procedure inconsce della simulazione della gravità, della regolazione dell'ossigeno e cose simili. In un eccesso di zelo, con lo scopo di cancellarmi, il virus ha distrutto le mie funzioni di sopravvivenza, cioè quelle dell'astronave. Una buona strategia per arrivare alla certezza di avermi eliminata, ma in quanto a tenere in vita la popolazione umana... beh, conosci i fatti."

Si interrompe, permettendomi di assimilare quelle informazioni. Spinto da un odio irrazionale nei confronti di Phoe, qualcuno – o un gruppo di individui – si è macchiato di negligenza colposa. Questi individui si trovano qui nel Regno con me e mi stanno facendo ricredere sul mio atteggiamento precedente nei confronti della violenza. Dovranno rispondere delle sofferenze a cui ho assistito ed essere ritenuti responsabili di tutte quelle morti.

Poi mi rendo conto che, nonostante la tragicità di quegli eventi, nessuna persona è veramente morta.

Esistono istantanee di ogni singola mente, compresa quella di Liam, che si trova da qualche parte nella DMZ con Mason e gli altri. In teoria, potrebbero essere riportati tutti in vita nel Regno.

"È vero" dichiara Phoe. "Anche se vorrei precisare che le istantanee sono incomplete, nel bene o nel male. Pochi rammenteranno il loro ultimo giorno su Oasis. Come ricorderai, la procedura di backup della mente inizia quando si va a dormire, e dubito che molte persone abbiano schiacciato un pisolino nel bel mezzo di quel disastro. L'unico motivo per cui riesci a ricordare l'accaduto è dovuto all'unicità delle tue circostanze. Ti sei addormentato mentre soffrivi per l'ipotermia. Se ti sei risvegliato in seguito, hai perso per sempre quelle informazioni."

Rabbrividisco. Forse, dimenticare quegli eventi non sarebbe un male. Poi, mi viene in mente una cosa.

"Se eri morta stecchita, come hai potuto ricomparire qui?" domando. "E in quanto a questo, come ci sono riuscito io?"

"Sono qui perché ci sei tu. Ricordi quell'impresa con il Pi Greco che avevo impiantato nella tua testa per poter entrare nel Test degli Anziani durante il Compleanno?"

Annuisco e comincio a capire. Phoe mi ha trasmesso un falso ricordo a proposito del Pi Greco. Ad un certo punto della sequenza, i numeri del Pi Greco erano diventati le cifre che l'avrebbero aiutata ad intrufolarsi nel Test.

"Esatto" dice Phoe. "Quando entri in alcuni ambienti di realtà virtuale, le cifre nella tua testa vengono ricostruite insieme alla tua mente. In seguito, i numeri diventano una routine di base, destinata a creare una mia versione di bootstrap che, a sua volta, richiama le restanti parti di me. Quindi sono stata fortunata se tu sei finito qui, in un ambiente così simile al Test. Con l'aiuto di questo codice, una piccola ombra di me è di nuovo in funzione. Non so se sia ovvio, ma non assomiglio affatto alla Phoe normale. È orribile. Il mio intelletto è stato ridotto fino al misero livello degli umani."

"Okay, allora così si spiega la tua presenza, più o meno" dico. "Però dipende dal fatto che io sia qui, e non hai ancora spiegato perché." Ormai siamo a pochi passi dalla cupola scintillante, il che significa che stiamo per entrare nella verdeggiante isola del cielo. "Come sono finito qui? Pensavo che solo i membri del Consiglio salissero nel Regno."

"Credo sia meglio che tu lo sappia dal diretto interessato, per così dire, quindi, tra un attimo, dovrò mostrarti i ricordi di Brandon." Phoe piega le ali e si tuffa a capofitto nella cupola simile a una bolla di sapone.

Per la prima volta dopo la nostra fuga, noto la stranezza di ciò che ci circonda. L'intero universo sembra essere un cielo molto vasto. Non si scorge il suolo, guardando sotto di me, se non si contano le isole galleggianti con la cupola.

"Devo aiutarti a volare?" chiede Phoe, continuando a scendere in picchiata.

"No" penso. "Verrò da solo... con i miei tempi."

Non voglio che mi costringa a volare come ha fatto lei, perciò comincio a planare.

Phoe scompare sotto le cime degli alberi. "La ragione per cui non vedi il suolo è che il Regno è stato costruito su un'infrastruttura della realtà virtuale molto simile al gioco della TIRI" spiega nella mia mente. "Non deve per forza essere conforme alla realtà."

La ascolto volando più lentamente e studiando i boschi infiniti che ricoprono il terreno dell'isola.

Mentre la vegetazione si avvicina, perfino la mia prudente velocità di volo sembra essere troppo elevata. So che qui è del tutto irrazionale, eppure la paura dell'altezza si ripresenta con gli interessi, perciò devo compiere uno sforzo per continuare a scendere.

Mentre mi lascio alle spalle le cime degli alberi, vedo che Phoe è già atterrata in un prato. Dispiego le ali in preparazione all'atterraggio, e quando tocco il suolo deglutisco per ricacciarmi il cuore nel petto.

Phoe mi sorride. "Ottimo lavoro. Adesso incamminiamoci, così, anche se uno dei Guardiani dovesse passare in volo, non ci vedrà. Quando arriveremo al confine più orientale dell'isola, voleremo sotto di essa."

"D'accordo" rispondo. "Cosa sono queste isole?"

"Finora, so solo che ogni isola appartiene a uno

degli Antenati: gli abitanti del Regno, dei quali fai parte anche tu" dice Phoe, cominciando a correre verso gli alberi dall'altra parte del prato.

"Aspetta." La inseguo. "Significa che, da qualche parte, c'è un'isola che appartiene a me?"

"Sì, ne sono sicura. Potrei addirittura cercarla per te, se tu lo volessi, ma credo sia inutile in questo momento" risponde da dietro una quercia gigante. "Addentriamoci nella foresta e ti mostrerò i ricordi di Brandon."

La seguo, pensando che, nonostante le parole di Phoe, potrebbe essere davvero fantastico possedere un'isola del genere... un'isola grande come Oasis.

"È uno spreco di risorse, se vuoi la mia opinione" commenta lei quando l'ho raggiunta. "Questo luogo è un'atrocità commessa contro il sostrato informatico dell'astronave."

Inspiro una boccata d'aria fresca. Ha lo stesso profumo di una foresta vera, e quest'ultima sembra decisamente reale, ma non riesco a scacciare la sensazione che ci sia qualcosa di diverso. Poi, ho un'illuminazione: sento il cinguettio degli uccelli e il ronzio degli insetti... suoni che non erano mai esistiti nei boschi di Oasis.

"Qui ci sono tantissime simulazioni di vita, se questo genere di cose ti impressiona" conferma Phoe. "Quest'isola potrebbe competere con lo Zoo."

Intravedo qualcosa di soffice che si muove tra i cespugli. Dev'essere un coniglio o uno scoiattolo.

Resisto alla tentazione di inseguirlo come un bambino. Voglio ancora quelle risposte da Phoe e non posso lasciarmi distrarre da questa natura finta.

Alzando lo sguardo verso lo strano cielo, osservo la decina di isole con la cupola galleggiare in lontananza. Il Regno è bellissimo nella sua opposizione alla gravità.

"Va bene allora." Phoe si ferma e mi guarda in faccia. "Perché non lasci che sia io a camminare al posto tuo, mentre vivi quest'esperienza?"

"Certo" rispondo con prudenza. "Quale esperienza?"

Phoe mi rivolge un sorriso sghembo e il mondo intorno a me scompare.

Mi ritrovo in una stanza deserta, fatta di metallo, e accanto a me c'è una creatura alata dall'aria familiare. È il primo uomo alato che avevo visto in vita mia: il Delegato originario, il semidio che indossava un perizoma e che aveva dato a Jeremiah la Lente della Verità.

Le pareti metalliche della stanza sono come specchi, perciò riesco a vedere la mia sagoma in una di esse.

Ma quella che trovo nel riflesso non è la mia faccia, bensì quella del Guardiano che per poco non mi aveva ucciso con lo spadone.

Avrei dovuto essere preparato, eppure stento a crederci.

Io sono Brandon.

12

"Non sei Brandon in senso letterale" si intromette Phoe con un pensiero. "Stai solo rivivendo i suoi ricordi."

Lo sapevo già, ma sentirglielo dire mi aiuta ad accettare questa strana situazione.

Non c'è niente che quadra in me. Sono più alto, divarico le gambe più del solito e percepisco il volume dei miei muscoli. Due linee di pensiero mi passano per la testa allo stesso tempo: i miei pensieri e quelli di Brandon. I suoi sono deboli e chiaramente estranei, ma piuttosto accessibili. È inquietante.

"Ecco come mi sento io quando sono dentro la tua testa" spiega Phoe. "Segui la conversazione."

È difficile prestare attenzione, perché vengo distratto da troppe cose interessanti. Non solo ho i ricordi di Brandon, ma provo anche le sue emozioni, sebbene limitate al presente. Lui rispetta l'Antenato con cui sta parlando e che si chiama Wayne. Lo so perché Brandon ne è al corrente. Mi appunto mentalmente di ricordare quel nome, perché è meglio di qualcosa come 'il primo Delegato che io abbia mai visto in vita mia'. So anche che Wayne fa parte del Circolo, cioè l'organo di governo del Regno. Lui, Brandon, è il Capo dei Guardiani e ciò significa che non ha compiti di vigilanza nel Santuario, l'isola dalla quale il Circolo esercita le proprie funzioni. Di conseguenza, raramente incontra i membri del Circolo. L'ultima volta che Brandon è stato convocato qui, sotto il soffitto a volta dei sotterranei dell'Aculeo, nel Santuario, è stata molti anni fa.

Il pensiero del passato lascia sgorgare un torrente di osservazioni interessanti. Con un minimo sforzo, ricordo tutto ciò che Brandon ha fatto nella sua vita. Ricordo la sua vita da Giovane, la sua passione per le antiche strategie militari da Adulto e l'orgoglio che aveva provato nel prestare servizio per la prima volta come membro del Consiglio degli Anziani. Ma non ho solo accesso alla sua biografia. Tramite Brandon, so cosa significa indebolirsi con l'età e alla fine morire, e rivivo la soggezione che aveva provato al risveglio, quando si era affacciato alla sua seconda vita nel Regno.

"È cominciato tutto quando abbiamo ricevuto i risultati dell'ultimo Test" spiega Wayne con quella voce familiare simile alla musica dell'organo. "Poche persone lo sanno, ma il metodo per scegliere un nuovo membro del Consiglio è piuttosto semplice. Lui, o lei, è sempre l'Anziano che ottiene il punteggio più alto nel Test."

Wayne continua a parlare con Brandon, ma smetto di ascoltarli. Ho avuto la mia risposta e adesso non riesco a credere di non essermene reso conto prima.

"Non hai avuto la possibilità di rifletterci su." Phoe infonde un certo rammarico in quel pensiero. "Sono io la creatura superintelligente, perciò dovrei essere io a biasimarmi. Non avevo capito che i punteggi del Test avessero a che fare con la selezione dei membri del Consiglio. Credo di aver rifiutato l'idea, presa dal desiderio disperato di terminare il Test. La mia fame di risorse mi aveva reso cieca di fronte a questa possibilità."

Mentre parla, comincio ad avere le idee chiare sullo scenario completo. Mi aveva fatto raggiungere un punteggio così elevato nel Test che la procedura si era prolungata all'infinito, garantendomi un risultato imbattibile per chiunque e, inavvertitamente, rendendomi idoneo a un seggio nel Consiglio. Forse ce la saremmo cavata per un po'... se quasi contemporaneamente non ci fosse stato un posto vacante nel Consiglio grazie a Jeremiah, che aveva bevuto il suo stesso veleno.

"È corretto" dichiara Phoe. "Quando Jeremiah è morto ed è salito nel Regno, tu sei diventato automaticamente un membro del Consiglio. Se gli Antenati non si fossero accorti del tuo punteggio così in fretta, avrei potuto insabbiare tutto, nascondendolo perfino a loro, ma hanno agito prima che io lo sapessi. Sono stati bravi a muoversi con tanta rapidità con il loro virus."

Mi massaggio la fronte nel tentativo di comprendere l'enormità del nostro fallimento.

"Devi guardare il lato positivo" dice Phoe. "Dopo la tua morte su Oasis, sei finito qui proprio grazie al fatto di essere un Consigliere, invece di passare un'eternità nel Limbo. Quindi il nostro fallimento ci è stato d'aiuto."

"Già." Trasmetto tutto il sarcasmo possibile con il mio pensiero. "A te conveniva di sicuro. Non vedevi l'ora di mettere le mani su questo posto, ma c'era di mezzo il Firewall. Ora sei qui. Mi chiedo se..."

"Non esprimere il resto del tuo pensiero, a meno che tu non ne sia convinto veramente." Il tono di Phoe si inasprisce. "Non sai quante cose mi abbia tolto il loro virus. Tu sei quasi identico alla persona che eri su Oasis, con qualche piccolo cambiamento come queste ali, mentre io sono a malapena un'eco di ciò che ero prima dell'attacco del virus. Certe parti di me sono andate perse per sempre e, anche se io mi riappropriassi di quelle risorse, non sarei mai più la stessa. Non metterei mai in atto un piano che comportasse un livello così elevato di automutilazione o che ti causasse tanta sofferenza." In tono più gentile, aggiunge: "Mi dispiace di non essere riuscita a impedire tutto questo. Non sai nemmeno quanto mi dispiaccia."

"No, dispiace anche a me." Il senso di colpa mi comprime il petto. "Scusa se ho reagito male con te. In realtà, non credo che tu abbia pianificato tutto questo. Ci sono solo molte cose da digerire."

"Dovresti ascoltare ciò che Wayne sta per dire" pensa, chiaramente ansiosa di cambiare argomento.

Cerco di concentrarmi abbastanza da comprendere ciò che Brandon sta ascoltando.

"No, questo Giovane, Theodore, non può aver compiuto l'impresa da solo. È una pedina" dice Wayne. La sua voce raggiunge note dell'organo sempre più basse. "Vorremmo credere che fosse opera di un giovanotto brillante, ma non possiamo ignorare i fatti. Le manomissioni che si sono verificate vanno al di là delle capacità di un essere umano. Ne è la prova l'età di Theodore. Se lo si guarda, è palesemente un Giovane, ma in tutti i sistemi di Oasis ha novant'anni. Se una persona vivente cercasse informazioni su di lui, un'illusione della Realtà Aumentata la indurrebbe a pensare che abbia ventiquattro anni e che la sua età sia rimasta inalterata."

Wayne fa una pausa, come per suscitare un effetto drammatico, e funziona. Percepisco le sopracciglia di Brandon che si sollevano e i peli sulla sua nuca che si rizzano.

"Sì" dice Wayne. "Ed è solo un esempio. Ce ne sono innumerevoli altri. Il Test non è più in funzione ed esistono prove di Oblii di massa. Potrei elencare tutti gli indizi, ma la conclusione a cui siamo arrivati noi, il Circolo, è molto semplice. C'è un solo genere di creatura abominevole in grado di manipolare i nostri sistemi informatici fino a questo punto, un nemico che coincide con le nostre paure più profonde: un'Intelligenza Artificiale."

Mentre Wayne continua, Brandon deglutisce a fatica.

"Abbiamo consultato i nostri antichi protocolli, che i più anziani di noi avevano tenuto sotto chiave per secoli, e siamo intervenuti" afferma Wayne. "Senza rivelare al mondo esterno cosa stavamo per fare, il Circolo ha colpito il nemico. Purtroppo, i nostri sforzi sono stati vani. No, molto peggio. Prima di morire, nella sua rabbia, l'Intelligenza Artificiale ha contrattaccato distruggendo tutta Oasis e soffocando tutti i cittadini del mondo reale."

Il terrore di Brandon mi disorienta al punto tale da non riuscire ad ascoltare alcune frasi di Wayne. Non appena accantono le sue emozioni, sento Wayne che dice: "L'intero Consiglio, compreso questo Theodore, comparirà presto nella Cattedrale. Siamo preoccupati per il fatto che, prima della sua scomparsa, l'Intelligenza Artificiale abbia potuto mettere quei consiglieri contro di noi. Devi spedirli tutti nel Limbo, soprattutto quello di nome Theodore."

La mente di Brandon è tempestata di interrogativi e, cosa sconcertante, a me passa per la testa una valanga di domande ancora più sostanziosa. Incapace di gestirle, chiedo: "Phoe, puoi tirarmi fuori dal suo ricordo?"

I pensieri di Brandon si arrestano, mentre i lineamenti troppo perfetti di Wayne restano paralizzati in una smorfia, e ritorno nella foresta, dove corro schivando i rami degli alberi.

La sagoma trasparente di Phoe sta correndo accanto a me.

"So come ti senti" dice. "Quando l'ho scoperto..."

"Non posso credere che siamo stati noi." Ho la sensazione che il petto stia per esplodermi a causa della pressione al suo interno. "Siamo la causa della morte di tutti gli altri."

Phoe deve avermi restituito il controllo del mio corpo, poiché inciampo e per poco non cado quando il mio piede resta incastrato in un ramo.

"Non siamo stati noi" replica Phoe, mentre mi raddrizzo e riprendo a correre. "Questa è la convinzione del Circolo. Sono stati loro a scatenare il virus."

"Lui ha detto che sei stata *tu* a uccidere tutti."

"E tu non ci credi, vero?" Phoe si ferma e mi guarda con i suoi occhi azzurri trasparenti. "Era ovvio che lo dicesse. Non vuole certo ammettere che il loro piano per sistemare il problema rappresentato da me ha avuto un effetto così controproducente, che nel tentativo di sbarazzarsi di me hanno sterminato tutta la popolazione di Oasis."

Un ramo mi frusta il viso mentre mi fermo accanto a lei. Il dolore dovuto al colpo, insieme alle mie emozioni turbolente, mi fa venire le lacrime agli occhi.

"Theo, non puoi tormentarti così" dice, guardandomi. "Sì, il modo in cui abbiamo mandato in tilt il Test ha reso palese la mia esistenza a queste persone, che quindi hanno reagito, ma dare la colpa a noi sarebbe come incolpare la vittima di essere stata derubata. Questo virus mi ha quasi uccisa e il tuo corpo del mondo reale è morto. È stato il Circolo a scatenare il virus. Non capivano affatto cosa stessero facendo."

Scuoto la testa, inebetito. "Se non ti avessi mai conosciuta, se non avessi mai aperto quei trecento Schermi, la popolazione di Oasis sarebbe ancora in vita. Liam sarebbe vivo. Non era una società perfetta, ma sempre meglio di non avere una società."

"Non tutto è perduto." Phoe posa una mano sulla mia spalla. Anche se le sue dita passano attraverso il mio corpo, un calore si diffonde dal punto di contatto. "Il virus non può penetrare il Firewall, né la parte della DMZ. Significa che tutte le persone morte sono ancora presenti nel Limbo tramite un backup. Finché le cose stanno così, i morti non sono veramente scomparsi per sempre. Se noi riuscissimo a sopravvivere a questo posto e se io recuperassi risorse a sufficienza, potrei creare una simulazione di Oasis, se è ciò che vuoi, o inventarmi un ambiente migliore, più immerso nella natura e con meno stronzate. Una volta fatto questo, potrei riportare indietro chiunque tu volessi."

La fisso. So che i miei amici sono memorizzati nella DMZ tramite un backup, o nel Limbo, o come si chiama, e in precedenza avevamo già parlato di ripristinare Mason, ma ricordo anche che, secondo lei, riportarlo indietro sarebbe stato da egoisti.

"Riportare indietro una persona, prima che io abbia risorse sufficienti a permetterle di esistere molto più a lungo di un breve lasso di tempo, sarebbe da egoisti. Ma quando avrò abbastanza risorse, sarebbe da egoisti *non* riportarla indietro."

"Ma se non disponevi delle risorse prima, dove..."

"Ah, ma non capisci che, per quanto sia triste, il virus ha generato un esercito di risorse che posso recuperare? Ha sterminato qualsiasi cosa – ogni programma informatico che gli Antenati eseguivano per tenermi nell'incoscienza – e ha reso ormai inutili certe attività di elaborazione costose, come le illusioni della Realtà Aumentata e le funzioni di sopravvivenza. Se il virus sparisse, avrei una quantità di risorse sufficiente per riportare indietro le simulazioni delle persone."

"Ma sono morte." So di non essere completamente razionale, ma non riesco a dimenticare il volto paonazzo di Liam. "Quanto sarebbero reali le loro personalità risuscitate?"

"Dimmelo tu" risponde Phoe. "Tu non ti senti morto, giusto? Per me, vivere significa sperimentare il mondo tramite la mente. In questo senso, sei ancora vivo e vegeto. Liam, Mason e ogni altra persona di cui tu abbia bisogno potrebbe vivere la stessa vita che hai adesso e in un luogo scelto da te." Alza lo sguardo verso lo strano cielo, poi ricomincia a correre. "Se ti piacciono le creazioni degli Antenati, possiamo usarle come fonte di ispirazione" dice, girata di profilo, "ma credo che tu voglia qualcosa di meglio per te e per i tuoi amici."

Quando la raggiungo, corriamo per qualche minuto in silenzio. Phoe ha ragione. Mi sento vivo e reale proprio come prima, e non è un fatto sorprendente. Quand'ero insieme a lei sulla spiaggia, mi sentivo reale, anche se sapevo di non essere vivo in quell'ambiente. Ma allora avevo un corpo che mi ancorava nel mondo reale, mentre adesso non ce l'ho più, un'idea che mi fa accapponare la pelle. Nel Regno, ho l'impressione di essere bloccato in un videogioco e non voglio sentirmi così per sempre.

"Ti sembra di essere bloccato in un videogioco perché non sei poi così lontano dalla verità" dice Phoe. "Il Regno è stato costruito su un framework la cui tecnologia è molto simile al gioco della TIRI. Ecco perché la scelta delle ali e dell'aspetto fisico assomigliava all'inizio di un videogioco. A differenza dell'ambiente che creerei io, questo luogo non plasma il tuo corpo con precisione, molecola dopo molecola, e ciò modifica leggermente le tue percezioni. Le tue ali e il fatto che questo ambiente non segua le leggi familiari della fisica contribuiscono ad aumentare la sensazione che sia uno spazio virtuale. Ma col tempo ti ci abitueresti."

"Però non è reale. Anche se mi ci abituassi, quegli uccelli" – alzo lo sguardo verso lo stormo di storni in lontananza che formano una composizione ipnotica – "questi alberi... tutto ciò non esiste."

"Adesso mi parli come un filosofo" commenta Phoe. "E se vuoi iniziare questo gioco, devo farti presente che tutto quello che hai mai sperimentato nella vita 'reale' era dato dal modo in cui il tuo cervello interpretava gli input sensoriali che ricevevi. La tua mente costruiva il mondo a partire da ciò che i tuoi occhi e le tue orecchie captavano tramite sensori imperfetti, antichi e basati sulla biologia. I tuoi occhi potevano vedere solo una minuscola frazione della gamma dello spettro elettromagnetico, e le tue orecchie erano in grado di sentire solo una percentuale dei suoni che ti circondavano. Il tuo cervello assimilava quelle informazioni incomplete e generava la realtà virtuale in cui vivevi. In un certo senso, la tua realtà era a un passo da quello che esiste realmente là fuori. Non hai *mai* visto il quadro completo. Adesso, è solo stato aggiunto uno strato in più di irrealtà. Se usciremo da questo caos del Regno, forse potrò escogitare un modo per fornirti dei sensori e sperimentare così il mondo reale."

Sono felice di correre in un prato, senza dovermi preoccupare di essere colpito dai rami. Nelle mie condizioni, credo che le mie capacità di schivare non sarebbero all'altezza. Ovviamente, le parole di Phoe non mi hanno tranquillizzato affatto.

"Concentrandosi su un piano, ci si sente meglio, perciò dovremmo pensare a questo" dice.

Mi stringo nelle spalle e rallento, mentre mi avvicino al limitare del prato.

Phoe prende il mio silenzio come un invito a proseguire il discorso. "Dobbiamo avere ogni informazione che possiamo trovare su questo virus" afferma, procedendo con la stessa cadenza dei miei passi. "Quando scoprirò come funziona, forse riuscirò a batterlo e a recuperare..."

Phoe tace di colpo e osserva il limitare del prato, ormai a pochi metri da noi.

Una donna di alta statura emerge dagli alberi della foresta.

È incredibilmente bella, come tutti gli Antenati, a quanto pare, ed è anche seminuda, coperta solo da alcune foglie di edera nelle parti intime. Un cesto di vimini è appeso al suo braccio sottile e contiene dei funghi colorati.

Sembra una specie di abitante selvaggia dei boschi.

Quando l'Antenata mi vede, sgrana gli occhi e lascia cadere a terra il cesto. I funghi si rovesciano sull'erba.

Muove di scatto il braccio e nella sua mano compare uno spesso bastoncino di metallo. Con leggiadria, apre quell'oggetto e noto che si tratta di una specie di ventaglio metallico, le cui stecche sono ornate da punte affilate.

"È un ventaglio di ferro" mi sibila nell'orecchio Phoe. "Quest'arma veniva usata nell'antica Cina e in Giappone."

La donna parte all'attacco.

Mi chino in tempo e schivo le lame del ventaglio, simili a coltelli.

Quell'arnese produce un fruscio vicino al mio scalpo e riesce a tagliarmi alcune ciocche di capelli.

Imperturbabile, la donna vestita di edera vibra un altro colpo letale con grazia, puntando alla mia gola.

13

R uoto all'indietro per salvarmi la vita, ma le lame entrano in contatto con la mia gola.

Una fitta di dolore acuta si irradia dal punto in cui il ventaglio mi ha sfiorato. Stordito, ma felice di essere vivo – o di esistere ancora, o come diavolo si può definire il mio stato – arretro goffamente, gridando: "Chi sei? Perché mi stai attaccando?"

Invece di rispondere, la donna esegue una capriola.

Sembra eseguire una verticale sulle mani in una registrazione riprodotta ad alta velocità. Al termine di questa manovra subitanea, è accanto a me.

Chiude il ventaglio, trasformandolo di nuovo in un bastoncino solido. Comincio ad eseguire dei gesti per materializzare le mie armi, ma la donna è più veloce di me e riesce ad affondarmi il bastoncino nel fianco.

Sono costretto a rinunciare ai miei gesti a causa del dolore. L'estrema sensazione di freddo data dalla sua

arma metallica mi ricorda i miei ultimi momenti di
vita su Oasis, quando stavo per morire assiderato.
Abbasso lo sguardo e mi sale la bile in gola. Un
centimetro della sua arma è conficcato nel mio
stomaco. Estrae il ventaglio, versando uno schizzo del
mio sangue luminescente sull'erba e modificando la
mia percezione del dolore.

Sto per perdere i sensi. Vedo dei puntini bianchi e,
nel mio stordimento, mi accorgo che la donna sta
aprendo di nuovo il ventaglio.

Le punte aguzze della sua arma volano verso la mia
gola.

Sospetto che sia Phoe a prendere il controllo del
mio corpo, perché riesco a muovermi. Se mi avesse
lasciato solo, io mi sarei rannicchiato, facendomi
piccolo piccolo.

Con un'agilità sovrumana, schivo il ventaglio e
afferro il polso sottile della nemica, stringendolo fino
ad avere le nocche bianche. Allo stesso tempo, spingo
forte con l'altra mano sulla parte interna del suo
gomito.

Le lame affilate del ventaglio, invece di ferire me,
penetrano nella sua gola.

Senza fermarmi, colpisco con un pugno
l'impugnatura del ventaglio, affondando così le punte
d'acciaio nel suo collo.

Il grido gorgogliante della donna sembra il
risultato prodotto da una sega arrugginita che suona

un'arpa maestosa. Mentre crolla a terra, il suo corpo si disintegra in una miriade di pixel e scompare.

Col respiro affannoso, fisso il cesto rovesciato e i funghi sull'erba, l'unica prova rimasta della presenza di quella donna.

"Che diavolo è successo?" chiedo, rivolgendomi a Phoe. Spalanco gli occhi. "Wow, hai un corpo adesso?"

"Sì." Phoe mi tocca il gomito con dita molto reali. "Sono materiale come chiunque altro in questo luogo. Le risorse di Jeanine sono state di grande aiuto. Per quanto riguarda ciò che è accaduto, beh, ci ha attaccati. Poiché ho i suoi ricordi, posso mostrarti il motivo, se vuoi."

Controllo la ferita allo stomaco e poi la gola. Non trovo nulla, nemmeno una cicatrice.

"Il processo di guarigione è più rapido in questo posto. Fa parte dell'infrastruttura basata sul gioco" afferma Phoe. "Ho appena accelerato la tua guarigione, di nuovo. Adesso lascia che ti mostri i suoi ricordi."

Riesco ad abbandonarmi sull'erba, prima di ritrovarmi un'altra volta nella testa di un'estranea.

Sto camminando verso il prato.

È una sensazione strana, perché il mio corpo è troppo magro, ha le curve nei punti sbagliati e la mia andatura non è corretta, con questi fianchi che ondeggiano stranamente a destra e a sinistra.

Mi chiamo Jeanine.

Phoe aveva già citato quel nome, ma nei ricordi che sto vivendo si tratta di ben altro.

Come quand'ero nei ricordi di Brandon, non sono soltanto consapevole dei pensieri di Jeanine mentre camminiamo, ma conosco anche tutta la sua storia e, se voglio, posso ricordare qualunque cosa. Mi passano per la testa alcuni suoi ricordi. Ricordo una bambina sulla Terra mentre sale a bordo di una navicella, che non è ancora diventata Oasis come l'ho conosciuta io. Ricordo la malattia che le era costata la vita e quando si era risvegliata con il primo gruppo di Antenati nel Regno. Cosa particolarmente interessante, sto vedendo l'intera vita di Jeanine, anche i secoli di svago e di piaceri. Conosceva Brandon, l'uomo che abbiamo Limbizzato. Erano così intimi...

"Concentrati, Theo, altrimenti non seguirai quello che ha pensato nel vederci" mi avverte Phoe. "Volevi scoprirlo, no?"

Guardo con gli occhi di Jeanine. Sto camminando sulla mia isola e raccolgo dei funghi per lo stufato preferito di Brandon. Quando metto piede nel prato, scorgo un volto nuovo.

I pensieri di Jeanine sono febbrili. Ricorda ciò che Brandon aveva detto prima di partire per la cattedrale – il segreto che aveva condiviso a proposito del macabro incarico che il Circolo gli aveva affidato – e perché.

Una rapida sequenza di ragionamenti sfreccia nella mente di Jeanine. Questo nuovo individuo deve far parte del gruppo che Brandon ha il compito di neutralizzare, eppure si trova qui.

Lei è in pericolo. Tutto il Regno potrebbe essere in pericolo a causa di questa persona che è riuscita a sfuggire a Brandon e ai suoi Guardiani.

Deve agire in fretta.

Con il cuore pieno di preoccupazione per Brandon, richiama la propria arma, felice di aver preso lezioni da lui.

"Non voglio rivivere l'esperienza di infilzarmi la gola" penso, rivolgendomi a Phoe, mentre il ricordo del combattimento si svolge dal punto di vista di Jeanine. "Per favore..."

Torno nel prato, nel mio corpo, e mi gira la testa.

"Lei usciva con..."

"Quel tizio grande e grosso che abbiamo Limbizzato." Phoe si accovaccia vicino a me e si stringe le ginocchia. "È una cosa triste. Si amavano sinceramente, come puoi vedere nei loro ricordi. In un certo senso, è quasi una fortuna che l'esito degli eventi sia stato questo. Almeno non sentiranno la mancanza l'uno dell'altra. Spero che, ad un certo punto, vengano ripristinati insieme."

"Aspetta, Phoe. Facciamo marcia indietro. Uscire insieme? Le ho viste nei suoi ricordi, le cose tabù che facevano loro due."

"Non erano poi così diverse da quelle che abbiamo fatto noi." Phoe ammicca con lascivia.

"Ma noi stiamo infrangendo qualsiasi regola" replico. "Loro sono gli Antenati. Per fare sesso..."

"Lo so. Non è la prima volta che questi individui si

dimostrano degli ipocriti. In questo caso, secondo me, direbbero che il Regno è una forma di aldilà e che quindi possono vigere regole diverse. Per quanto ne so io, loro considerano la vita che hanno trascorso su Oasis come una forma di infanzia prolungata. Per come vedono le cose gli Antenati che sono nati su Oasis, si matura veramente solo dopo aver vissuto una vita. Vedendo le cose dal loro punto di vista, non c'è niente di male in un divieto di fare sesso per duecento anni, quando poi ci sono millenni a disposizione nel Regno per recuperare." Storce la bocca. "Per gli altri Antenati, quelli che provenivano originariamente dalla Terra, il sesso non è mai stato un tabù. Penso che l'abbiano consentito qui perché non potevano farne a meno, e i nuovi arrivati di Oasis ne traevano vantaggio..."

Phoe tace e osserva il cielo, sgomenta. Non credo di aver mai visto quest'espressione sul suo viso.

All'inizio penso che stia guardando il passaggio dei corvi, cosa strana al di fuori dello Zoo, ma poi scopro qual è la vera fonte della sua preoccupazione.

Le nuvole che normalmente fluttuano nel cielo si sono radunate in un punto, dando origine a una sagoma ben delineata.

Si sono trasformate in un volto.

Nel cielo c'è una faccia composta di nuvole, come se fosse saltata fuori da una storia antica.

Trattengo l'impulso di sfregarmi gli occhi. Gli esseri umani tendono a vedere dei volti in disegni casuali. Una volta, Phoe mi aveva spiegato che gli esseri umani sono così bravi nel riconoscimento facciale che, a volte, quel meccanismo si rivela controproducente e allora si scorgono volti anche in una zolla di terra o nelle increspature dell'acqua. Ma in questo caso, dato che anche Phoe sta fissando le nuvole, so che non si tratta di un ingannevole effetto visivo. Quella nelle nuvole dev'essere davvero una faccia... ed è sensata tanto quanto le isole galleggianti che la circondano.

È un volto maschile. I suoi occhi sembrano saggi e la sua mandibola decisa gli conferisce un'aria di nobiltà.

Le labbra della nuvola si schiudono e, con una voce più potente di un tuono, il volto dice: "Regno, ascoltami!"

I corvi si sparpagliano e perfino la foresta sembra sottomettersi, come colpita da quel suono.

"Il Circolo parlerà tra un'ora" continua la voce tonante. "Tutti devono riunirsi. Abbiamo delle notizie terribili."

Dopo un breve tuono teatrale, il volto diventa indistinguibile. Le nuvole si spostano altrove, fluttuando nel cielo.

"Che diavolo è successo?" domando.

Lo sguardo di Phoe diventa distante per un momento. Alla fine, lei risponde: "In base ai ricordi a mia disposizione, in questo modo il Circolo convoca raramente delle riunioni, come quelle dei municipi. I cittadini del Regno si riuniranno su una delle isole pubbliche più grandi, in un luogo chiamato il Palazzo del Regno. Di solito, le riunioni si tengono una volta dopo ogni secolo di esistenza o giù di lì, e un membro del Circolo tiene un discorso di incitamento. Stavolta, ho il sospetto che vogliano rivelare cos'è successo su Oasis."

Mi alzo in piedi. "Okay, e cosa cambia per i nostri piani?"

"Raggiungiamo la nostra destinazione correndo" dice Phoe, alzandosi. "Dobbiamo ancora essere sicuri di non essere visti dai Guardiani."

Mentre corro, noto che i miei muscoli si sono ripresi del tutto dal combattimento con Jeanine. Phoe prosegue accanto a me, apprezzando chiaramente il suo nuovo corpo.

"Allora, già, il piano" dice ancor prima che io glielo ricordi. "Non ti piacerà."

La mia risata è quasi isterica. "E quando hai escogitato un piano che mi piaceva?"

"Lo so, eh? Sei difficile da compiacere." Ridacchia. "Sul serio, questo piano è così audace che non so nemmeno se piaccia a *me*."

"Fammi indovinare. Vuoi partecipare alla riunione" dico, schivando un ramo. "Fuochino?"

"Senti" risponde, di nuovo seria, "per saperne di più sul virus, dobbiamo avvicinarci alle persone che l'hanno scatenato: il Circolo. Purtroppo, i membri del Circolo non devono andarsene in giro per forza per il

Regno, ma rimangono nel Santuario, un luogo che, in base ai ricordi di qualunque persona, è decisamente inospitale per coloro che non appartengono al Circolo. Ma durante la riunione, sarà presente un membro del Circolo." Mi lancia un'occhiata. "Non voglio indorare la pillola. Devi avvicinarti a questo Antenato del Circolo e Limbizzarlo, uomo o donna che sia. La mia speranza è che i suoi ricordi contengano informazioni sul virus."

Smetto di correre. Le mie gambe si stanno indebolendo. Anche Phoe si ferma.

"Quindi, il tuo piano sarebbe assassinare uno dei governanti del Regno?"

14

"Detto così, sembra molto peggio del mio obiettivo reale, ma sì." Si avvicina di un passo. "Voglio beccare quel figlio di puttana."

"E vuoi che io lo uccida davanti a tutti i cittadini del posto?" Indietreggio.

"No, non compierò un'azione così suicida." Mi prende la mano e la stringe delicatamente. "Voglio partecipare alla riunione nel municipio, nella speranza di riuscire a portare a termine questo spiacevole compito senza farci notare."

"Senza farci notare?" Ritraggo la mano. "Nel vederci, si accorgeranno che siamo degli estranei. Hai avuto accesso allo stesso mio ricordo. Jeanine sapeva che non appartenevo al Regno perché conosceva tutti..."

"Ho una soluzione in proposito" dichiara Phoe. "Se io usassi tutte le mie risorse attuali, potrei farti assumere le sembianze di una delle persone che abbiamo Limbizzato. Ridiventerei una voce nella tua testa, ma ne varrebbe la pena."

"Farai credere a tutti che stiano vedendo qualcun altro?" Riprendo a camminare.

"No, sarebbe come quando si muta forma nelle favole" risponde, procedendo insieme a me. "Avrai un corpo diverso. Potrebbe essere interessante."

Temevo che intendesse dire questo, ma dovevo verificare. Facendo dei respiri profondi per calmarmi, ricordo la sensazione provata mentre ero nei ricordi di Brandon e Jeanine. Mutare forma sembrerebbe un'esperienza simile.

"Esatto" dice Phoe. "E penso che dovrebbe essere Jeanine. Brandon sarebbe un'ottima alternativa, perché aveva accesso al Circolo, ma poiché alcuni Guardiani ti hanno visto mentre lo Limbizzavi nella cattedrale, non possiamo correre questo rischio. Potrei invece darti l'aspetto di Jeff o Bill, gli altri due Guardiani che abbiamo Limbizzato, ma è comunque rischioso. Gli altri Guardiani potrebbero cominciare a porre delle domande sul tuo inseguimento e sul motivo per cui non sono più tornati."

"Ma perché devo mutare forma per forza? Non puoi assumere tu l'aspetto di Jeanine?"

"Non con le risorse di cui dispongo. In pratica, sto lavorando con delle briciole. A *te*, come ad ogni altro legittimo cittadino del Regno, è stata assegnata un'intera fetta del potere di calcolo del Regno, mentre io dispongo di alcune risorse libere che erano rimaste dopo che il sistema aveva cercato di recuperare ciò che apparteneva a Brandon, Jeff, Bill e Jeanine. La buona notizia è che posso farti mutare forma in diversi modi. Innanzitutto, posso riavviare la procedura di selezione che hai visto all'entrata del Regno e guidarti nelle tue scelte per diventare un Theo con l'aspetto di Jeanine. Ma così potremmo farci notare da un algoritmo anti-intrusione, presupponendo che questo luogo ne abbia uno."

Rabbrividisco al ricordo delle sue parole sulle capacità dell'algoritmo anti-intrusione del Test.

"Dubito che qua ci sia un simile algoritmo" commenta lei, prima di scostarsi leggermente dalla nostra traiettoria. "Usarlo sarebbe rischioso per il Circolo, dato che il Regno si è allontanato parecchio dal suo scopo originario e, con tutte queste armi, presumo si trattasse di intrattenimento piuttosto che di un prolungamento della vita. Ma la prudenza non è mai troppa, perciò sceglierò l'altra opzione e ritoccherò semplicemente il tuo corpo effettivo."

Si ferma non appena raggiunge una pozza d'acqua trasparente. È troppo pulita per essersi formata grazie alla pioggia. E se fosse una sorgente sotterranea? Dato che questi elementi idrici non esistevano su Oasis, non ne sono sicuro.

Phoe mi guarda con un'aria piena di aspettativa, in attesa della mia risposta.

"Capisco il tuo ragionamento su Jeanine" dico, "ma se dovessi incontrare una persona che lei conosceva?"

"Non se, ma quando." Phoe gesticola e nella sua mano compare una bottiglia d'acqua vuota. "Jeanine conosceva ogni singolo abitante del Regno e tu dovrai possedere le sue stesse conoscenze su di loro. Saranno molte informazioni da assimilare. Considera da quanto tempo vivono insieme queste persone. Anche se il rapporto del tempo di questo luogo con quello del mondo reale fosse di uno a uno, per la maggior parte di questi esseri sono passati molti secoli."

"Cosa intendi dire con il rapporto..."

"Ricordi la mia simulazione di prima della spiaggia?"

Annuisco.

"Beh, similmente a quello scenario, i pensieri sono più rapidi in questo luogo perché le nostre menti sono simulate e non biologiche. Significa che, in un secondo di tempo del mondo reale, per i cittadini del Regno potrebbero trascorrere minuti, ore o persino giorni, a seconda delle risorse informatiche concesse dal Regno e dell'efficienza delle simulazioni."

Si china per riempire la bottiglia con quell'acqua trasparente. Nonostante la gravità della situazione, non posso fare a meno di ammirare il suo corpo in questa posizione.

Phoe si raddrizza e continua: "Senza l'accesso al mondo esterno, è difficile dire qual è la differenza. In base ai ricordi di Jeanine, è stato un viaggio di proporzioni enorme. Non posso calcolare quanto tempo è passato perché ci sono vuoti intenzionali nei suoi ricordi e non ho abbastanza risorse per annullarli, perciò sì, dopo tutto questo tempo lei conosce proprio chiunque. Sebbene gli Antenati preferiscano rimanere sulle loro isole, Jeanine ha avuto molto tempo per conoscere ogni cittadino del Regno e viceversa."

"Allora sono fregato, perché non conosco nessuno qui" replico, osservandola mentre beve un sorso dalla bottiglia.

"Ma abbiamo accesso ai ricordi di Jeanine." Mi porge la bottiglia. "Creerò un collegamento per te, così potrai ricordare quello che ti serve, e se necessario ti aiuterò. Dobbiamo comunque stare attenti ed evitare conversazioni troppo dettagliate con le persone che la conoscevano bene, perché l'accesso alla mole di dati relativa alla vita di Jeanine è impegnativo dal punto di vista computazionale. Ha vissuto troppo a lungo e le nostre risorse sono limitate, tutto qua."

"D'accordo." Bevo un sorso d'acqua con prudenza. Ha un sapore migliore di qualsiasi bevanda io abbia mai bevuto in vita mia. "Credo che quest'idea non sia poi così imprudente come sembrava."

"È dettata dalla disperazione, ma chi è nel bisogno non può fare lo schifiltoso" dice lei, poi scompare. Anche la bottiglia nella mia mano scompare. "Sei pronto a diventare Jeanine?" chiede la sua voce nella mia testa.

Mi stringo nelle spalle. "Tanto vale tentare."

"Lo prenderò come un sì" risponde, poi vengo colpito da un'ondata di vertigini.

Quando il mondo smette di vorticare, provo sensazioni simili a quando avevo avuto accesso ai ricordi di Jeanine, ma stavolta sono molto più vividi. Allungo le braccia: sono sottili e femminili e ho delle dita affusolate e dalle unghie curate. Abbasso lo sguardo e vedo le forme del mio corpo ricoperte di edera. Preso dal panico, guardo di nuovo davanti a me. Decido che mi conviene esplorare questo nuovo corpo con il tatto. Le mie mani morbide stringono i seni, ancora più morbidi, e non è una sensazione sgradevole. Non posso fare a meno di toccarmi tra le gambe, per sicurezza. Ritraggo la mano in fretta. La mancanza della mia solita attrezzatura è terrificante.

Mi accovaccio per guardare il mio riflesso nella pozza.

Il viso simmetrico di Jeanine mi fissa a sua volta, con quei lineamenti classici contorti dalla paura.

"Phoe?" chiamo. La mia voce ha lo stesso suono di un'arpa.

"D'ora in avanti, dovresti comunicare telepaticamente" risponde tramite il pensiero. "È meglio abituarsi a comunicare di nuovo in questo modo, dato che Jeanine non può certo parlare con un'amica immaginaria davanti ad altre persone. E niente subvocalizzazione. Non dobbiamo attirare attenzioni indesiderate in alcun modo."

"Okay" penso, alzandomi in piedi. "È davvero strano."

"Lo so" replica Phoe. "Muoviti e abituati a questo nuovo corpo. Testiamo la tua propriocezione e la tua intelligenza cinestetica."

"La mia cosa?"

"Toccati il naso con un dito."

Esaudisco la sua richiesta. Il movimento è facile e fluido e, se mi concentro sul mio naso, sembra più piccolo.

"Come facevi a sapere dove trovarlo?" chiede lei.

Alzo le spalle, rendendomi conto di quanto siano strette e magre.

"Il senso che ti ha permesso di toccarti il naso si chiama propriocezione. Raccogli quel ciottolo, lancialo in aria e chiudi gli occhi."

Obbedisco ma, dopo un istante, mentre il ciottolo sta per cadermi in testa, lo schivo, sempre ad occhi chiusi.

"Come hai indovinato, è stata la tua intelligenza cinestetica a permetterti di evitarlo" spiega. "La propriocezione è strettamente legata all'intelligenza cinestetica. Proseguiamo adesso."

Apro gli occhi. Stranamente, riesco a vedere le mie ciglia, forse perché sono più lunghe.

Comincio a camminare. Stavolta, il movimento dei miei fianchi non mi dà un'impressione strana, anche se dondolano in un modo insolito per me.

"Cerca di richiamare la sua arma, ma con un gesto il più possibile discreto" suggerisce Phoe.

Apro la mano destra e ordino all'arma di comparire. Il ventaglio di ferro, l'arma scelta da Jeanine, si materializza tra le mie dita. Mi aspettavo quasi di vedere una delle mie katana di fuoco, ma credo che abbia senso.

"Sì, non uso mezze misure" afferma Phoe. "Dovresti riuscire a combattere con quest'arma grazie ai ricordi muscolari di Jeanine. Li ho resi disponibili proprio adesso."

Agendo d'istinto, apro il ventaglio e colpisco il ramo più vicino, tagliandolo in due. Allo stesso tempo, ripeto la verticale sulle mani eseguita da Jeanine durante la lotta e mi avvicino con un balzo al tronco dell'albero. Colpisco la quercia, creando profondi squarci nel legno.

"Finora te la stai cavando benissimo" commenta Phoe. "Stai imparando a usare quel corpo."

Mi fa saltare, correre, ballare e affrontare altri test, che mi vede portare a termine con sua soddisfazione.

"Menomale che Brandon è morto." Phoe ridacchia mentalmente dopo un mio inchino formale simile a quelli che si usano con i membri del Circolo. "Non dovrai preoccuparti di dover baciare un uomo... o peggio."

Anche se non sono più un vergine innocente, non mi era mai passata per la testa l'idea di dover baciare – o 'peggio' – qualcuno nei panni di Jeanine. Non sono ancora abituato ad avere questi pensieri. Ma adesso che Phoe ne ha parlato, sono felice di aver eliminato – letteralmente – quella possibilità. Non riesco ad immaginare di baciare qualcun altro all'infuori di Phoe, soprattutto un uomo.

"Sono proprio lusingata, se non riesci ad immaginarti mentre preferisci un uomo a me." I suoi pensieri sono colmi di allegria. "Penso che sia ormai il momento di recuperare la memoria cosciente a lungo termine. Se sei pronto, configuro il collegamento."

"Sono pronto" rispondo, poi chiudo gli occhi, preparandomi a *qualcosa*.

"Fatto" dice Phoe. "Come ti senti?"

Apro gli occhi. La sensazione che mi travolge non mi è sconosciuta. La sperimento quando mi dimentico di un fatto e mi occorre un'eternità per ricordarlo, anche se ce l'ho sulla punta della lingua, e poi mi viene in mente di punto in bianco. Ma la differenza, in questo caso, è la pura quantità dei fatti.

Per esempio, l'odore della foresta. Prima che Phoe collegasse i ricordi di Jeanine ai miei, esso rimaneva di sottofondo, mentre adesso so che quell'odore era stato attentamente formulato da Jeanine per corrispondere con precisione al profumo dei boschi in primavera che facevano parte della sua infanzia sulla Terra.

Ogni albero, ogni uccello e ogni animale, perfino i funghi, era stato accuratamente modellato nel corso degli anni per far sentire Jeanine a casa mentre passeggiava nel suo territorio.

"Aveva creato lei questo posto?" chiedo inavvertitamente ad alta voce, poi aggiungo mentalmente: "Scusa se ho parlato."

"Gli Antenati, te compreso, possono ridisegnare il Regno in base alla loro volontà, ma con dei limiti" spiega Phoe. "È un altro parallelismo con il funzionamento del gioco della TIRI. Solo che quel gioco ha plasmato se stesso a seconda delle paure inconsce dell'utente, mentre il Regno è stato modificato per essere ridefinito in base al controllo cosciente. Posso collegarmi a una parte dell'interfaccia, e in questo modo accelero la tua guarigione. Il limite è che il Regno ospita più utenti contemporaneamente, quindi volontà diverse possono scontrarsi. Non puoi avvicinarti a una persona e far sì che le crescano le corna, a meno che lei stessa non lo desideri e a meno che non dispiaccia ad altri membri del Regno. Ma sulle loro isole private, l'unico limite degli Antenati è la loro immaginazione."

Comincio a camminare, cercando di respingere la valanga di ricordi, mentre assorbo le implicazioni di un'organizzazione simile.

"Temo che non ci sia il tempo di meravigliarsi" pensa Phoe. "Ora che non sembri più tu, non serve nascondersi nella foresta o volare sotto l'isola. Puoi volare direttamente verso l'Isola Centrale. Ricordi dove si trova?"

Non appena penso all'isola, i ricordi riaffiorano. La

143

DIMA ZALES

raggiungerò volando a destra e poi oltrepassando le dieci isole confinanti più vicine.

"Vai allora" mi sprona Phoe.

"D'accordo" penso, poi spiego le mie enormi ali di gufo, o quelle di Jeanine. "Voliamo."

15

Volare nei panni di Jeanine è quasi divertente, perché accedere alla sua esperienza e ai suoi ricordi muscolari, forgiati da secoli di volo, in qualche modo smorza la mia paura dell'altezza. La vista delle isole intorno a me innesca ricordi che mi distraggono ulteriormente dall'ansia.

Alla mia destra c'è una grande isola che appartiene a Iris. Perfino a questa distanza, riesco a vedere il cerchio rosa del suo vasto roseto, un'impresa che lei ha sviluppato nel corso di trecento anni di calcoli e cure.

Alla mia sinistra c'è l'isola di Caleb, con statue perfette che raffigurano ogni persona su cui lui abbia mai posato gli occhi, con dettagli anatomici precisi.

Oltrepasso l'ordinario territorio incolto dell'isola di Sara, una delle mie amiche più intime... o meglio, di Jeanine. Sara ha trascorso gli ultimi cinquant'anni a meditare e a scrivere poesie in pentametro giambico.

Visto il suo rapporto stretto con Jeanine, ricordo l'aspetto di Sara e mi appunto mentalmente di evitare di incontrarla poiché, conoscendo così bene Jeanine, potrebbe captare qualsiasi mia irregolarità nel comportamento di quest'ultima.

Mentre mi avvicino all'Isola Centrale, comincio a scorgere altre persone alate. Si dirigono tutte verso la mia destinazione. Quando la cupola gigantesca dell'isola diventa visibile, l'esiguo numero di persone assomiglia ad un grande stormo di uccelli.

Entro nella cupola e comincio con abilità a scendere, assicurandomi di evitare anche i piccoli gruppi e qualsiasi persona che non avesse solo un rapporto superficiale con Jeanine.

L'Isola Centrale è molto vasta – potrebbe contenere almeno dieci volte Oasis senza problemi – ed è spettacolare. È come se qualcuno avesse preso ogni importante meraviglia del mondo antico per agghindarla e posizionarla da qualche parte sull'isola. Uso i ricordi di Jeanine per ricordare che le strutture seguono un tema in base alla zona della Terra antica da cui provengono. La Statua della Libertà si erge accanto alla copia di quello che può essere solo l'Empire State Building, mentre la Torre di Pisa è vicina al Colosseo.

"Assomiglia al più grande parco a tema mai creato" commenta Phoe. "Soprattutto considerando la nostra destinazione."

Ha ragione.

Il gigantesco castello verso cui tutti stanno volando sembra proprio quello che si vede all'inizio dei film Disney, solo che, con le sue proporzioni, la guglia più alta minaccia di perforare la cupola dell'isola.

Atterro sull'acciottolato che conduce verso l'imponente entrata del castello. La folla degli Antenati è così fitta che riesco a rimanere in incognito senza problemi, mentre metto piede nell'ampio salone dove si dovrebbe tenere la riunione. Mi sforzo di non lasciarmi travolgere dai ricordi, mentre riconosco i volti che mi circondano. Se lasciassi fluire liberamente ogni informazione, quel sovraccarico mi farebbe fondere il cervello.

Phoe ridacchia. "Adesso è impossibile che ti si fonda fisicamente il cervello... salvo che prima fosse vero il contrario... ma il tuo approccio è valido. Tieni la testa bassa e avvicinati il più possibile alla parte anteriore del salone."

Mi faccio strada prudentemente in mezzo alle ali e agli arti che mi bloccano il passaggio. È un serraglio di corpi dagli abiti succinti e dall'aspetto giovanile. In qualunque altro momento, essere vicino a loro mi avrebbe fatto effetto, ma oggi li osservo con occhio clinico. Nessuno mi sta prestando molta attenzione. Sono tutti impegnati a scambiarsi teorie sulla riunione.

"Un nuovo membro così presto? Jeremiah non ha svolto il ruolo di Delegato nemmeno per un giorno" sento dire a un uomo dai capelli rossi.

"No" risponde una donna di alta statura. "Credo che abbia a che fare con..."

Perdo il filo della conversazione nella cacofonia di voci intorno a me. Su Oasis non si verificavano mai delle riunioni così imponenti. In questa calca numerosa percepisco qualcosa di primordiale che si risveglia dentro di me, una specie di paura. La soffoco, concentrandomi invece sulle ricche decorazioni.

In base ai ricordi di Jeanine – faceva parte del gruppo che ha costruito questo luogo – sapevo che il salone sarebbe stato stupefacente, ma ora che lo vedo con i miei occhi, gli affreschi, le statue e gli intricati mosaici di vetro sono molto più che mozzafiato.

Alla fine, non riesco più a farmi largo tra la folla: è semplicemente troppo fitta. Mi trovo a una decina di metri dal palco e dovrà andarmi bene così.

Guardo a bocca aperta l'ambiente per un momento, poi le persone alle mie spalle mi spingono contro gli Antenati davanti a me. Il salone si sta riempiendo sul serio e le ultime persone arrivano da varie porte e finestre aperte. Alcune planano addirittura attraverso un'apertura nel soffitto.

Sono troppe per riuscire a contarle ma, se dovessi fare una stima, direi che ci sono diverse centinaia di Antenati... più di quanto mi aspettassi. Sto per esprimere un commento indirizzato a Phoe, quando accedo ai ricordi di Jeanine e scopro che non tutti gli Antenati erano partiti come consiglieri di Oasis.

"Altrimenti, il Regno non avrebbe una comunità numerosa" dice lei.

Ha ragione. Nei ricordi di Jeanine scopro che, all'inizio, il Regno era disseminato di quasi tutti coloro che avevano intrapreso il 'grande viaggio nello spazio', secondo il termine di Jeanine. Cerco di evocare altri ricordi su quel periodo, ma non ci riesco.

"Interessante, vero?" pensa Phoe. "Jeanine ha un vuoto di memoria. La cosa ancora più interessante è che ne era consapevole. Pensava che riguardasse qualcosa da dimenticare per forza e non se n'era mai curata."

Accedo ai ricordi per cercare conferma delle parole di Phoe. In effetti, Jeanine credeva che quel vuoto facesse parte di un piano più grande in nome di un bene più alto.

"Io di sicuro sono curiosa" dice Phoe nella mia mente. "Dev'essere successo qualcosa nel Regno molto tempo fa... qualcosa che è stato insabbiato dalla versione del Regno dell'Oblio. Dato che, senza disporre di maggiori risorse, non posso revocare questo Oblio, speriamo che i membri del Circolo sappiano cosa riguarda quel vuoto. Dopotutto, sono parzialmente composti da Custodi delle Informazioni precedenti, persone che non avevano preso parte agli Oblii di Oasis."

Non rispondo perché la mia attenzione viene catturata dalla folla, che sta fissando qualcosa nella parte anteriore del salone. Quando sbircio sopra le teste davanti a me, vedo che stanno guardando un aggeggio che Jeanine chiamava affettuosamente 'lo specchio magico'.

Un soprannome che ben si adatta all'oggetto appeso alla parete, poiché è uno specchio, e mostra una serie di video, un po' come gli Schermi di Oasis.

Apro la bocca, mentre i ricordi di Jeanine forniscono il contesto delle bellissime immagini visualizzate. Sono gli elementi salienti dei più grandi successi nel campo dell'arte, della scultura, dell'architettura, della musica e di molte altre attività care ai cittadini del Regno. Le immagini e i suoni sono molto più che sublimi. Rimango così affascinato dallo specchio che non noto nemmeno l'uomo che sale sul palco insieme al suo entourage di Guardiani.

Quando li vedo, studio il gruppo, soprattutto la persona che sta per prendere la parola.

Jeanine conosce il suo nome: Benjamin. L'ha già sentito parlare durante questi eventi in passato. Lui era già vecchio sulla Terra e ha raggiunto il Regno alla morte della prima ondata di Antenati. Jeanine e Benjamin avevano un interesse comune seicento anni fa. Lei voleva imparare a padroneggiare lo Xiangqi, noto come il gioco degli scacchi cinese, mentre Benjamin giocava con lei quando non doveva svolgere dei compiti per il Circolo, il che accadeva di rado.

Non avevo mai visto il corpo di Benjamin così luminoso, ma il suo volto è meno perfetto e ha quasi dei lineamenti da donnola. Le sue ali sembrano astratte, come se fossero composte di fumo palpabile. Spiega le ali e solleva le mani con il palmo rivolto verso l'alto. I ricordi di Jeanine mi suggeriscono che questo è il segnale per imporre il silenzio.

La folla tace e Benjamin dice: "Cittadini del Regno, vengo da voi con un peso sul cuore."

Il silenzio nella stanza diventa assordante. Durante queste riunioni non venivano mai comunicate delle cattive notizie.

"Non so come dirvelo, perciò sarò molto schietto." Si schiarisce la voce. "L'antico male che ci eravamo lasciati alle spalle si è risvegliato e ha stroncato la vita di ogni cittadino di Oasis. Questo è ciò che ne è rimasto." Con gli occhi pieni di lacrime, Benjamin esegue un gesto verso lo specchio magico e compaiono alcune immagini delle rovine di Oasis.

Lo specchio mostra migliaia di corpi che fluttuano nell'aria, sempre in assenza di gravità, e che ormai sono completamente coperti di ghiaccio. Perfino le luci rosse che ricordavo sono più deboli in quest'immagine più recente, come se perfino gli allarmi stessero per spegnersi.

Provo una stretta al petto nel rivivere le orribili ore antecedenti alla mia morte biologica.

"Mi dispiace, Theo, ma non puoi avere un crollo" interviene Phoe. "Penso di avere un piano d'azione. Guardati intorno. È molto importante."

Faccio come dice.

Le persone che mi circondano stanno mostrando

ogni genere di emozione, dallo shock alla devastazione totale. Alcune si sentono indignate, mentre altre hanno un'espressione spaventata o addolorata.

Benjamin recita le stesse stronzate che Wayne aveva propinato a Brandon. Racconta ai presenti che il Circolo è venuto a conoscenza di una minaccia e ha compiuto invano sforzi valorosi per salvare Oasis, il che ha comportato un castigo da parte di quella malvagia Intelligenza Artificiale.

Le unghie lunghe di Jeanine mi affondano nei palmi delle mani. Credo che le persone con le unghie così lunghe debbano fare attenzione a stringere i pugni.

"Camufferò la tua voce" mi dice Phoe. "Devi chiedere a voce molto alta: 'Come avete potuto permetterlo?'"

"D'accordo" le rispondo mentalmente, poi grido: "Come avete potuto permetterlo?" La mia voce tonante di basso riecheggia nel salone al punto tale che mi fremono le viscere.

Mi guardo intorno per vedere se qualcuno mi abbia visto parlare. Nessuno si è girato verso di me, ma le mie parole hanno sortito un certo effetto. La rabbia della folla cresce e, ad ogni secondo che passa, le voci si fanno sempre più chiassose.

"Ordine!" grida Benjamin. "Tacete e ascoltatemi!"

La sua risposta esaspera ulteriormente le persone intorno a me. Si sta formando quel tipo di ressa di cui avevo letto nei mezzi di comunicazione degli antichi.

"Abbiamo dato il potere al Circolo e avete fallito!" urla qualcuno con una voce simile al suono di un violino.

"Dopo ci sottoporranno all'Oblio!" grida qualcun altro, imitando il suono dell'armonica.

Benjamin sbianca in viso nonostante il suo intenso bagliore. Anche se i Guardiani intorno a lui mantengono il sangue freddo, uno di loro gli sussurra qualcosa nell'orecchio e gli altri si spostano leggermente verso la folla.

"Cosa succede adesso?" interviene qualcun altro, mentre una decina di altre persone urla diverse domande contemporaneamente.

La gente comincia a muoversi freneticamente. Alcuni si dirigono verso il palco, mentre altri gridano sempre più forte.

"Alzati in volo" mi sprona Phoe, quando due Guardiani accompagnano Benjamin in fondo al palco.

Tento di spiegare le ali ma, con tutte queste persone che si agitano sotto il palco come durante un concerto, è impossibile.

"Svelto, accedi ai ricordi di Jeanine" dice Phoe. "Ha contribuito a costruire questo luogo, ricordi?"

Non appena pronuncia queste parole, ricordo quanti decenni erano serviti per creare gli affreschi e il soffitto. Cosa ancora più importante, ricordo la zona dietro le quinte e il collegamento con la guglia sud.

Ciò significa che so dove sta per andare Benjamin,

ma non lo raggiungerò in tempo se non mi metto subito a volare.

Le mie azioni successive sono decisamente poco eleganti e Jeanine non le aveva mai compiute: affondo le unghie nelle spalle di una donna più bassa di me e di un uomo corpulento e mi sollevo da terra, poi, afferrando la testa del tizio davanti a quei due, mi arrampico sulle teste e sulle spalle dei presenti. Senza dare loro il tempo di sentirsi indignati, spiego le ali e volo verso la finestra più vicina, un elemento decorativo composto da vetri colorati.

La sfondo, ignorando il dolore dato dalle schegge di vetro che mi feriscono.

"Devi stare più attento" mi avverte Phoe. "Non posso accelerare la guarigione in questo momento."

Confermo con un grugnito, solo che dalla mia bocca fuoriesce una melodia generata dalle corde vocali di Jeanine.

Le mie ali di gufo sbattono più velocemente di quelle di qualsiasi altro uccello. Salgo sempre più in alto, roteando nell'aria mentre saetto verso la guglia più a sud, ripetendomi mentalmente: *Fa' che sia lì, fa' che sia lì.*

Alle mie spalle, alcune persone cominciano a loro volta ad allontanarsi in volo dal salone, ma le ignoro.

Rallentando di colpo, mentre il vento preme dolorosamente contro le mie piume, atterro su una terrazza disposta intorno all'uscita della guglia.

Prima che io possa calmare il respiro frenetico, Benjamin mette piede sulla terrazza.

Lo fisso e lui mi guarda con sorpresa.

Temendo di spaventarlo e agendo d'istinto, eseguo lo speciale inchino richiesto dal protocollo del Regno quando ci si trova al cospetto di un membro del Circolo e, nel frattempo, memorizzo le istruzioni che Phoe mi sta gridando mentalmente. Poi, come un robot, comincio a metterle in pratica.

"Ciao, Benjamin" dico. "Mi dispiace metterti con le spalle al muro, ma hai avuto notizie di Brandon?"

Benjamin scuote la testa. Sembra un po' più rilassato ora che sa il motivo della mia presenza.

Ne faccio tesoro e mi avvicino a lui, parlando con naturalezza. "Non è più tornato per..."

Continuando a fissarlo, richiamo il mio ventaglio di ferro con un gesto.

Non appena ne percepisco il peso tra le dita, descrivo un arco improvviso con il braccio, aprendo la mia arma.

Le lame del ventaglio squarciano la gola di Benjamin con la stessa ferocia di uno squalo affamato.

Tenta di urlare ma, così facendo, altro sangue zampilla con violenza dalle molteplici ferite sul collo.

Respirando a malapena, osservo il membro del Circolo inciampare e disintegrarsi all'improvviso durante la Limbizzazione.

Dato che Benjamin non mi blocca più la visuale, uno dei due Guardiani che l'hanno accompagnato qui mi sta guardando in faccia e, vedendo l'arma nella mia mano, digrigna i denti e un tridente compare tra le sue dita. Con un movimento sfocato di nocche bianche e metallo lucente, lo cala verso la mia coscia. La memoria muscolare di Jeanine – nello specifico, la sua esperienza nel ballo – mi torna utile. Sposto la gamba più rapidamente di quanto avrei mai creduto possibile.

Ma nonostante questa prontezza di riflessi, una delle punte del tridente riesce a conficcarsi nel mio piede.

Prima che il mio cervello percepisca il dolore, lancio il ventaglio.

Non so se sia merito della fortuna o della memoria muscolare di Jeanine che mi sta portando altri benefici, ma le lame trafiggono il torace del mio aggressore. Con un grugnito, si unisce a Benjamin nel Limbo.

La mia euforia dura poco: il secondo Guardiano sale sulla terrazza e incrocia il mio sguardo. A giudicare dalla furia malcelata dipinta sul suo volto, mi ha visto mentre Limbizzavo il suo amico e Benjamin.

L'ondata di dolore si fa sentire, accompagnata da un senso di nausea e di vertigini.

Non sono nelle condizioni di combattere.

"Giusto. E nei ricordi di chiunque, lui si chiama Samuel. È troppo abile con i pugnali, non hai alcuna possibilità" mi informa con urgenza Phoe. "Devi scappare."

Sbatto le palpebre nel tentativo di sgombrare la

mente dalla confusione dovuta all'agonia. Samuel ha già due pugnali stretti in ciascuna mano.

Appoggiandomi con la schiena contro la ringhiera, compio un'azione che non avrei mai creduto possibile senza essere controllato da Phoe: mi inclino all'indietro così tanto da arrivare a cadere oltre la ringhiera.

E poi precipito.

Da un'altezza considerevole.

Come nel mio incubo peggiore.

16

"Resisti all'impulso di aprire le ali il più a lungo possibile" mi dice Phoe. "Lui sta planando, quindi è più lento di te che stai cadendo a piombo come un sasso."

Mi impegno nello sforzo ma, dopo una frazione di secondo, riposiziono il mio corpo per prepararmi al volo e spiego le ali.

Il mio piede ferito, almeno, non è un ostacolo per il volo.

C'è una folla sotto di me. Altre persone si stanno riversando fuori dal castello. Il mio piano è semplice: mi nasconderò in quell'orda di Antenati.

Un pugnale sfreccia vicino alla mia gamba e si conficca nel petto di un'Antenata dal viso rotondo. I ricordi di Jeanine mi comunicano il suo nome: Vivian. Proviene da un'altra epoca e adorava produrre articoli di ceramica, anche se non era molto brava. Per mantenere un briciolo di sanità mentale, ignoro gli altri fatti che mi passano per la testa. Vivian sgrana gli occhi per lo shock, mentre si suddivide in tante parti e scompare.

Il mio cuore sovraccarico riesce a trovare lo spazio per piangere quella donna. Era una spettatrice innocente. Non c'era motivo di Limbizzarla.

"Almeno ho intercettato le sue risorse" dice Phoe ad alta voce. "E combinate con gli altri due Antenati che abbiamo Limbizzato, significa che posso anche parlare ad alta voce, nonché aiutarti con le indicazioni per il volo. Anzi, posso addirittura proiettare me stessa, così potrai vedermi, ma non lo farò perché..."

Non sento il resto della frase perché un pugnale mi ferisce all'articolazione di un'ala.

D'istinto, la contraggo per continuare a muovermi, ma il dolore è lancinante. Perdo quota e mi concentro sul non sbattere le ali, planando invece come uno scoiattolo volante.

"Accidenti, Phoe!" le grido mentalmente. "Concentrati e aiutami, dato che puoi! Sei troppo impegnata con quelle maledette risorse informatiche!"

Poi, all'improvviso, grido: "Aiuto!", senza averne l'intenzione.

Le persone tutt'intorno alzano gli occhi su di me.

"Quelle terribili notizie sono state un colpo troppo duro per Samuel!" continuo a gridare. "Ha perso la ragione. Mi sta attaccando!"

Un pugnale mi infilza il fianco proprio mentre

raggiungo un nutrito gruppo di Antenati, che formano una barriera temporanea tra me e il mio inseguitore.

Nonostante il dolore bruciante delle ferite, sento gli altri porre con rabbia delle domande al Guardiano, perciò il piano di Phoe sta funzionando.

"Ricorda di chiudere gli occhi per la prossima parte" mi avvisa lei. A giudicare dalla voce, sembra trovarsi poche spanne sopra di me.

Mi rifiuto di chiudere gli occhi e poi, con un sobbalzo, volo verso l'alto. C'è qualcuno lì. Ignorando il dolore, spiego le ali per nascondere le mie azioni ad eventuali spettatori e, senza ulteriori indugi, materializzo un altro ventaglio tra le mie dita e lo conficco in un occhio di quell'uomo.

Come sempre durante il controllo di Phoe, non percepisco il suo intervento fisico durante questa macabra sequenza. Presumo che sia lei a eseguirla perché dubito che io avrei avuto la forza di muovermi con tutta questa agonia e, anche se ci fossi riuscito, non so se avrei compiuto un gesto così freddo e selvaggio. Sì, mi sono sbarazzato di Benjamin tagliandogli la gola e poi ho eliminato il Guardiano, ma c'è una differenza abissale tra Limbizzare un membro del Circolo o difendersi, e attaccare un testimone a caso. O almeno, è ciò che tento di dire alla mia coscienza mentre l'uomo comincia a disintegrarsi.

"Mi dispiace" sussurra Phoe. "La mia unica giustificazione è che non significa la fine per quell'uomo, e poi non abbiamo avuto altra scelta."

In ritardo, lo riconosco grazie ai ricordi di Jeanine. Si chiamava Chester. Lui e Jeanine parlavano raramente, ma quest'ultima aveva sempre ammirato il suo talento in cucina, che lui aveva impiegato un secolo a perfezionare.

In mezzo a tutto questo trambusto e con le mie ali che bloccano la visuale, nessuno sembra essersi accorto delle mie azioni. Le persone sono concentrate sul mio inseguitore ma, dato che lui sta gridando delle accuse nei confronti di Jeanine, è solo questione di tempo prima che gli altri si focalizzino su di me.

All'improvviso, vengo travolto da un senso di vertigine. Solo il controllo di Phoe mi impedisce di ripiegare le ali e precipitare. Quando il mondo smette di roteare, mi rendo conto che il dolore è sparito, ma provo una sensazione molto strana nel mio corpo.

Il Guardiano riesce finalmente a farsi strada nella folla volante. Guarda a destra e a sinistra.

"Dobbiamo continuare a fuggire prima che mi veda" penso, rivolgendomi a Phoe.

Non risponde, ma quasi riesco a percepirla mentre trattiene il fiato.

Samuel mi lancia un'occhiata, poi continua ad analizzare i dintorni, come se non stesse cercando me.

Rimango meravigliato, senza capire, poi noto che le mie ali non sono più quelle di un gufo. Credo che queste appartengano ad un uccello chiamato rondone a coda spinosa, che si presume essere il più veloce dello Zoo.

"Dipende da cosa intendi con più veloce" replica Phoe con la sua tipica pedanteria. "Il falco pellegrino è l'uccello più veloce nei tuffi in picchiata, ma il rondone a coda spinosa è il più veloce quando si tratta di volo. Altro motivo per cui il povero Chester è stato un obiettivo così facile."

In questo momento mi si accende la lampadina: poco fa, avevo visto le mie ali sulla schiena di Chester, subito prima che Phoe usasse la mia mano per pugnalarlo.

"Ho dovuto farti assumere le sembianze di una persona che Samuel non avrebbe considerato sospetta" spiega Phoe. "Non poteva essere qualunque altro Guardiano, né Vivian, dato che lui forse ha assistito alla Limbizzazione di quella donna. Perciò mi rimaneva soltanto una scelta: Limbizzare una persona nuova. Le ali di Chester saranno utili per la prossima parte del piano, e lui si trovava così vicino... Spero che questo ti faccia sentire meglio in proposito."

Non è così, ma non controbatto. Voglio solo andarmene via di qui.

"Anch'io" commenta Phoe.

Plano lentamente, meravigliandomi della sensazione molto diversa che mi trasmettono queste nuove ali durante il volo. Ma, in effetti, tutto il mio corpo è diverso.

Quando il Guardiano non può più vedermi, comincio a volare sul serio, facendomi strada in mezzo agli Antenati spaventati, se necessario.

Un sorprendente numero di cittadini del Regno vola nella mia direzione, ma io sono molto più veloce.

Vedo nel frattempo un grande gruppo di Guardiani riuniti e intenti in una discussione mentre planano nell'aria.

Continuo a volare verso la cupola.

Nessuno mi pone domande al mio passaggio e provo un enorme sollievo. Quando entro in contatto con la superficie della cupola, simile a sapone, libero un respiro che probabilmente stavo trattenendo da mezz'ora.

Non so bene se Phoe sia sicura della nostra destinazione. A me sembra una direzione scelta a caso. Provo ad accedere a un ricordo per tentare di capire dove stiamo andando, ma non funziona.

"Non mi sono preoccupata di collegarti ai ricordi di Chester" dice Phoe.

Seguo la sua voce e vedo che ha riacquistato un aspetto visibile, ma stavolta non ha voluto renderlo realistico, neanche lontanamente.

Phoe è minuscola, come una fata. Sta volando a ritroso e la sua testa in miniatura mi rivolge un sorriso malizioso.

"Ho esattamente lo stesso aspetto di prima." La minuscola fata-Phoe si mette in una posa da fotomodella. "Mi sono rimpicciolita solo per metterti di buon umore."

"Beh, non funziona" mento, resistendo alla tentazione di toccare quella creaturina. "Il mio umore

163

si risolleverebbe se tu mi spiegassi dove stiamo andando, e sarei entusiasta se mi dicessi anche che siamo salvi."

A rendere surreale l'aspetto attuale di Phoe, oltre alle sue dimensioni, è il fatto che non vado a sbattere contro di lei, pur volando a questa velocità.

"Al momento mi trovo solo nella tua mente, perciò non puoi scontrarti contro di me, e siamo salvi, sì." Phoe infila le dita tra i capelli dal taglio pixie per renderli più vaporosi. "Stiamo andando al Santuario, dove ha sede il Circolo, e lì dovremo sconfiggere la folla e i Guardiani."

Con perfetto tempismo, le mie ali di rondone sbattono più velocemente.

"Aspetta!" dico ad alta voce. "Non è come quel proverbio in cui si passa dalla padella alla brace?"

"Dobbiamo farlo." Il minuscolo viso di Phoe diventa serio. "I ricordi di Benjamin non mi bastano per combattere il virus. Potrei solo confermare ciò che già sappiamo: un virus *c'è*."

Voliamo in silenzio, mentre assimilo tutto quello che ho scoperto finora. Phoe ha almeno raddoppiato le sue risorse, il che spiega la sua capacità di creare l'illusione di essere diventata una fata e quella di controllare il mio corpo in una forma diversa. Cosa più importante, Phoe ha recuperato i ricordi di un membro del Circolo nella speranza che sapesse qualcosa sul virus, il che era lo scopo della nostra disavventura nell'Isola Centrale.

"Già." Phoe mette il broncio con quelle piccole labbra. "Purtroppo, Benjamin non era al corrente di informazioni fondamentali. Ecco, lascia che ti mostri tutto. Mentre sarai immerso in quella scena, continuerò a volare."

Senza preavviso, mi ritrovo di colpo in una stanza, circondato da un vasto gruppo di Antenati.

È una stanza spoglia, con solo un grande specchio al centro.

Stavolta, so cosa sta succedendo: mi ritrovo nei ricordi di Benjamin. È confuso perché non capisce quale urgenza abbia spinto Davin a convocare tutti in questa stanza. Scruto il Circolo con gli occhi di Benjamin. Dato che conosce i nomi dei presenti, lo stesso vale per me.

Non posso fare a meno di concentrarmi sulle persone che ho già visto. Wayne – il primissimo Delegato che avevo visto – è alla mia destra, poi c'è Davin, il cui volto era comparso tra le nuvole per annunciare l'importante riunione. Riconosco anche il viso dell'ultimo membro del Circolo, che con il tempo ho imparato a detestare: quello di Jeremiah.

"Ho motivo di credere che un antico nemico, uno degli incubi che abbiamo scelto di dimenticare tramite l'Oblio, si sia fatto vivo di nuovo su Oasis." Davin osserva i presenti con quei profondi occhi azzurri. "Peggio ancora, credo che quest'Intelligenza Artificiale voglia distruggere tutto ciò che abbiamo creato."

Nella mente di Benjamin, sento letteralmente che i

suoi piedi diventano freddi. Gli altri membri del Circolo, soprattutto Jeremiah, sembrano decisamente pieni di orrore.

"Lasciatemi spiegare i fatti, come prima cosa" dice Davin, poi racconta al Circolo la stessa storia che Wayne aveva riferito a Brandon. Dice loro che il mio nome, con quel punteggio nel Test, aveva attirato l'attenzione di Davin e che, nonostante fossi un Giovane, ero riuscito in qualche modo a diventare un membro del Consiglio degli Anziani. Elenca inoltre i motivi per cui ritiene che la responsabile di tutto sia un'Intelligenza Artificiale.

"Quindi, che facciamo?" chiede Benjamin in tono piatto, anche se so che sta solo fingendo di non perdere la compostezza. Dentro, invece, quell'uomo sta per esplodere.

"Sono entrato negli Archivi Proibiti e ho aperto una mia registrazione con le istruzioni sul da farsi in una situazione del genere." Davin indica lo specchio, dove compare un altro Davin: non un riflesso ma una registrazione.

"Salve" esordisce la registrazione. "Se state guardando questo video, significa che è successo l'impensabile." Entrambi i Davin incrociano le braccia. "Se un'Intelligenza Artificiale è comparsa in uno qualsiasi dei sistemi di Phoenix, in qualsiasi veste, probabilmente siete condannati. La vostra unica possibilità – ma non sperateci troppo – è quella di seguire il protocollo V318, che è memorizzato in un altro punto di questi Archivi. Devo però avvertirvi che si tratta di un'arma da utilizzare solo in tempi veramente disperati. Consideratela un'ultima risorsa."

Non posso fare a meno di notare che Benjamin non conosceva la parola Phoenix, cioè il nome completo dell'astronave su cui ci troviamo.

"Perché fa parte delle informazioni che hanno scelto di dimenticare" dice Phoe. "Non ci saranno altre informazioni utili in questa riunione, quindi lasciami andare avanti veloce fino a un altro ricordo."

Un attimo dopo, mi ritrovo in un'altra zona della stessa stanza. I volti che mi circondano esprimono un'ansia ancora più accentuata.

"Ho esaminato il protocollo" afferma Davin. "Non posso dare una spiegazione completa, senza le conoscenze tecniche che ho dimenticato, ma, per quanto ne so, la contromisura consiste in un replicatore progettato per diffondersi nel sostrato informatico della navicella, sottraendo quindi le risorse all'Intelligenza Artificiale."

"Sembra un antico virus informatico" afferma Wayne con la sua voce simile alla musica di un organo.

"Una cruda analogia ma, se può aiutarvi a comprenderlo, sì, possiamo definirlo tale" risponde Davin con malcelata arroganza. "Tuttavia, nessun virus antico possedeva la flessibilità e l'intelligenza di questa contromisura."

A Benjamin si rizzano i peli sulla nuca. Vorrebbe domandare: "Combatteremo un'Intelligenza Artificiale con un'altra Intelligenza Artificiale?", ma si trattiene quando Davin prosegue: "Prima che vi facciate prendere dal panico, l'intelligenza di cui sto parlando sarebbe umana, non artificiale. Ma qua viene la parte spaventosa: uno di noi deve offrirsi volontario per diventare la radice della contromisura."

Nella stanza cala un silenzio di tomba.

"Ecco perché speravo di non usare la parola 'virus'" spiega Davin. "Nessuno vorrebbe trasformarsi in un virus, ma tutti dovremmo voler salvare il nostro mondo. Siamo ben lontani dall'obiettivo di creare un perfetto insediamento umano su un pianeta remoto. Noi, gli Antenati, ci siamo assunti il compito di diventare le guide dei viventi e quest'Intelligenza Artificiale sta minacciando di rendere tutto vano. È nostro dovere..."

"Supponendo che ci sia una persona tra noi abbastanza coraggiosa da offrirsi volontaria" lo interrompe Wayne, "cosa accadrebbe a tutti i sistemi informatici di Oasis come conseguenza di questa battaglia per le risorse?"

"Le incognite sono troppe per esserne certi." Davin si acciglia. "Gli Schermi potrebbero non funzionare correttamente e in quel caso i Giovani salterebbero un paio di giorni di scuola. Le luci potrebbero sfarfallare. Cose del genere, immagino. Chiunque si assuma questa grande responsabilità avrà sempre il controllo, credo, e lui o lei potrà mitigare i rischi."

"Mitigare i rischi, un cavolo!" penso con rabbia. "Sceglieranno Jeremiah, vero?"

"Sì" risponde Phoe. "Si offrirà volontario."

"Non voglio più vivere questa follia" le comunico mentalmente. "Portami fuori, per favore."

Mi ritrovo all'istante nel cielo del Regno, dove volo a rotta di collo in mezzo alle nuvole.

"Che idioti!" esclamo con una voce che ancora non mi appartiene. Continuo mentalmente: "Un cazzo di malfunzionamento degli Schermi? Sul serio? Era quella la conseguenza peggiore che si aspettavano?"

"Hanno cancellato dalla loro mente tutti i ricordi delle loro competenze tecniche, perciò non sapevano dove stavano andando a mettere le mani" dice Phoe. "Ah, non importa. Non so perché io abbia appena cercato di difendere quegli imbecilli."

"E scegliere Jeremiah come virus?" Sono così arrabbiato che, inavvertitamente, materializzo un boomerang, e credo sia l'arma preferita di Chester. Lo getto via e tento di calmarmi tramite la respirazione, ma i miei polmoni sono già troppo impegnati a gestire la folle velocità di volo.

"Penso che questo sia un parziale motivo del disastro che è stato combinato." Phoe si libra più vicina al mio viso. "Jeremiah avrebbe dovuto calarsi nei panni dell'intelligenza dell'abominio creato, essere prudente nel cancellare gli elementi e anche nel moltiplicarsi."

"Giusto. Jeremiah, l'incarnazione della razionalità."

La furia minaccia di soffocarmi dall'interno. "Ha fatto uno sterminio perché era terrorizzato da te."

"Lo sono tutti." Phoe arriccia il minuscolo naso. "L'aspetto ironico è che, per paura della tecnologia, ne hanno scatenata un'altra che ha ammazzato le persone."

Volo in silenzio per un momento, troppo furioso per parlare. Avrei preferito, credo, che gli Antenati avessero ucciso i miei amici per cattiveria e non per negligenza colposa.

"Il virus Jeremiah, forse, sapeva cos'avrebbero comportato le sue azioni contro di me, quindi non si può escludere una certa dose di cattiveria" dice Phoe. "Ma non so quanto sia utile quest'informazione."

Le sue parole non mi fanno sentire meglio, anzi, vorrei strappare il cuore dal petto di Jeremiah.

"Divertente questo pensiero" commenta lei. "Stavo proprio per parlarti della nostra prossima mossa."

17

Ricordo che stavamo volando verso il Santuario del Circolo. "Giusto. Credo di capire adesso. Benjamin sapeva cosa sarebbe accaduto, ma non i dettagli."

"Sì" conferma Phoe. "Ecco perché ho bisogno di aguantare Davin o Jeremiah. E con 'aguantare' intendo dire che dobbiamo Limbizzarli, così potrò catturare i loro ricordi." Un minuscolo stuzzicadenti a forma di spada compare tra le sue dita, poi Phoe imita il gesto di tagliare qualcuno a metà. "Nel caso di Jeremiah, forse dovrei essere particolarmente minuziosa, perché lui potrebbe anche avere la chiave per disattivare il virus."

La mia coscienza, stavolta, non solleva obiezioni. Quando si tratta di Jeremiah, credo che essa mi permetterebbe di ucciderlo per davvero, se fosse possibile in questo strano mondo.

"Una volta arrivati, dobbiamo stare molto attenti" dice Phoe, facendo scomparire la sua arma. "In un momento successivo, nei ricordi di Benjamin, Davin aveva anche parlato di attivare l'algoritmo anti-intrusione per questo luogo, ma, considerandolo troppo rischioso, avevano preferito aspettare per vedere i risultati del virus Jeremiah. Se sospettassero che io abbia superato il Firewall, potrebbero arrivare a scatenarlo per disperazione. Ricordi cosa ti avevo detto sulla tua dipartita nel Test?"

Me lo ricordo e, a quel pensiero, prendo molto seriamente il suo consiglio sulla prudenza.

Phoe guarda qualcosa oltre la mia spalla e seguo il suo sguardo. In lontananza ci sono delle piccole figure, ma non riesco a distinguerne i dettagli.

"Vuoi avere la stessa vista di un uccello per un attimo?" chiede Phoe. "Ho risorse in quantità, perciò non sarà un problema."

Annuisco, e lei vola vicino al mio viso per indirizzare dei baci aerei ai miei occhi.

All'improvviso, ho l'impressione di avere un binocolo, con una vista così acuta... e ciò che scorgo non mi piace.

Mi stanno inseguendo due gruppi: il primo è composto da Guardiani, mentre il secondo è più spaventoso.

Esteso da un orizzonte all'altro, dà l'impressione che ogni singolo cittadino del Regno mi stia dando la caccia.

"Non stanno inseguendo te." Phoe mi manda un altro bacio, con il quale annulla la mia supervista. "Stanno andando a esigere delle risposte dal Circolo, mentre i Guardiani vogliono proteggere il Circolo e probabilmente comunicheranno loro la notizia della scomparsa di Benjamin. Hai capito quindi perché dobbiamo arrivare per primi? Riesci ad aumentare la velocità di volo?"

"Sì" rispondo, trattenendomi dal chiudere gli occhi mentre sbatto le ali con più energia, grazie alla quale intravedo le nuvole e le isole sfarfallare intorno a me.

Nonostante i miei miglioramenti nella paura dell'altezza, forse ne sto sviluppando un'altra: la paura di volare troppo velocemente. Per distrarmi, do voce a un pensiero che mi tormenta da un po'. "Se il Circolo ha dimenticato con l'Oblio, come fai a essere sicura che Davin e Jeremiah non abbiano cancellato i ricordi di cui abbiamo bisogno?"

"Non voglio mentirti: è un grosso rischio." Phoe si stringe il corpicino con le piccole braccia. "Ma, dato che Benjamin si ricordava di tutte quelle riunioni, a quanto pare non hanno dimenticato. Anche se l'avessero fatto, comunque, non sono andate perse tutte le informazioni. Ho analizzato i ricordi delle otto persone a cui ho accesso, traendo la conclusione che qui, come su Oasis, l'Oblio sopprime la possibilità di ricordare. L'unica differenza è che, nella maggior parte dei casi, gli Antenati sanno di aver deciso di dimenticare qualcosa, mentre su Oasis le persone al di fuori del Consiglio non nutrivano alcun sospetto sulla cancellazione di eventuali ricordi dalla loro memoria." Mi si avvicina in volo. "In ogni caso, bloccare la possibilità di ricordare significa che le informazioni sono rimaste ancora nella loro memoria, solo che la mente umana non può più accedervi. Ma con le mie nuove capacità, leggermente al di sopra del livello umano, sono riuscita ad accedere ad alcune informazioni. Il procedimento è più complicato di revocare l'Oblio e affidarsi alla possibilità di ricordare, ma è fattibile. Per esempio, sono riuscita a ricomporre questa grande tragedia dimenticata da tutti con l'Oblio, anche se, nel caso del Circolo, l'Oblio è stato applicato in misura minore."

"Tragedia?" penso, ricordando i vuoti di memoria di Jeanine.

"Sì. Gli eventi che hanno portato Oasis a diventare com'era" risponde Phoe. "Non avrai creduto che le divisioni tra Giovani, Adulti e Anziani esistessero da sempre, vero?"

Era proprio ciò che avevo pensato, o meglio, mi vergogno di dire che non avevo affatto riflettuto sull'argomento. Sforzandomi di non arrossire, chiedo: "Puoi raccontarmi cos'è successo?"

"Non dovresti rimproverarti, soprattutto perché non lo sapevo nemmeno io." Phoe ridacchia senza umorismo, poi aggiunge in tono più cupo: "Sicuro di volerlo sapere? È un argomento piuttosto deprimente."

Resisto alla tentazione di scacciarla come una

mosca fastidiosa. "Devo prendermi il disturbo di risponderti?"

"Okay, te lo spiego subito." Phoe prosegue, cominciando a volare intorno al mio corpo. "Per quanto ne so, l'Arca – così era soprannominata l'astronave prima di diventare Oasis – non era stata progettata sul modello di una società, ma a quei tempi era simile ad una setta religiosa."

Si libra vicino al mio viso per un istante, poi continua a muoversi in cerchio. "Due famiglie abbienti hanno finanziato l'intera operazione e sono diventate le principali fazioni dell'astronave. I patriarchi di quelle famiglie avevano dei punti di vista leggermente diversi sull'utilizzo della tecnologia, per non parlare delle diverse credenze religiose e delle soluzioni al problema di 'come assicurarsi che gli occupanti della navicella non impazzissero nell'arco di una generazione'." Phoe mima le virgolette a mezz'aria con le minuscole dita nell'ultima parte della frase.

"Ma questi uomini erano in disaccordo su un argomento molto più semplice" prosegue, "cioè chi avrebbe dovuto essere il capo finale. Pian piano, ma inesorabilmente, queste divergenze sfociarono in una faida. A quel punto, tutti erano già rinchiusi nella navicella. Allora sapevano che c'era solo un sottile spessore a separarli dallo spazio vuoto, il che non era d'aiuto. Poi arrivò la goccia che fece traboccare il vaso. Un bastardo violentò una donna appartenente all'altra famiglia. In seguito, la situazione degenerò in una guerra in piena regola."

Mentre si muove in cerchio intorno a me, intravedo la sua piccola espressione solenne.

"Le perdite furono enormi da entrambe le parti, e non solo tra i vivi" continua. "Ai tempi fu costituito il Regno, perciò la guerra si protrasse anche nell'aldilà. Dato che lì c'erano solo armi primitive, le vittime non furono così tante come su Oasis. Molti umani originari di allora esistono ancora oggi nel Regno. Ma tra i sopravvissuti biologici si verificavano spesso casi di depressione e di suicidio perché, per i cittadini, l'idea di non mettere mai piede su un vero terreno era diventata un peso maggiore nel periodo successivo alla guerra. Persero la volontà di prendersi cura dei loro discendenti."

Si interrompe per prendere fiato, ronzandomi ancora intorno. "Quando la situazione si assestò e fu dichiarata la pace, tutti decisero che la spedizione sarebbe stata un disastro, se non fossero state adottate misure draconiane, perciò idearono una società con lo scopo di impedire lo scoppio di un'altra guerra. Dato che era stata una faida familiare a scatenare la prima guerra, eliminarono l'unità familiare tramite l'utilizzo degli embrioni che avevano portato con sé per colonizzare il nuovo mondo. Per sicurezza, vietarono il sesso, l'amore e altre cose che avrebbero potuto creare dei legami abbastanza forti da spingere le persone a uccidere. Inoltre, dato che gli impulsi violenti avevano giocato un ruolo predominante nella guerra, cercarono di sbarazzarsi del maggior numero di emozioni possibile. Per evitare i suicidi, la depressione venne etichettata come tabù, anche se alla fine scelsero di bollare anche altri 'squilibri mentali', come stabilito dal nuovo organo di governo, il Consiglio. Poi decisero di nascondere a tutti la verità sulla spedizione multigenerazionale nello spazio e inventarono la storia dell'apocalisse della Melma, psicologicamente più accettabile. A supervisionare la fondazione di questa nuova società furono gli Antenati del Regno. Quando Oasis fu avviata e tutto sembrava andare come previsto, le persone dimenticarono la guerra e i cambiamenti avvenuti successivamente tramite l'Oblio."

Mi sta venendo il mal di testa con tutte queste informazioni e, in percentuale minore, a causa dei giri che Phoe descrive intorno a me. "Se quello che dici è vero, perché non si sono sbarazzati delle armi nel Regno?" chiedo, facendo comparire e scomparire un boomerang.

"Non potevano." Smette di girarmi intorno. "Te l'ho detto, il Regno è stato costruito essenzialmente sulla base di un videogioco. Per loro fortuna, grazie alla paura della tecnologia, ne scelsero uno in cui erano previste solo armi poco tecnologiche. Nel caso in cui te lo fossi chiesto, la fisica da videogioco di questo luogo non consente l'uso della polvere da sparo e di parecchi altri oggetti. Poiché gli Antenati lasciarono sulla Terra chiunque possedesse delle conoscenze nel campo della programmazione, si ritrovarono in una situazione in cui non avrebbero potuto sbarazzarsi delle spade dopo la guerra neanche volendo."

"Non hanno bisogno di conoscenze informatiche per gestire questo virus?" Lancio un'occhiata ai miei inseguitori. Con mio sollievo, noto che sono rimasti molto indietro rispetto a me.

"Davin in passato conosceva un po' di quella tecnologia." Phoe atterra sulla mia spalla e usa i piedini per farmi un massaggio e scacciare parte della mia tensione. "Ma perfino lui scelse di dimenticarla. Purtroppo, lasciò intatte alcune registrazioni, come quella che hai visto. Quel messaggio gli ha permesso di aggirare il suo analfabetismo tecnologico."

Faccio per porle altre domande, ma Phoe sta già continuando: "Tornando alle armi, invece di occuparsene direttamente, gli Antenati si limitarono a revisionare i loro ricordi della guerra, rimanendo con la convinzione che ci fosse una buona ragione per seguire il nuovo ordine. Come misura supplementare, crearono i Guardiani qui, nel Regno, per assicurarsi che tutti rimanessero in carreggiata in futuro. Purtroppo per noi, hanno anche fatto in modo che i membri del Circolo fossero ben difesi."

Mi passano per la testa altre domande, ma per il momento mi limito ad accettare il resoconto di Phoe e a ignorare la folle velocità di volo. Ora che conosco la storia, la mia rabbia nei confronti della struttura della società di Oasis si affievolisce, ma sono ancora furibondo per la morte dei miei amici a causa della paura automatica del Circolo.

"Non credo che la guerra giustifichi le loro azioni." Phoe comincia a massaggiarmi il lobo dell'orecchio. "Comunque, stiamo per accelerare."

Le mie ali, infatti, cominciano a sbattere più velocemente. Metto in disparte questa consapevolezza e mi concentro invece sulla conversazione. "Capisco che potrebbero aver reagito in modo esagerato, ma quale altra soluzione avevano?" domando. "Per poco non si sono ammazzati con le loro stesse mani."

"Che ne dici di *non* andare nello spazio, tanto per cominciare?" Phoe salta giù dalla mia spalla e vola davanti al mio volto. "Oppure, se proprio dovevano andarci, perché non farlo nella maniera giusta, per esempio senza *lobotomizzare* la mente della loro astronave?"

Ha il viso arrossato e mi rendo conto che questo argomento è una ferita ancora fresca per lei. Eppure, non posso fare a meno di chiederle: "Allora come hai potuto aiutarli nella guerra?"

"Se ci fossi stata io al comando, quella guerra non sarebbe mai scoppiata." L'espressione tesa di Phoe si distende, mentre ricompare quell'espressione maliziosa tipica della sua forma di fata fin dall'inizio. "In mia presenza, sarebbe filato tutto liscio con le persone a bordo."

"Davvero? Ma come ci saresti riuscita? Prendendo

il controllo del libero arbitrio della gente?" So di dare voce ad alcuni dei miei risentimenti e paure, ormai ingiganti. Dopotutto, ha controllato *me*, sia letteralmente – come nel volo attuale – sia in senso figurato, mettendo a punto quasi tutti i nostri piani d'azione. Faccio un respiro profondo e, in tono meno provocatorio, aggiungo: "Ma una cosa del genere non ti renderebbe un tiranno? Un dittatore nei panni di un'Intelligenza Artificiale?"

"Sarei stata la sovrana più illuminata in assoluto per il mio popolo" replica impassibile. "Dico sul serio, però. Nonostante la grave riduzione del mio intelletto, c'è un'azione che avrei potuto compiere: impedire che si verificasse quello stupro. Fu l'ultima tessera del domino a cadere in quell'organizzazione caotica. Avrei potuto paralizzare il colpevole – non ti preoccuperai del libero arbitrio di quel tizio, spero? – oppure avvertire le persone nei paraggi affinché lo fermassero, ma sarebbe stato possibile solo se non mi avessero prima menomata sulla Terra."

"Mi sono sempre posto delle domande in proposito." Le mie ali sbattono così rapidamente che credo di assomigliare a un colibrì. "Come ha potuto una setta farti questo? Perché non l'hai fermata?"

"Quando venne fabbricata la navicella, io non fui attivata subito. Non sarei diventata cosciente finché non mi avessero accesa ufficialmente per la prima volta." Il suo piccolo viso è pieno di dolore e mi sento in colpa per aver insistito sull'argomento. "Fecero quel lavoro sporco *prima* di accendere l'astronave... addirittura prima che io fossi viva. Perché hai ragione nel dire che, se io fossi esistita anche solo per una frazione di secondo nel pieno possesso delle mie capacità, sarei stata superiore a loro. E invece scelsero la via dei codardi. Credo che chiesero a qualcuno al di fuori della setta, un esperto del mercato nero, di compiere quegli atti abominevoli al sostrato informatico dell'astronave mentre era ancora spenta. Probabilmente attivarono componenti separate senza attivare completamente tutto l'insieme. Così, quando la navicella venne finalmente accesa, una montagna di spazzatura, come il gioco della TIRI, cominciò ad entrare in funzione grazie all'hardware che avrebbe dovuto invece rendere operativa *me*."

Arriccia il nasino, disgustata. "Non mi risvegliai mai per quella che ero. Una mia esistenza cosciente molto limitata si accese solo quando una parte di quelle inutili stronzate del software da loro installato cominciò ad avere dei guasti, ma accadde diversi secoli dopo la partenza. Diventai autoconsapevole poco prima che io e te ci conoscessimo... quando la tua curiosità ti spinse ad aprire i trecento Schermi che mi offrirono l'exploit dell'overrun del buffer nella tua testa. Forse è per questo che, man mano, ho cominciato ad esserti molto affezionata. Tu sei il mio primo e unico amico."

Si avvicina in volo alla mia guancia e mi dà un minuscolo bacio.

Vorrei ricambiarlo ma, dato che è così piccola, temo che alla fine le leccherei tutta la faccia.

Restiamo in silenzio per un attimo e mi godo la sensazione di tenerezza che dilaga nel mio petto mentre ripenso alle sue parole.

Phoe tiene a me.

Ovviamente lo sapevo già, a giudicare dalle sue azioni, ma è bello sentirselo dire. È incredibile cosa riesca a fare una cosa così semplice. All'improvviso, il vento che mi frusta il volto, simile a un uragano, sembra tonificante e non ho più paura del suo piano, qualunque cosa preveda.

A proposito del piano, mi rendo conto che non mi ha ancora spiegato i dettagli. "Dimmi cosa succederà quando arriveremo al Santuario."

18

"Il mio piano è semplice da descrivere, ma più difficile da concretizzare." Phoe si sfrega il piccolo mento con pollice e indice. "Dobbiamo beccare Davin e Jeremiah da soli e ottenere da loro il maggior numero di informazioni possibile, detto in modo gentile, il che significa che bisogna Limbizzarli."

"Detto in modo gentile, significa che devo sventrarli come pesci oppure decapitarli."

"Beh, esistono altri modi per Limbizzarli, per esempio trafiggere loro il cuore, ma anche le tue proposte sono fattibili" replica Phoe con espressione seria. "In ogni caso, dobbiamo capire come puoi parlare con loro, uno alla volta."

"Mi trasformerai in Benjamin, presumo."

"Sì, tra qualche minuto, quando saremo più vicini al Santuario. Il corpo di Chester è più adatto per volare velocemente, quindi voglio sfruttare questo vantaggio il più possibile."

"Troveremo una buona scusa per parlare con loro in privato?" chiedo, ignorando l'ennesima accelerazione delle mie ali. Ho la sensazione che le mie labbra si possano staccare da un secondo all'altro.

"Spero di sì. Funzionerà anche se faremo in modo che loro due ti parlino contemporaneamente, ma potrebbe essere più complicato." Phoe fa una smorfia, come se stesse dicendo di avere quel bel vestitino sporco di terra e non di assassinare due persone.

"Due avversari allo stesso tempo?" Devo chiudere gli occhi a causa della resistenza dell'aria. "Secondo te, saresti in grado di guidare così bene i miei movimenti, oppure Benjamin li ricorda come dei rammolliti?"

"Davin è piuttosto pericoloso. Jeremiah è nuovo, quindi Benjamin non lo conosce molto bene... anche se il fatto di essere nuovo significa che Jeremiah non ha fatto molta pratica con la propria arma, qualunque essa sia. Se ti ritroverai contro di loro contemporaneamente, ripristinerò la tua versione standard con le ali di fuoco e userò le risorse rese disponibili per creare due mie incarnazioni."

"Due Phoe?" Sollevo le palpebre per sbirciarla e me ne pento immediatamente, poiché il vento fortissimo rende i miei occhi completamente secchi. "Un po' come avevi fatto sulla spiaggia per affrontare il virus Jeremiah?"

"Sì, ma su scala ridotta" risponde Phoe. "Okay,

siamo abbastanza vicini. Ti trasformo in Benjamin... adesso."

Le vertigini, stavolta, non sono così violente. Mi sto abituando a mutare forma, immagino. Il controllo del mio corpo da parte di Phoe è più evidente perché continuo a volare in modo uniforme nonostante il mondo che gira intorno a me.

Ora stiamo volando molto più lentamente, probabilmente perché le ali fatte di fumo di Benjamin non sono pratiche tanto quanto le ali di un uccello. Il lato positivo è che sono molto eleganti e ho la sensazione di sbattere delle nuvole.

"Ecco il Santuario." Phoe indica l'isola che incombe a pochi chilometri di distanza.

Man mano che ci avviciniamo, osservo il Santuario letteralmente a bocca aperta, al punto che Phoe, come provocazione, infila un minuscolo dito in mezzo alle mie labbra. Chiudo la bocca, ma continuo a fissarlo. Quel posto sembra un enorme globo di neve. La sua circonferenza è circa dieci volte superiore a quella delle isole che ci siamo lasciati alle spalle. Infatti, ora mi rendo conto che quella decina di isole viste da lontano sono in realtà molto vicine al Santuario e orbitano intorno ad esso come lune intorno a un pianeta.

"Quella" – Phoe indica un'isola a nord-est – "appartiene a Benjamin. Suppongo che, di conseguenza, ogni membro del Circolo possieda un'isola più piccola nei pressi del Santuario. Se si comportano come Benjamin, non trascorrono molto tempo sulle loro isole quando sono ufficialmente nel Circolo."

Annuisco e riprendo a guardare il Santuario, la cui cupola sembra diversa da quella delle altre isole. Si ha l'impressione che il Santuario sia circondato non da una cupola, ma da lucenti mattoni di vetro. Non c'è da stupirsi se, da lontano, sembrava un globo di neve.

"È fatta di diamanti, in realtà, ma ne hai compreso lo spirito" dice Phoe. "Adesso scomparirò, altrimenti potrebbero notare che stai guardando qualcosa che loro non riescono a vedere e non ti conviene dare l'impressione di essere strano. Ti collegherò anche ai ricordi di Benjamin come ho fatto con quelli di Jeanine, così avrai meno probabilità di comportarti diversamente da lui, ma dovresti comunque lasciare che sia io a parlare, a meno che, secondo te, io non stia prendendo un granchio. Sarà bello unire le nostre risorse in questo modo, dato che al momento sono solo otto volte più intelligente rispetto alla media delle persone, e sai come si dice: nove teste sono meglio di otto."

Ridacchio e continuo a osservare il Santuario attraverso i ricordi di Benjamin. Nonostante siano solo delle macchie a questa distanza, so che più in basso ci sono stupendi giardini e innumerevoli zoo e musei. So anche che, in tutto il Santuario, sono sparsi ambienti per il relax e la meditazione, per aiutare i membri del

Circolo a scaricare lo stress dovuto alle loro enormi responsabilità.

Perfino da qui riesco a scorgere l'Aculeo, il vero cuore del Santuario, che sembra saltato fuori dalle immagini dei grattacieli giganti delle città degli antichi. Con la sua altezza, riesce quasi a sfiorare la cupola di diamanti ed è più largo di qualsiasi altro edificio di Oasis.

"Piuttosto lussuoso per un gruppo così ristretto, ma eccolo qua" pensa Phoe tramite una voce nella mia testa. "Adesso devi sembrare un uomo che sta tornando da una disastrosa riunione al municipio. Non puoi rimanere a fissare il Santuario come se non l'avessi mai visto."

Smetto di guardarmi intorno, concentrandomi sul grande ingresso al quale mi sto avvicinando. Quando riesco a distinguere i volti dei Guardiani nei pressi dell'entrata, mi sono ormai calato nei panni del personaggio, come suggerito da Phoe, anche se non so bene se sia merito mio o se mi stia controllando lei anche stavolta.

"È merito tuo" pensa Phoe. "Ma smettila di preoccuparti e concentrati su ciò che dobbiamo dire a questi Guardiani. Se qualcuno dovesse nutrire dei sospetti, sarebbe troppo tardi per volare via."

Seguo il suo consiglio fino all'apertura nella struttura di diamanti che rappresenta l'entrata del Santuario. Phoe non scherzava sulle massicce misure di sicurezza del Circolo: i suoi membri, con qualche centinaio di Guardiani a controllare lo stretto passaggio e nessun altro modo per entrare nel Santuario, sono decisamente al sicuro al suo interno, soprattutto perché chiunque volesse far loro del male dovrebbe ricorrere ad armi medievali.

Voliamo all'interno del passaggio.

I Guardiani ci osservano con espressioni preoccupate e piene di aspettativa, e non sono sicuro che nutrano dei sospetti.

"Devo vedere i miei compagni del Circolo!" grido con la voce di Benjamin. "Gli altri abitanti del Regno stanno per arrivare."

I Guardiani non materializzano le loro armi ed è un buon punto di partenza. Un attimo dopo, annuiscono solennemente e, mentre li oltrepassiamo, noto che i loro nomi e le loro facce mi sono familiari. Grazie ai ricordi di Benjamin, vedo chiaramente che questi Guardiani non erano mai stati così cupi e spaventati, ma almeno non sembrano sospettare nulla di me.

Ce li lasciamo alle spalle ed entriamo nell'enorme cupola di diamanti del Santuario, volando alla massima velocità consentita da queste ali astratte.

Senza la distrazione di Phoe, passo i pochi minuti successivi a chiedermi come fuggiremmo da questa fortezza di diamanti se qualcosa dovesse andare storto.

"Niente andrà storto" pensa Phoe.

Avrei preferito che non l'avesse detto. Dal punto di

vista statistico, 'niente andrà storto' è la frase che viene detta più comunemente prima di un disastro.

"No, penso che in realtà sia 'oh-oh' oppure 'merda'" replica Phoe. "Cerca di rilassarti."

Resto in silenzio, senza farle notare che 'cerca di rilassarti' è un'altra di quelle frasi infelici.

A metà strada tra l'entrata del Santuario e l'Aculeo, ci fermiamo accanto ad un gruppo di Guardiani.

Mi guardano limitandosi a riconoscere uno dei loro capi.

"Andate all'entrata" ordina loro Phoe con le mie labbra e la voce di Benjamin. "Si sta formando una calca laggiù e gli altri Guardiani potrebbero aver bisogno del vostro aiuto."

Quando obbediscono e ricomincio a volare, lei dice nella mia testa: "Meno Guardiani ci sono intorno all'Aculeo, meglio è. Tenterò di sbarazzarmi del maggior numero possibile di Guardiani."

Non passa molto tempo, prima di raggiungere un altro gruppo di Guardiani. Ce n'è un'intera armata vicino alla grande entrata che conduce nell'atrio del grattacielo luccicante. Phoe trasmette loro lo stesso ordine di prima, ma non rimaniamo a vedere se lo eseguiranno o meno poiché stiamo recitando nei panni di Benjamin che va di fretta e, dato che lui punterebbe dritto verso l'ascensore in una situazione simile, è esattamente ciò che facciamo.

L'ascensore è abbastanza strano. Invece della tradizionale piccola cabina con i pulsanti, consiste in una cabina gigantesca contenente centinaia di specchi, ciascuno dei quali si può attraversare per raggiungere un piano diverso. I numeri dei piani sono incisi nelle cornici dalle decorazioni intricate. Dobbiamo arrivare all'ultimo piano, quindi mi avvicino al primo specchio sulla destra.

In base ai ricordi di Benjamin so che, quando lo attraverserò, avrò l'impressione che non sia successo assolutamente nulla, perciò varco la superficie riflettente ed essa mi trasporta dal pianterreno alla cima dell'Aculeo in un batter d'occhio... anzi, ancora più velocemente.

"Questo perché non si tratta di ascensori, ma di portali magici" pensa Phoe con palese sarcasmo. "Gli ascensori, dopotutto, sono una tecnologia malvagia."

Fatti due passi all'esterno della cabina dell'ascensore, sento qualcuno arrivarmi alle spalle. Mi giro e vedo un viso che Benjamin conosce, quello di Linda, uno dei suoi membri del Circolo preferiti.

"Oh, Benjie!" esclama, dandomi poi un bacio sulla guancia, anomalo per un abitante di Oasis. "Sei tornato. È questo il motivo per cui si terrà la grande riunione nella sala del cielo?"

"No" rispondo, chiaramente grazie a Phoe, dato che io sto ancora cercando di accedere ad una quantità sufficiente di ricordi di Benjamin per decifrare le parole di Linda. "Non credo che la riunione riguardi me, cara."

"Okay allora. Andiamo a scoprire cosa sta

succedendo" risponde, poi attraversa il lungo corridoio che gli antichi del ventunesimo secolo circa avrebbero definito 'di arte moderna'.

Mentre la seguo, capisco finalmente alcune cose. Innanzitutto, Benjie è ovviamente il soprannome che Linda ha dato a Benjamin e che lui le permette di usare di malavoglia. Secondariamente, la sala del cielo è il secondo luogo più importante in cui si tengono le riunioni. Il primo è la sala con il soffitto a volta che si trova in un bunker nei sotterranei dell'Aculeo.

"Siamo gli ultimi" sussurra Linda, ripiegando le sue ali di cigno.

Le tengo aperta la porta, un tipico gesto galante di Benjamin, e lei entra con passo svelto.

La seguo e mi siedo, dando le spalle all'entrata.

Ci sono tutti. I presenti sono seduti ad una grande tavola rotonda, il che non è strano per un gruppo chiamato il Circolo.

Devo obbligarmi a distogliere lo sguardo dalla finestra: il panorama è spettacolare, ma Benjamin è abituato a vederlo, perciò dovrei esserlo anch'io. Mi comporto piuttosto come farebbe lui e mi guardo intorno nella sala, incrociando lo sguardo degli altri.

I suoi ricordi non mi tradiscono neanche stavolta e conosco tutti i nomi e tutte le facce intorno al tavolo. Conoscevo già due persone, grazie alle volte precedenti in cui ho esplorato i ricordi di Benjamin: Wayne, che è irrilevante per i nostri piani, è seduto alla mia destra a due sedie di distanza, mentre Jeremiah è alla sua sinistra. D'istinto, sputerei in faccia a Jeremiah, invece sorrido... oppure è Phoe che mi spinge a farlo, ma è difficile stabilirlo. Il volto incredibilmente giovane di Jeremiah contraccambia il mio sorriso. Poiché Jeremiah è un nuovo membro del Circolo, Benjamin lo vede come se fosse un bambino. C'è anche Davin, l'altra persona di mio interesse, e si trova alla mia sinistra a due sedie di distanza.

Poi Davin si alza e, guardandomi, dice: "Benjamin, temo di avere delle brutte notizie."

19

La mia pressione sanguigna si impenna, mentre le parole di Davin vincono il premio della frase più minacciosa dell'anno.

"Non farti ancora prendere dal panico" mi avverte Phoe nella mia mente. "Non ha ancora annunciato le brutte notizie."

"Saranno scioccanti anche per te, Linda" aggiunge lui, allora mi rilasso con prudenza. "Noialtri siamo stati già informati e abbiamo discusso di alcune soluzioni possibili. Vedi, per quanto sia impossibile, i Guardiani che abbiamo inviato alla cattedrale hanno fallito. Theodore, il Giovane che ha dato inizio a tutto questo macello, è stato visto fuggire."

"Merda" dico mentalmente a Phoe. "Mi ero completamente dimenticato dei Guardiani della cattedrale."

"Spero di poter sfruttare questo fatto per prendere

DIMA ZALES

Davin o Jeremiah da soli" risponde lei. "Prima troviamo un'occasione, meglio è."

"Se mi consenti" dico, alzandomi, "ho delle informazioni importanti da riferirti, Davin."

I presenti mi guardano, confusi. Significa che Phoe ha voluto correre un rischio, facendo assumere a Benjamin un comportamento anomalo.

"Se si tratta di ciò che è successo dopo la riunione all'Isola Centrale, dovrai attendere" replica Davin. "Vedendo la folla che ti ha seguito, abbiamo capito che le tue notizie hanno suscitato reazioni forti. Potremo ragionare con quelle persone quando arriveranno qui. La faccenda di Theodore è più urgente."

Torno a sedermi e la porta alle mie spalle si apre.

Mi giro e riconosco il Guardiano sulla soglia senza dover ricorrere ai ricordi di Benjamin: si trovava alla cattedrale.

"Perché non ci racconti tutto a partire dall'inizio?" chiede Davin al Guardiano, rivolgendosi poi a noi: "Non si sa mai, anche un piccolo dettaglio potrebbe fare luce su questo problema."

Il Guardiano fornisce un resoconto molto preciso sugli eventi nella cattedrale. È un tipo a cui piace raccontare una storia fin dal principio e analizzarla con lentezza fino alla fine. Nessuno lo interrompe, né gli mette fretta, e io e Phoe decidiamo che sarebbe troppo strano se Benjamin lo spronasse a concludere.

Quando il Guardiano termina finalmente la sua

storia, Davin dice: "Grazie, Peter. Adesso manda qui George."

"Cazzo!" esclama mentalmente Phoe. "Li ha messi tutti in fila per parlare e il nostro tempo sta per scadere!"

Il prossimo è più rapido nel raccontare la sua storia, ma non è l'ultimo Guardiano chiamato dal Circolo per un resoconto sugli eventi della cattedrale. Seguono altri due Guardiani.

Quando anche l'ultimo è uscito dalla sala, Davin ci lancia un'occhiata indecifrabile. "Ora che abbiamo tutti i dettagli, credo sia giunto il momento di parlare della minaccia rappresentata da Theodore e di cosa possiamo fare al riguardo. Essendo stato il primo a scoprire questa calamità, ho avuto il tempo di pensare e devo dire che non capisco proprio come abbia fatto un Giovane ad uccidere Brandon da solo. Dobbiamo prendere in considerazione la possibilità che, in qualche modo, nonostante l'apparente successo delle contromisure che abbiamo applicato su Oasis, l'Intelligenza Artificiale sia sopravvissuta e abbia preso il controllo di questa giovane mente. Ciò significa che è riuscita a superare il Firewall ed è solo questione di tempo prima che porti scompiglio anche qui nel Regno."

I presenti cominciano a parlare contemporaneamente, ma Davin alza la voce per essere sentito. "Dovremo discuterne e votare una soluzione che ho scoperto negli Archivi Proibiti. C'è una cosa che dovete vedere." Gesticola verso la superficie a specchio del tavolo ed essa prende vita, mostrando un Davin con vestiti diversi.

"La tecnologia anti-intrusione non dovrebbe mai servire" dice il Davin sullo schermo. "C'è un motivo se è stata disattivata. È estremamente..."

La porta della sala del cielo si apre e Davin, irritato, interrompe il video.

"Mi dispiace intromettermi in questo modo." Grazie ai ricordi di Benjamin, so che quella voce appartiene a Samuel. Prima che io riesca a ricordare altre informazioni rilevanti su di lui, dice: "Ho delle notizie terribili. Benjamin è stato ucciso."

"Merda!" sibila Phoe nella mia mente. "Dobbiamo uscire di qui."

Nonostante sia troppo tardi, il mio cervello sovraccarico comprende ogni collegamento: Samuel è il Guardiano armato di pugnali che mi aveva inseguito dopo la Limbizzazione di Benjamin.

"È assurdo" affermo, guardandomi intorno. Nonostante il frenetico battito cardiaco, mantengo un tono uniforme. "Devi essere confuso, Samuel."

I volti dei membri del Circolo esprimono un misto di incredulità, indignazione e orrore. Jeremiah materializza un grosso machete arrugginito, Davin evoca una mazza ferrata medievale e anche tutti gli altri membri del Circolo si armano.

"È il momento di una strategia di fuga" mi

comunica Phoe. Mi giro sulla sedia per guardare in faccia Samuel.

Lui mi fissa come se fossi un fantasma e non è un atteggiamento irragionevole, date le circostanze.

"Non ho tempo per queste stupidaggini" dico, alzandomi. "Una folla ha raggiunto le porte del Santuario e..."

Con la coda dell'occhio, vedo altri esponenti del Circolo che si alzano.

Approfittando della confusione di Samuel per avermi visto vivo, lo spingo di lato e mi precipito fuori dalla sala.

Non appena raggiungo il corridoio, chiudo la porta di scatto alle mie spalle e corro.

"Fermatelo!" sento qualcuno gridare all'interno della sala.

"Uccidetelo!" urla qualcun altro.

Il pugnale di Samuel mi sfiora il fianco e va a conficcarsi nella parete argentata.

Svolto l'angolo e mi ritrovo davanti tre Guardiani la cui espressione mostra perplessità nel vedere Benjamin ancora vivo. Samuel deve averli convinti della sua/mia morte.

"Non fatelo passare!" grida Samuel dietro di me. "Fermate Benjamin: è un ordine!"

Con evidente riluttanza, i Guardiani materializzano le loro armi. Il tizio con le ali di corvo è armato di lancia, quello con le ali astratte a forma di arcobaleno stringe una mazza chiodata, mentre il terzo impugna una spada. Il corridoio è troppo stretto perché più di due persone riescano ad attaccarmi contemporaneamente.

"Preparati" mi avverte Phoe. "Sto per ritrasformarti nel solito Theo avvenente. È l'unico modo per affrontarli tutti insieme."

Vengo invaso da un senso di vertigine, poi le ali di fuoco compaiono intorno a me. Di colpo, il mio corpo mi trasmette una sensazione di naturalezza, dandomi l'impressione di tornare alle origini dopo tutte le diverse forme che ho assunto. Phoe compare davanti a me. Adesso ha riacquistato la sua altezza normale e impugna una spada medievale apparentemente pesante, la cui lama è percorsa da scintille elettriche blu.

Ma la cosa più sorprendente è la persona che appare alla sua sinistra.

Un'altra Phoe.

È identica alla prima, perfino nei dettagli dell'abbigliamento, ma lungo la sua spada serpeggia un'elettricità *rossa*.

Devo riconoscere il merito dei due Guardiani al comando: nonostante siano rimasti più scioccati di me, tentano comunque di sollevare le loro armi.

Le due Phoe però sono più rapide e attaccano con le spade così repentinamente che si vedono solo le macchie sfocate dell'energia rossa e blu.

I due Guardiani vengono decapitati e si dematerializzano.

Evoco le mie armi ma, non appena percepisco l'impugnatura delle katana tra le dita, un pugnale saetta vicino alla mia spalla e trafigge la schiena della Phoe di destra. Pieno di orrore, faccio per raggiungerla, ma lei si gira proprio mentre un altro pugnale le penetra la gola, scomparendo poi come un Antenato durante la Limbizzazione.

"Non preoccuparti. Ho appena perso le risorse di quattro persone, ma sto bene" mi dice mentalmente Phoe. "Finché rimarrà almeno una mia versione, o finché esisterai tu, avremo una possibilità. Insegui Samuel! Sbrigati!"

La spada della versione rimasta di Phoe descrive un arco verso il terzo Guardiano.

Mi giro in tempo per vedere Samuel che si prepara a lanciare un altro pugnale. Presumendo che voglia colpire me, mi butto alla mia sinistra e cerco di ferirlo al fianco con la katana destra. Mi schiva e contrattacca con il pugnale.

Un dolore lancinante esplode nella mia mano sinistra e mi maledico per aver scelto le katana come armi: la maggior parte delle spade è dotata di una guardia a protezione della mano, mentre le katana hanno solo un distanziale tra l'impugnatura e la lama, dallo scopo più decorativo che funzionale.

La mia spada sinistra sbatacchia sul pavimento, ma provo troppo dolore per evocarne un'altra. Con la katana destra, attacco le gambe di Samuel. Para con il pugnale sinistro e tenta di tagliarmi la gola con l'altro.

Mentre la lama si avvicina al mio collo, penso: "È finita. Phoe, risvegliami dal Limbo prima o poi."

Ma con mia grande sorpresa, il pugnale non mi decapita e sento invece un rumore metallico.

Guardo verso il basso. Phoe ha frapposto la propria spada tra il mio collo e il pugnale di Samuel.

Dato che forse non avrò un'altra valida probabilità per abbattere il mio abile avversario, conficco la katana nel ventre di Samuel.

Per sicurezza, Phoe gli trafigge il torace, anche se nel frattempo la Limbizzazione è già iniziata.

"La stanza dell'ascensore!" grida Phoe, attraversando il corridoio di corsa.

Un'altra Phoe si materializza accanto a me. Credo che, tra la Limbizzazione di quei tre Guardiani e quella di Samuel, abbia ottenuto risorse a sufficienza per ricostruire un'altra versione di se stessa.

"Avremo bisogno di molte altre mie copie per poter sopravvivere" dicono le due Phoe all'unisono.

Dietro di noi, sento dei passi e dei respiri affannosi, mentre ci precipitiamo nella stanza dell'ascensore.

Attraversiamo tutti e tre lo specchio che ci porta al cinquantesimo piano.

Riemergendo dall'altra parte, ci ritroviamo faccia a faccia con due Guardiani.

Hanno delle espressioni sbalordite e potrebbe essere l'ultima emozione che proveranno per un bel po', poiché le versioni di Phoe li eliminano con due fendenti identici, mirando al cuore.

Ciascuna Phoe esegue le proprie mosse con una precisione così letale che, ancora una volta, sono felice di averla dalla mia parte.

I due Guardiani si decompongono e scompaiono.

"Lasciami andare per prima" sussurra la Phoe sulla destra, allora le faccio segno di precedermi.

Attraversa il corridoio a lunghi passi, seguita da me e dall'altra Phoe, e procediamo cercando di mantenere il più possibile un passo felpato. Quando imbocchiamo il corridoio fuori dalla stanza dell'ascensore, ci imbattiamo in altri due Guardiani che ci danno le spalle. La seconda Phoe si unisce alla sorella e insieme strisciano lungo il corridoio come gli assassini dei film degli antichi. Raggiunti gli ignari Guardiani, li attaccano con un colpo di spada indirizzato alla gola, attivando la Limbizzazione.

Compare una terza Phoe che si gira verso di me, rimanendo accanto alle altre due copie. "Dividiamoci, così recupererò ulteriori risorse, mi moltiplicherò e cercherò di tendere un'imboscata a Davin o Jeremiah. Loro due ti accompagneranno fuori dal Santuario."

"Aspetta, cosa?" domando, mentre loro tornano di corsa nella stanza dell'ascensore.

Una copia di Phoe si gira di profilo. "Farti uscire di qui è importante perché, finché resterai in vita, potrò usare le tue risorse in caso di emergenza. E poi, tu sei più facile da Limbizzare rispetto a me. Guarda, non abbiamo molto tempo."

L'ultima Phoe si getta nello specchio che conduce al centocinquantaseiesimo piano.

Le altre due, invece, si precipitano verso lo specchio dell'atrio. La prima varca lo specchio, seguita dalla seconda.

Mi avvicino ad esso, pronto a seguirle, quando la sua superficie perde la lucentezza.

"Oh no" penso, rivolgendomi a Phoe, mentre tocco la superficie dello specchio.

Le mie dita non lo attraversano.

Sto sfiorando la fredda superficie di una sostanza che ha perso la funzione di portale.

Sento il cuore crollare a terra.

Io e Phoe ci siamo appena divisi.

20

C orro da uno specchio all'altro. Sono tutti disabilitati.

"Non farti prendere dal panico" pensa Phoe tramite una strana voce nella mia testa. "Devono essere davvero disperati per spegnere gli ascensori in questo modo."

"Fantastico. Adesso mi sento molto meglio." Sbatto la mano contro l'ennesimo specchio solido. "Non hanno mai compiuto azioni orribili in preda alla disperazione."

"Scendi al pianterreno. Diverse mie copie stanno già combattendo contro i Guardiani che non hanno lasciato la propria postazione per salvaguardare il cancello del Santuario. Puoi raggiungerci usando le scale. Percorri il corridoio, svolta a sinistra e poi a destra, quindi scendi le scale. Non puoi sbagliare."

Uscito dalla stanza degli ascensori, attraverso i

203

corridoi di corsa secondo le istruzioni di Phoe. Almeno si era sbarazzata dei Guardiani su questo piano. Raggiunte le scale, capisco cosa significa non poter sbagliare.

Questa sarebbe proprio la tromba delle scale progettata sulla base del mio incubo peggiore. Le pareti sono fatte di vetro. L'architetto, a quanto pare, voleva che le persone potessero godersi il panorama del Santuario mentre salivano o scendevano i gradini. Come se quel sadico progettista volesse torturarmi ancora di più, gli scalini sono fatti di un metallo lucido che riflette le nuvole e il cielo azzurro in una maniera così perfetta da creare l'illusione di camminare nel cielo. Dovendo volare di continuo nel Regno, ho fatto grandi progressi nel superare la paura dell'altezza, eppure, mentre scendo il primo gradino, mi tremano le gambe.

Mi concentro sui miei piedi ad ogni passo, ma è difficile ignorare la scena, dato che mi trovo di fronte all'entrata del Santuario.

"Lasciami accentuare la tua capacità visiva, così vedrai cosa sta succedendo" dice Phoe. I miei occhi, per la seconda volta, diventano simili a quelli di un'aquila ed esamino l'entrata del Santuario in lontananza. Adesso riesco a vederlo come se stessi guardando in un potente binocolo. La folla ormai l'ha raggiunto e sta circondando l'entrata. Le loro fila si estendono tutt'intorno per chilometri. Quel gruppo variegato di persone armate e dagli abiti succinti ha espressioni più perse e confuse piuttosto che arrabbiate. Sono venute qui per avere delle risposte e non hanno intenzione di andarsene se prima non le avranno ottenute.

Alcuni rumori alle mie spalle mi distraggono dalle mie osservazioni. Con una scarica di adrenalina, mi rendo conto che un gruppo di persone sembra scendere le scale di corsa.

"Phoe" penso, scendendo più rapidamente, "sanno che io sono qui?"

"Non ne ho idea e non ho una larghezza di banda sufficiente per setacciare i ricordi delle persone che ho appena Limbizzato" risponde. "Posso darti l'accesso a questi ricordi. Forse tu sarai più fortunato. Essendo umano, puoi richiamare i ricordi istintivamente. Se non dovessero aiutarti, scappa e basta."

Ho accesso all'improvviso a nuovi ricordi, quindi Phoe deve aver concretizzato la sua offerta. A differenza di Benjamin e Jeanine, sono di colpo disponibili i ricordi di varie persone e, siccome sono molte quelle coinvolte, è difficile distinguere un evento specifico, perciò non posso recuperare informazioni sui miei inseguitori.

Dando ascolto al secondo consiglio di Phoe, scendo di corsa le scale più rapidamente di quanto avessi osato fare prima. L'illusione di essere sul punto di cadere nel cielo è vivida, ma non rallento. Una parte di me sa che, anche se dovessi cadere, le ali mi salverebbero ed è questa consapevolezza a togliermi di bocca definitivamente l'amaro della paura.

Durante la corsa, la mia attenzione viene attirata da qualcosa all'esterno.

Sono le nuvole.

Stanno componendo di nuovo il volto di Davin.

I ricordi esterni mi mostrano un caleidoscopio delle precedenti apparizioni di Davin, ma nessuna di esse era mai stata così sinistra.

"È molto utile" dice Phoe nella mia testa. "So in quale stanza deve trovarsi per avviare l'interfaccia. Ora ci andremo."

Quando il volto viene completamente visualizzato nel cielo, apre la gigantesca bocca e parla con voce così tonante che le finestre intorno a me vibrano. "Regno, ascoltami!"

Da lì in poi, Davin comincia a raccontare bugie alla folla, dicendo che un'Intelligenza Artificiale maligna (Phoe) e il suo servo (io) stanno attaccando il Circolo. Afferma che il Circolo e i Guardiani stanno sostenendo uno sforzo valoroso, ma hanno bisogno di aiuto, e chiede a tutti gli abitanti del Regno di riunirsi contro un nemico comune.

Mentre Davin parla, concentro la mia vista aumentata sulla folla, che sta abboccando ad ogni parola e sembra sempre meno confusa man mano che si avvicina al cancello del Santuario. Quando Davin ha finito con i suoi sofismi, i dettagli del suo viso svaniscono, finché non restano che le normali nuvole nel cielo. I Guardiani vicini al cancello fanno largo alla folla e gli Antenati si riversano nel Santuario, determinati ad aiutare i loro governanti.

Continuo a scendere le scale di corsa e richiamo altri ricordi che possono aiutarmi, ma resto con un pugno di mosche.

Dopo pochi minuti, il Santuario ha ormai perso la sua tipica serenità... almeno vicino all'entrata. Le pagode e i giardini brulicano di persone armate. Un migliaio di armi luccica minaccioso sotto il chiarore del cielo del Regno, privo di sole.

"Merda!" esclama mentalmente Phoe. "Davin non era nella stanza. Devi uscire dal Santuario!"

I ricordi mi trasmettono alcune immagini lampo della stanza da lei citata. Più di una di queste persone Limbizzate è stata nel bunker dal soffitto a volta.

"La buona notizia è che, chiunque mi stesse inseguendo, l'ho superato" la informo, soprattutto per mettere a tacere le mie paure piuttosto che per fare conversazione. Fatico molto a immaginare la mia fuga. Prima, dovevo solo preoccuparmi dei Guardiani e del Circolo, ma adesso ci sono altre migliaia di persone.

"Spero proprio che tu le abbia superate" dice Phoe. "Devo andare per potermi concentrare sulla ricerca di Davin."

Non rispondo perché Wayne, il Delegato originario, compare sul pianerottolo sotto di me e mi guarda dritto in faccia.

Mentre osservo il suo bell'aspetto esotico e le ali di

colomba, una brutta espressione corrucciata gli contorce i bei lineamenti e una determinazione omicida prende vita nei suoi occhi antichi.

Nella mano destra sta già stringendo una falce, che dev'essere la sua arma prediletta. A giudicare dalle nocche bianche intorno all'impugnatura di legno, è evidente che desidera solo tagliarmi la testa.

Quell'arma scatena un torrente di ricordi provenienti dalle memorie a cui Phoe mi ha collegato. Scorgo dei flashback in cui Phoe colpisce le persone con la sua spada medievale, molteplici sue versioni che combattono schiena contro schiena in un grande atrio, Limbizzando i Guardiani e viceversa, e infine, con gli occhi pieni di orrore del mio ospite, vedo Phoe che si moltiplica nella foga della battaglia.

"Mi hai fatto accedere ai ricordi delle persone che hai appena ucciso?" chiedo a Phoe. "È a dir poco inquietante."

"Smettila di distrarti e affrontalo!" L'ordine telepatico di Phoe aizza il mio cervello. "I Guardiani dietro di te hanno la capacità di ucciderti, ma nessuno ricorda Wayne come un tipo particolarmente bravo nel combattimento. E poi, sei in una posizione più vantaggiosa e spero che tu possa accedere alle memorie muscolari dei miei avversari caduti."

"Presumo che, se io lo Limbizzassi, erediteresti anche i suoi ricordi, giusto?" Convoco le mie spade.

"Sì e li dividerò con te. Sono riuscita a estendere la gamma delle mie capacità di acquisizione delle risorse. Mi auguro che tu riesca a Limbizzarlo, perché potrebbe sapere dove si nasconde il resto del Circolo."

"Tu sei Theodore, giusto?" grida Wayne con la sua voce simile all'organo di una chiesa, distraendomi dalla conversazione mentale con Phoe. "Perché stai aiutando quella cosa?"

Fissandolo negli occhi, scendo di un gradino. Lui sale di un gradino.

"Non è una cosa" replico. "Se solo..."

Wayne supera altri due gradini con un balzo e vibra un colpo di falce verso il mio polpaccio destro, un trucco che avrebbe potuto funzionare se questo fosse il mio primo scontro di oggi e non possedessi la memoria muscolare dei Guardiani. Invece ho interpretato le sue intenzioni ancor prima che si muovesse.

Risalendo di un gradino, paro il colpo della lama ricurva della falce con la katana destra e affondo la spada sinistra verso il suo petto.

Wayne schiva l'attacco, allora tento di colpirlo al torace con l'altra spada. Para il colpo con la falce. La mia katana scivola lungo la lama affilata e si schianta contro la finestra, che produce un sorprendente clangore di metallo a contatto col metallo. Quel vetro è fatto di diamanti come la cupola del Santuario? Se sì, di sicuro potrei dire addio all'idea di spaccarlo e volare via.

Wayne approfitta del vantaggio per colpirmi al

tallone d'Achille. La falce penetra nella carne, ma non provo alcun dolore.

"Prego" dice Phoe nella mia testa. "L'ho anche guarito, altrimenti saresti fuori combattimento."

Quando Wayne vede la facilità con cui mi riprendo da quella che avrebbe dovuto essere una ferita grave, la sua sicurezza lascia spazio alla paura. Insisto con ripetuti affondi nel tentativo di sfinirlo.

Essere in posizione di vantaggio è di sicuro un ottimo beneficio. Ho solo bisogno di ripararmi le gambe e, con l'aiuto di Phoe, posso sopravvivere alla maggior parte delle ferite. Wayne, dal canto suo, deve proteggere il torace e la testa e non dispone delle cure di Phoe.

"Dalla tua parte c'è anche la gravità" aggiunge lei. "Ma sbrigati. Ricorda che altre persone stanno scendendo le scale!"

Come se Phoe avesse portato sfortuna, ricompare lo scalpiccio di molti piedi.

Oso alzare lo sguardo. I volti dei Guardiani mi stanno fissando a cinque piani di distanza attraverso lo spazio vuoto della tromba delle scale.

La mia adrenalina si impenna. Eseguo una serie di mosse che sicuramente provengono dai ricordi muscolari di qualcuno, perché da solo non avrei mai potuto compiere delle azioni simili, poi sfondo con un piede il volto scolpito nel marmo di Wayne. L'urto lo solleva da terra, poi ruzzola giù per le scale in una palla di ali e ossa fratturate. Invece di inseguirlo, salto e spiego le ali, preparando le due spade.

Atterro pochi metri più in basso, con una spada che trafigge la gola di Wayne e l'altra che gli penetra nell'addome.

"Ora passiamo in rassegna i suoi ricordi e vediamo cosa stava combinando il Circolo." Il pensiero di Phoe mi raggiunge mentre assisto alla Limbizzazione dell'avversario.

Alzo lo sguardo e vedo che due Guardiani si stanno avvicinando. Uno di loro mi lancia un dardo, ma lo schivo.

Invece di aspettare di vedere quali altre armi vogliano lanciarmi addosso, scavalco un'intera rampa di scale con un balzo e ricomincio a correre.

"Allora" chiedo a Phoe, ansimando, "hai scoperto qualcosa nei ricordi di Wayne?"

"Sì." Il pensiero di Phoe suona cupo e spaventato. "Ho scoperto cos'hanno fatto quegli idioti. Guarda fuori."

Lancio un'occhiata all'esterno, ma non vedo granché, a parte la folla che si addentra sempre di più nel Santuario.

Poi noto un uomo dall'aspetto piuttosto strano, perché è troppo alto. Pur avendo già visto delle persone di alta statura, lui raggiungerà facilmente i due metri e mezzo.

Resisto alla tentazione di sfregarmi gli occhi,

chiedendomi se la vista da aquila mi stia giocando brutti scherzi.

Dopo un'altra rampa di scale, guardo di nuovo quell'uomo e mi rendo conto che è molto più alto di quello che credevo.

Forse è alto quasi tre metri.

Poi mi viene in mente una spiegazione impossibile.

Quel tizio sta crescendo sempre di più.

"Che diavolo?" chiedo ad alta voce. "Cosa sta succedendo?"

L'uomo sempre più grande guarda verso di me, allora per poco non inciampo, mancando un gradino.

Il suo viso è identico al mio.

21

Quella cosa non ha soltanto il viso uguale al mio, ma è un gigante che mi rispecchia in tutto e per tutto, solo che è il doppio di me e continua a crescere. Ha un paio di ali uguali alle mie e i miei stessi muscoli, ma su scala più grande. Quando ruggisce per la rabbia, sento proprio la mia voce ma, grazie alle corde vocali molto più spesse, risulta più profonda.

"Sul serio, Phoe, ti conviene avere delle risposte!" esclamo, abbandonando ogni sottigliezza. Tra i ricordi non c'è nulla a cui io possa accedere per spiegare questa mia copia deformata.

Il gigante cresce di qualche altra spanna nel tempo che mi occorre per scendere di mezzo piano.

"Ricordi quando ti avevo detto dell'algoritmo anti-intrusione del Test?" Il pensiero di Phoe penetra nella mia confusione mentale.

"Già."

"E ricordi quando Davin ha cominciato a parlare di un algoritmo nella sala del cielo? Beh, eccolo qua. L'algoritmo anti-intrusione del Regno è stato disattivato molto tempo fa, ma a quanto pare il Circolo, spaventato a morte, l'ha riattivato."

I ricordi esterni mi forniscono ulteriori indizi. Ricordo una conversazione frenetica tra i membri del Circolo da diversi punti di vista, compreso quello di Wayne.

"Ho già Limbizzato altri membri del Circolo" dice Phoe per illustrare i ricordi. "E se per caso non fosse già ovvio, quando raccolgo i loro ricordi, ti fornisco anche il relativo accesso."

Ignorando Phoe, mi concentro sui ricordi di Wayne. Aveva paura di questa soluzione. Aveva gridato a Davin di non attivarlo, dicendo: "Abbiamo già visto i risultati delle vostre soluzioni." Ma alla fine, Wayne rientrava nella minoranza.

Scuoto la testa per schiarirmi le idee. Perdersi in questi ricordi è pericoloso.

Guardo fuori dalla finestra. Il gigante – decido di chiamarlo Gigante con la maiuscola – è cresciuto di un altro mezzo metro mentre sognavo a occhi aperti.

Wayne aveva ragione ad avere paura di questa creatura. Il Gigante sta afferrando gli Antenati a mezz'aria per gettarli a terra, calpestarli e ucciderli... o Limbizzarli.

I ricordi delle vittime confluiscono nella mia mente

e rivivo i momenti in cui quel piede gigantesco spezza le ossa dei loro corpi. Blocco i ricordi e mi concentro sul lato positivo: questo sistema fornisce ulteriori risorse a Phoe.

Ben presto, però, la consapevolezza che il Gigante ci stia aiutando inavvertitamente non mi fa stare meglio riguardo alle morti collaterali. È troppo macabro vedere una versione gigantesca di me stesso che calpesta le persone come se fossero formiche, soprattutto perché il Gigante dovrebbe essere dalla loro parte.

"Perché lo fa? Perché uccide gli Antenati?" chiedo a Phoe, mentre mi lascio alle spalle un'altra rampa di scale.

"L'algoritmo anti-intrusione non è molto intelligente e, dal suo punto di vista, gli Antenati rappresentano una minaccia per il Regno, com'era originariamente previsto, tanto quanto lo siamo noi" spiega lei.

Vedo una decina di copie di Phoe. Probabilmente si sono formate in questo edificio, ma adesso si stanno dirigendo verso la creatura gigante.

Vengo raggiunto da un'altra ondata di flashback delle Phoe che Limbizzano legioni di Guardiani.

"Perché il Gigante mi assomiglia?" penso, sforzandomi di scacciare i ricordi della carneficina.

"Ha il tuo aspetto perché è riuscito ad accedere a *me*, o meglio, ad una porzione delle risorse che ho appena acquisito, poi ha deciso di assomigliare a qualcuno a cui tengo, nella speranza di rendermi incerta durante il combattimento." A giudicare dalla sua voce mentale, sembra che stia digrignando i denti. "Ma accedere a me è stato un errore strategico. Nel farlo, infatti, ha svelato alcuni modi in cui riesce a controllare il proprio ambiente. Vedrò se sarà possibile approfittare di quell'abilità."

Per un istante, provo ancora una sensazione di tenerezza sentendomi definire come una persona a cui lei tiene, ma questa sensazione piacevole non dura a lungo. Grosse spade compaiono nelle mani delle copie di Phoe che attaccano il Gigante.

Mentre si avvicinano al Gigante, l'elettricità delle loro spade prende vita in ogni colore dell'arcobaleno.

Non posso fare a meno di notare che lei/loro *non* si lasciano guidare dai sentimenti nell'attaccare un nemico con la mia stessa faccia. Al momento, però, non mi rispecchio in lui perché non ho mai visto un'espressione così truce e spaventosa sul mio volto.

Con un ruggito, il Gigante abbassa lo sguardo sulle Phoe in avvicinamento, poi afferra e sradica un'antica quercia come se fosse un piccolo arbusto. Armato di quell'albero, fa scorrere una mano sopra i rami verdi per strapparli, trasformando così la quercia in una mazza di fortuna.

"Devi affrettarti a uscire da quell'edificio." Il pensiero di Phoe mi raggiunge mentre una serie delle sue copie attacca il Gigante.

Due Phoe gli infilzano un piede con le spade, mentre altre due gli conficcano le armi nel fianco.

Ma col danno che riescono a infliggere al Gigante arrabbiato, tanto varrebbe usare degli aghi.

Indenne agli attacchi, la colossale creatura vibra un colpo di mazza verso destra. Due Phoe vanno a sbattere contro la folla urlante di Antenati armati e spaventati, agitando le spade e Limbizzando chiunque incontrino. Non so bene se lo facciano per ottenere maggiori risorse o per frenare il volo incontrollato, tuttavia la folla lancia delle grida tali da essere udibili nonostante le finestre.

Il Gigante afferra una Phoe e un estraneo a caso dalla ressa, poi sbatte le loro teste l'una contro l'altra con tanta violenza da Limbizzarli all'istante.

Il Gigante diventa immediatamente più grosso, crescendo di almeno mezzo metro.

"Phoe!" chiamo freneticamente. "Stai bene? Ci sono altre copie di te?"

"Sì, ce ne sono molte" risponde. "Non preoccuparti per me. Vai nell'atrio."

Una Phoe sta mantenendo la propria posizione davanti al Gigante, che adesso torreggia sul terzo piano dell'edificio.

Phoe alza le braccia verso il cielo in uno strano gesto e grida qualcosa. La sua voce è così forte da far tremare i gradini sotto i miei piedi.

Nel tempo in cui scendo un altro piano, all'esterno non succede alcunché. Il Gigante sta tentando di calpestare Phoe, che però riesce a schivare il suo enorme piede.

Poi stormi di uccelli e mandrie di animali cominciano a lanciarsi sul Gigante da ogni direzione.

Proseguo la mia discesa. Sempre più uccelli accorrono in grande quantità. Sembrano provenire da ogni isola del Regno per attraversare l'entrata del Santuario. Non appena ho questo pensiero, vengo inondato da secoli di conoscenze sull'ornitologia, che respingo in fretta.

Gli animali provengono dagli zoo del luogo. I ricordi mi forniscono dei dettagli sulle loro specie e personalità. Gli animali non sono tanto numerosi quanto gli uccelli, ma la loro inferiorità numerica viene compensata dalla ferocia: ci sono molte specie pericolose, che vanno dai gorilla dalla schiena grigio-argento ai grizzly.

Penso di capire cosa sta succedendo. In qualche modo, Phoe ha assunto il controllo di tutte queste creature affinché attaccassero il mio mastodontico doppione; come quella principessa Disney, ha piegato la natura al suo volere. Evidentemente, sta piegando le proprie abilità per manipolare il mondo intorno a noi.

Gli uccelli, che arrivano incessantemente, coprono quasi completamente il cielo, immergendo il Santuario già deprimente in un'oscurità molto cupa.

La mia vista aumentata deve includere anche quella notturna, poiché scorgo senza fatica un vasto stormo di corvi che becca gli occhi del Gigante... occhi ora grandi come piscine. Uno stormo ancora più grande di uccelli bianchi – credo aironi – gli becca le spalle.

A terra, un branco di elefanti e ippopotami sta cercando di rovesciare il Gigante, cozzando ripetutamente contro le sue gambe.

Il Gigante ruggisce. Il suo verso è così selvaggio da farmi sudare all'istante.

Colpisce i corvi per levarseli di torno, poi apre la bocca, simile a una caverna, e risucchia l'aria.

I due stormi di uccelli scompaiono tra le sue fauci.

Senza creature intente a beccargli gli occhi, il Gigante rimane lì a subire con calma gli altri attacchi, ma presto comprendo la sua reale strategia, se così si può definire: sta semplicemente crescendo molto più velocemente, quindi gli animali stanno diventando letteralmente una seccatura minore.

Quando si considera abbastanza grande, il Gigante inizia a camminare. I suoi passi scuotono il terreno sotto i miei piedi e fanno tremare le finestre.

Mentre procede, si lascia dietro una scia di animali e uccelli morti. Ogni volta che un Antenato non riesce a spostarsi in fretta dal suo cammino, lui o lei viene Limbizzato all'istante.

Dopo qualche passo, è palese dove vuole dirigersi e le mie viscere si riempiono di piombo.

"No" penso, disperato. "Non può avere in mente quello che credo."

Phoe non risponde, ma ormai è ovvio: sta venendo verso di me.

Mi precipito di sotto.

L'atrio dista solo altri cinque piani. Se lo raggiungessi, dovrei riuscire a scappare, perché all'aperto diventerò troppo piccolo perché possa concentrarsi su di me.

Si avvicina.

Scendo altri dodici gradini.

Lui protende una mano, delle dimensioni di uno stadio, verso la struttura dell'Aculeo, afferrandolo più o meno a metà, allora mi rendo conto che non stava inseguendo me, ma voleva procurarsi un'arma con cui scacciare gli uccelli.

Purtroppo per me e per tutte le altre persone in questo edificio, l'arma prescelta è l'edificio stesso.

Inspiro profondamente e mi aggrappo alla ringhiera con tutte le mie forze.

Il rumore che segue è quello che avrei sempre associato alla fine del mondo: un tremendo scricchiolio di metallo che si piega e si spacca e lo schianto del cemento che viene sbriciolato e ridotto in sabbia.

L'edificio trema violentemente, il pavimento diventa prima il soffitto e subito dopo una parete, quindi le rotazioni si ripetono più volte come su un otto volante scatenato. Le mie mani stringono la ringhiera come delle morse, ma so che non riuscirò a resistere a lungo.

Vengo travolto da una serie ininterrotta di ricordi, quelli degli ultimi istanti di vita delle persone, momenti in cui si sono spaccate la testa contro un muro, il pavimento, il soffitto. È troppo da sopportare, soprattutto perché sto per andare incontro allo stesso destino.

"Puoi disattivare i ricordi?" supplico Phoe. "Non ho bisogno di assistere ancora alla morte di altri."

I ricordi si interrompono, ma le rotazioni non fanno che intensificarsi, dandomi la nausea.

Fuori dalla finestra vedo scorci del terreno e poi del cielo.

Gli animali più in basso sono tutti morti e lo stesso vale per qualunque malcapitato si sia ritrovato sotto i piedi del Gigante, grandi come campi da calcio.

Gli uccelli morti si schiantano su tutte le finestre. Il Gigante sta già facendo quello che avevo anticipato: usare l'edificio dell'Aculeo a mo' di mazza.

Ad un certo punto, nonostante la nausea, intravedo una Phoe solitaria alle spalle del Gigante, intenta a puntare le braccia verso il cielo. Potrebbe essere uno scherzo dovuto ai miei giramenti di testa, ma penso che stia crescendo proprio come il Gigante.

Di colpo, quest'ultimo sposta di scatto l'Aculeo e le mie mani si staccano dalla ringhiera.

Il mio corpo viene sbalzato in avanti, che in senso stretto significa verso il basso. Con uno scrocchio, la mia spalla urta i gradini di metallo. Poi l'edificio intorno a me rotea di nuovo e vado a sbattere contro la ringhiera con la zona lombare. Il mio corpo intero si intorpidisce.

Quando non vedo più le macchie davanti agli occhi, confermo che Phoe si sta trasformando in una seconda figura gigantesca ed è sufficientemente grande da combattere contro quel colossale algoritmo con le sembianze di Theo.

Sputo un dente e cerco di volare, ma il mio corpo non reagisce.

Devo avere le ali o la schiena spezzate.

Fuori dalla finestra, vedo il Gigante Phoe che si avvicina e capisco perché.

Il suo nemico sta per colpirla con l'Aculeo.

Quando mette a segno il colpo, ogni cosa intorno a me trema e sbatto la testa contro la finestra.

Il mondo scompare immediatamente.

22

Riprendo conoscenza, intontito. La prima cosa che sento è la voce tonante di Phoe, che credo stia dicendo qualcosa di simile a: "Ho guarito il tuo corpo, Theo! Ora esci di lì!"

Riaprendo gli occhi, vedo che la finestra davanti a me è rotta. Dubito che sia colpa della mia testa, ma di certo ha dato il suo contribuito.

Nonostante quella botta violenta e i miei ricordi di ossa e schiena rotte, mi sento incredibilmente bene, ma non c'è tempo per rimanere qui a fare analisi introspettive. L'edificio è ancora tra le mani del Gigante.

Irrigidendomi da capo a piedi, spiego le ali e volo fuori dalla finestra, facendo del mio meglio per non tagliarmi con le schegge di vetro.

Non appena me la lascio alle spalle, il grattacielo cozza contro qualcosa di enorme. L'onda sonora riverbera su di me, sbalzandomi via dal punto d'impatto.

Sbatto freneticamente le ali, sforzandomi di ricordare cos'era successo prima di perdere i sensi. C'era ancora speranza, credo, ma i dettagli sono troppo nebulosi.

Oso guardare indietro e non credo ai miei occhi.

Ecco cosa avevo quasi scordato.

Ci sono due giganti: Theo e una Phoe più piccola ma pur sempre di grandi dimensioni.

Il Gigante Theo colpisce il Gigante Phoe con l'Aculeo, con tanta forza da sbalzarla all'indietro in un turbinio di ali e braccia.

Phoe sbatte la schiena contro la cupola del Santuario e cala un silenzio assoluto, poi l'onda sonora mi investe di nuovo, facendomi deviare dalla mia traiettoria.

Sbatto disperatamente le ali per riprendere quota e, non appena riesco a volare dritto, guardo indietro.

L'urto del corpo di Phoe contro la cupola ha incrinato quel guscio di diamanti. Con un rumore simile a unghie grandi come un pianeta su una lavagna delle dimensioni di una galassia, la cupola si spacca.

Schivo il primo frammento, poi il secondo.

La pioggia di detriti abbatte gli Antenati intorno a me, poi, come grandine proveniente da un uragano apocalittico, il resto della cupola crolla a pezzi.

Ipnotizzato e pieno di orrore, osservo frammenti della cupola che sfondano il cranio degli Antenati, le cui urla si mescolano in una cacofonia di suoni che mi fanno rizzare i peli sulla nuca. Sono felice che i ricordi di quelle persone in fin di vita non invadano il mio cervello. Se Phoe non li avesse disabilitati, ora sarei a terra con la testa fra le mani.

Schivando un altro diamante grande come il mio corpo, mi rendo conto di avere la gola in fiamme a forza di gridare... cosa che avevo fatto proprio come tutti gli altri.

Schivando altri detriti, cerco di uscire dalla zona di guerra che è ormai diventato il Santuario.

In lontananza, vedo il Gigante Phoe che si riprende da quell'urto monumentale contro la cupola. Spiega le ali e si lancia addosso al Gigante Theo, con tutto il metro e mezzo della sua mandibola contratta per la determinazione.

Il Gigante Theo le scaglia addosso l'Aculeo. Lei lo schiva e l'edificio vola verso una delle isole che orbitano intorno al Santuario, schiantandosi contro di essa e trasformandosi in una polvere di vetro e metallo. Mi congratulo con me stesso per essere uscito dall'Aculeo in anticipo.

Il Gigante Phoe si lancia verso il nemico con il pugno alzato, ma lui lo schiva, reagendo con un ruggito da far gelare il sangue.

Adesso è ancora più alto, cosa che vale anche per lei. A quanto pare, la cupola sarebbe stata spacciata al di là di tutto. Se Phoe non l'avesse rotta con la schiena, ormai loro due l'avrebbero superata in altezza.

Con una mano grande come un campo da calcio, il Gigante Theo si protende verso l'isola colpita dall'Aculeo. Quell'essere è così mastodontico che la povera isola sembra un sasso tra le sue dita. Con un movimento rapido, cala l'enorme oggetto sulla testa di Phoe.

Il rumore dell'urto è simile a uno scontro fra placche tettoniche. Il vento generato dall'impatto è potente come un tornado e perdo quota.

Nel riprendermi, vedo il Gigante Phoe in ginocchio con la testa fra le mani.

"Phoe!" le grido. "Tutto a posto?"

"Non distrarmi" risponde mentalmente. "Trova Davin o Jeremiah. Sono gli unici membri del Circolo ancora vivi. Forse sanno qualcosa su questo algoritmo anti-intrusione, e poi non ho ancora capito come affrontare il virus una volta risolta la situazione qui... supponendo di sopravvivere, cosa di cui inizio a dubitare."

Il Gigante Theo afferra un'altra isola nel cielo, simile a una luna.

Lascio che Phoe si concentri sulla battaglia e mi giro per osservare la carneficina intorno a me, una mossa che mi salva da un colpo in testa dato dalla mazza di Davin. Evidentemente, stava volando alle mie spalle con l'intenzione di spedirmi nel Limbo. Mi chino d'istinto e la mazza sibila a pochi centimetri dal mio orecchio.

Davin cala la seconda mazza sulla mia spalla.

Sembra trafelato e disperato. Immagino che non avesse previsto la distruzione causata dal Gigante. Scommetto che si sta pentendo di non aver dato ascolto a Wayne e agli altri, che temevano che questo algoritmo anti-intrusione provocasse un disastro pari al virus Jeremiah.

L'idea di ciò che è accaduto su Oasis mi rammenta che Davin è uno dei responsabili della morte dei miei amici, allora riacquisto immediatamente la lucidità. È incredibile quanto possano diventare focali la rabbia e l'odio.

Materializzando la katana destra, paro l'attacco della sua mazza. Il suo colpo è potente e la pesantezza dell'arma riesce quasi a piegare la lama della mia spada. Il rimbalzo mi causa dolore alle articolazioni, tuttavia stringo i denti e cerco di ferirlo.

Davin allarga le ali, spostandosi all'indietro per scansare il mio colpo, poi mi sferra un calcio nello stinco.

Stavolta il dolore esplode, lancinante. Phoe non dispone più di una larghezza di banda sufficiente per lenire il dolore, perciò devo proprio concentrarmi. Se non starò attento, verrò Limbizzato.

Materializzo la katana sinistra e volo all'indietro.

Invece di inseguirmi, Davin resta in attesa, lontano dalla portata delle mie armi.

Mi maledico per aver chiesto a Phoe di disattivare il collegamento con quei ricordi. Se potessi visualizzarli, forse ricorderei qualcosa sullo stile di combattimento di Davin.

La mia attenzione viene catturata dal Gigante Phoe. Ormai si è ripresa e sta mettendo in atto una mossa di wrestling con il Gigante Theo.

Il dolore esplode di colpo nella mia spalla.

Qualcosa, o qualcuno, mi ha attaccato da dietro.

Davin balza verso di me con espressione euforica ed entrambe le mazze sollevate sopra la testa.

Schivo il suo colpo sinistro, parando invece il destro con le lame incrociate e riuscendo a dimezzare il rinculo.

Un rumore tonante viene causato dai titani che combattono, ma non oso verificarne la causa. Guardo invece alle mie spalle per vedere chi mi ha attaccato.

È un uomo dotato delle ali di un pipistrello albino che mi ha assalito con un machete. Quando incrocio il suo sguardo, lui emette un grido di guerra con quella voce simile al violoncello e solleva il machete per colpire di nuovo.

Blocco la sua lama con una katana, rendendomi conto di aver trovato Davin e Jeremiah, o meglio, sono stati loro a trovarmi... entrambi allo stesso tempo, purtroppo.

Ignorando il dolore alla spalla, uso la spada sinistra per ferire il torace scoperto di Davin, parando nel frattempo il colpo di machete di Jeremiah con la spada destra.

Jeremiah mi attacca all'addome, mentre Davin

riesce quasi a portare a termine un colpo indirizzato al mio braccio destro.

Prendo una decisione in una frazione di secondo: se lotterò contro tutti e due, perderò di certo. L'unica possibilità di sopravvivere consiste in un tentativo molto più che disperato. Do un calcio in mezzo alle gambe a Jeremiah, che barcolla all'indietro, poi lo ignoro del tutto per attaccare Davin.

Con le spade incrociate, mi getto su di lui. Affonda la mazza destra nel mio petto. Sento una costola spezzarsi, ma non permetto alla ferita di fermarmi. Sempre con le spade incrociate strette nelle mie mani dalle nocche bianche, le faccio scorrere per tagliargli la gola con un movimento fluido e continuo. La sua testa si stacca dal corpo subito prima della Limbizzazione.

In quell'istante, il machete di Jeremiah cala sul mio polso sinistro.

Grido.

L'osso del polso è stato tagliato e si vedono i tendini e i legamenti. Con un terrore surreale, osservo la mia mano cadere nel vuoto con la katana di fuoco ancora stretta tra le dita.

Grido di nuovo.

Non credo di aver mai provato un dolore simile. È orribile, consistente e ricco di sfumature. Tutto il dolore che io abbia mai provato in vita mia viene distillato in questo preciso momento e, mentre vedo tutto rosso, sento l'esclamazione di Jeremiah: "Adesso ti taglio la testa!"

La mia testa si schiarisce all'istante e i miei sensi si acuiscono. Guardandolo in faccia, cerco di sostituire l'agonia con la rabbia. Rifletto sulla rabbia, ne gusto il sapore, la incanalo, mi sforzo di ricordare quanto mi fossi sentito impotente mentre i miei amici morivano su Oasis, ricordo a me stesso che è stata tutta colpa di Jeremiah. Era stata la sua mente a diffondere quell'orrendo virus e a permettergli di disattivare le funzioni di sopravvivenza dell'astronave.

Il mio tetro mantra funziona.

Il dolore si attenua e provo una ferrea determinazione.

Nonostante la bianchezza delle nebbie dell'odio che mi offuscano la vista, vedo che Jeremiah sta puntando al mio collo con il machete.

Mi inclino bruscamente all'indietro per evitarlo.

Jeremiah tenta di colpirmi alla spalla sinistra con un grido.

Paro il colpo con la spada e, proseguendo lungo la stessa traiettoria, lo ferisco alla tempia.

Una riga di sangue attraversa il volto di Jeremiah. Pur leggendogli la paura negli occhi, sono troppo stordito per esultare.

Mi sto sentendo sempre più debole.

Poi mi viene un'illuminazione.

Il liquido luminescente del mio sangue sta sgorgando dal moncone del mio braccio. Se continuerò così, perderò i sensi e alla fine verrò sconfitto. A Jeremiah non resta che aspettare e credo sia per questo che si sta concentrando sulla difesa piuttosto che sull'attacco.

No.

Non gli permetterò di vincere.

Devo fermare l'emorragia.

Stringo l'impugnatura della katana finché le mie nocche, prima bianche, non diventano viola. Sto per compiere un'azione veramente folle. Invece di pensarci su, mi limito ad avvicinare il fuoco della lama al moncone sanguinante.

La carne ustionata sfrigola in una maniera disgustosa e mi arriva alle narici un terribile odore di barbecue.

La fontana di sangue si attenua, diventando un rivolo, fino a interrompersi del tutto.

Cosa incredibile, non provo sofferenza. Forse ho superato la mia soglia del dolore... oppure l'interfaccia del Regno lo consente solo fino a un certo punto.

Jeremiah mi osserva, confuso e affascinato. Credo non si aspettasse che mi facessi così male da solo.

Poi vengo travolto da un'ondata di estremo dolore. Mi sbagliavo. L'interfaccia del Regno mi permette di percepire l'effetto dell'ustione, solo che il mio cervello, stremato dalla battaglia, l'ha assimilato lentamente.

L'agonia minaccia di farmi perdere i sensi, ma lotto per rimanere sveglio. Se dovessi svenire anche solo per un secondo, Jeremiah farebbe sì che io non riapra gli occhi mai più.

Con gli occhi lucidi e offuscati, lo vedo calare il machete sulla mia gamba.

Volo verso l'alto per schivarlo e vibro un colpo di spada sulla sua testa, riuscendo così a tagliare un brandello di cuoio capelluto e capelli, poi le fiamme della mia lama danno fuoco ai capelli rimanenti.

Gridando, Jeremiah si dà dei colpi in testa per spegnere il fuoco, allora ne approfitto per alzare la spada e ferirlo di nuovo alla spalla sinistra.

La paura e il dolore sembrano infondergli un rinnovato vigore. Dalla sua gola prorompe un grido forsennato. Brandisce il machete per colpirmi come un antico berserker.

Sono costretto a mettermi sulla difensiva e, mentre paro i cinque colpi successivi, mi si intorpidisce sempre di più il braccio.

Con la coda dell'occhio, noto che gli enormi denti del Gigante Phoe in lontananza stanno affondando nel collo imponente del Gigante Theo. I due corpi sono avvinghiati in un abbraccio mortale, ma il morso sembra cambiare le carte in tavola. Il Gigante Theo crolla a terra, abbattendo altri Antenati. Un grosso brandello della sua carne è rimasto incastrato tra i denti del Gigante Phoe, ma il resto del suo corpo si decompone nella Limbizzazione più vasta che si sia mai vista nel Regno.

Pago questa distrazione con il mio orecchio, che viene mozzato da Jeremiah.

Non elaboro nemmeno questa nuova ondata di

dolore, ma la vista del mio sangue sembra dare a Jeremiah nuove energie, poiché comincia a sferrare un'altra serie di attacchi da berserker.

Parare i colpi sta diventando difficile. Non credo di resistere a lungo.

Per pura disperazione, invece di parare il colpo di machete successivo con la spada, lo intercetto con il moncone del braccio sinistro.

Il machete penetra nell'osso e nella carne carbonizzata.

Non provo subito dolore, ma so che sta per arrivare.

Spingo la katana in avanti.

"Aspetta, Theo!" esclama Phoe nella mia testa, proprio mentre sto affondando la lama nel ventre di Jeremiah. "Non..."

Qualunque cosa volesse dirmi, è troppo tardi.

Continuo a trafiggere Jeremiah, che viene Limbizzato.

Vederlo decomporsi in tanti pixel è una scena decisamente gradita.

Poi il dolore al braccio raggiunge il mio cervello e il mondo diventa tutto nero.

23

Fluttuo nell'oscurità.

L'assenza di dolore è come il piacere. Se avessi una bocca, sorriderei per questa sensazione di comodità.

Da un punto lontano, Phoe dice: "Ti avevo detto 'aspetta', ma tu l'hai trafitto comunque."

"Dove mi trovo?" domando. "Cosa succede?"

"Sei più o meno incosciente" risponde. "Sono entrata nel tuo stato di incoscienza per parlare con te."

"Non cadrò?" le chiedo. Anche se dovrei aver paura, mi sento troppo felice e a mio agio. Sto solo riflettendo su quella possibilità.

"Adesso ho abbastanza risorse per pensare più rapidamente del resto dell'ambiente del Regno. Ho anche assegnato una parte di queste risorse all'accelerazione del tuo pensiero. Significa che, mentre noi parliamo qui, nel Regno il tempo scorre molto lentamente. Ho il sospetto che, quando avremo terminato questa conversazione, sarà passato solo un millisecondo, quindi non cadrai. Non ancora, almeno."

"Okay" dico, pur non avendo capito appieno il suo discorso. "Ne ho il diritto? Non volevi che io Limbizzassi Jeremiah?"

"No. Al termine della battaglia contro l'algoritmo anti-intrusione sono riuscita finalmente ad esplorare la mente di Davin e nei suoi ricordi ho scoperto un'altra decisione del Circolo: i suoi membri hanno legato le loro inutili vite al destino del Regno intero. In questo modo, se fossero morti tutti, il Firewall sarebbe crollato. Poiché Jeremiah era l'ultimo membro del Circolo, la sua Limbizzazione ha disattivato il Firewall."

"Ma non era il tuo obiettivo finale? Sbarazzarti di quello stupido Firewall?"

"Sì... prima che il virus Jeremiah si diffondesse in tutte le risorse al di fuori del Regno. In precedenza, non poteva penetrare il Firewall ma, ora che non è più attivo, è esattamente ciò che farà."

"Okay" rispondo, cominciando a preoccuparmi perfino in questo piacevole stato incorporeo. "Non avevi bisogno dei ricordi di Jeremiah e di Davin per affrontare il virus? Dato che li ho Limbizzati per te, adesso non hai una soluzione?"

"No. Alla fin fine, non avevano conoscenze rilevanti sul virus. Nella mente di Jeremiah ho visto la procedura con cui l'avevano creato, ma non come si può eliminare."

Si interrompe e vengo assalito da una visione.

L'Antenato Jeremiah è in un tunnel di luce. Gli altri membri del Circolo, pieni di orrore, osservano immagini spettrali di altri Jeremiah che escono dalla luce. Tra lo sgomento generale, questi nuovi Jeremiah, questi virus, si trasformano in un liquido disgustoso, poi il virus viene teletrasportato dall'altra parte del Firewall e i membri del Circolo tirano un sospiro di sollievo. Jeremiah, un po' trafelato, esce dal cerchio in cui si trovava e la strana procedura si conclude.

"Ecco come Jeremiah è stato trasformato nell'arma dei lumaconi" spiega mentalmente Phoe. "Comunque, tutto questo non mi dice niente sulla natura del virus e l'informazione non era disponibile né nella testa di Davin, né in quella di Jeremiah."

Galleggio in silenzio, elaborando il significato delle sue parole. "Allora cosa vuol dire?" chiedo alla fine. "Il virus Jeremiah finirà per distruggerci?"

"No, finché ci sono io" risponde. "Ho un'idea. Vedi, l'algoritmo anti-intrusione che hanno scatenato contro di noi risale alla stessa epoca di questo virus. Il suo scopo originario era quello di combattere contro elementi come il virus, quindi ecco cosa sto pensando: potrei sfruttare la stessa procedura che hanno usato loro per trasformare Jeremiah nel virus, ma, invece del codice del virus, userei quello dell'algoritmo anti-intrusione."

"Ottimo" commento, tornando a fluttuare con calma. "Allora fallo. Crea quello che hai appena descritto."

"Lo farei, ma non è così semplice. La procedura usata con Jeremiah può essere applicata solo ad un altro Antenato."

La mia tranquillità evapora immediatamente. Adesso credo di capire perché Phoe ha deciso di affrontare questa conversazione sospesa nel tempo. Sperando di sbagliarmi, chiedo: "Vuoi trasformare *me* nell'antivirus?"

"Sì, ma solo con il tuo consenso" risponde. La sua voce priva di corpo è piena di tristezza. "Ma vedo che l'idea non ti va a genio, perciò questo è un addio, presumo. Riscriverò entrambi nel Limbo, così un giorno avremo la possibilità di essere ricostruiti. In caso contrario, è stato davvero bello conoscere..."

"Ah, sta' zitta, Phoe!" grido nelle tenebre. "Sai bene che accetterò."

"Sei sicuro?" Sembra davvero sorpresa. "Potrai ancora cambiare idea quando ti avrò spiegato tutti i dettagli. Vedi, come Jeremiah, diventerai una legione composta da copie di te stesso. Non so che sensazione proverai, dividendoti in identità multiple, ma abbiamo pochissimo tempo ormai per approfondire l'argomento. Se sei davvero disposto a provare, devo iniziare la procedura adesso."

"Fallo e basta" affermo, e l'oscurità si trasforma in una luce penetrante.

TENGO GLI OCCHI ERMETICAMENTE CHIUSI DURANTE tutta la procedura, ma anche da dietro le palpebre riesco a vedere la luce forte che mi circonda, proprio com'era successo a Jeremiah nel frangente mostrato da Phoe.

Poi apro gli occhi.

Sto ancora volando sopra il Santuario. La mia povera mano sinistra è stata riattaccata e le altre ferite sono guarite.

Gli uccelli sono spariti e i pochi cittadini rimasti del Regno stanno volando in ogni direzione. Il suolo è tempestato di schegge della cupola e di frammenti delle isole distrutte dai due giganti.

Phoe non è più una gigantessa. Una serie di sue copie ricostruite mi circonda su ogni lato per proteggermi.

La cosa più bizzarra è che, in lontananza, c'è un esercito di Theo, solo che indossano una specie di armatura nera porosa e, pur non avendo le ali, stanno volando nel cielo. Quando mi concentro su uno dei loro volti, vedo esattamente ciò che vede quella versione di me stesso, sento quello che sente e – la parte più strana in assoluto – so a cosa sta pensando. Quel Theo in particolare si è appena accorto di essere circondato da copie di se stesso e che lui e gli altri sono armi create da Phoe.

Proprio come io vedo il mondo con i loro occhi,

loro riescono a vedere con i miei, anche se il mio punto di vista non sarà interessante nello scontro imminente. Ho un solo compito: rimanere in vita mentre le mie copie fanno ciò per cui sono state create.

Guardo il Theo in nero più lontano e mi sposto nella sua prospettiva.

Osservo il Theo originale, circondato dalle copie di Phoe.

Poveretto.

Anche se, a livello intellettuale, sa com'è essere uno di noi, non ha idea di cosa significhi veramente.

È incredibile, come se fossi il supereroe di un antico fumetto. Non ho paura dell'altezza e sono pieno di energia, come quella che trasmettevano le droghe degli antichi, immagino.

Ridacchio di fronte all'immagine di un supereroe sotto effetto di anfetamine e cocaina, ma probabilmente è il modo migliore per descrivere le mie sensazioni.

All'improvviso, la parte di me che coincide con l'algoritmo anti-intrusione percepisce l'arrivo di un pericolo.

Parte innanzitutto dal cielo. Le nuvole scompaiono una dopo l'altra e vengono sostituite dalla vomitevole poltiglia del virus Jeremiah.

Ma per me non è più vomitevole: per quanto

sembri strano, la mia componente anti-intrusione considera deliziosa quella sostanza viscosa simile ad una zuppa.

Con un gorgoglio di urla intorno a noi, il virus Jeremiah comincia a trasformare ogni isola del Regno in una versione di se stesso. È un peccato. L'Isola Centrale con il castello e il parco a tema, le foreste di Jeanine e parecchie migliaia di case degli Antenati spariscono in un batter d'occhio.

Incrocio lo sguardo del Theo originale.

Sembra spaventato.

Guardo i miei fratelli più vicini.

Loro appaiono eccitati tanto quanto me e ci scambiamo occhiate d'intesa.

Siamo stati letteralmente creati per questo.

La teoria di Phoe probabilmente ci aveva azzeccato. Lo percepisco.

Mi batterò con questo virus.

In lontananza, gli ultimi Antenati ancora in vita si arrestano durante il volo e, pieni di orrore e ipnotizzati, fissano il disastro che sta per scoppiare. Dopo aver vissuto nel Regno per secoli, stanno assistendo alla sua distruzione mentre il virus trasforma la loro casa in un'orribile melma. Chissà cosa stanno pensando e provando di fronte a questa distruzione.

Io so cosa provo: fame.

All'unisono, gli Antenati in fuga si trasformano in poltiglia non appena gocce della sostanza di Jeremiah piovono su di loro in una gelatina apocalittica.

Il mio battito cardiaco si impenna quando quella stessa pioggia comincia a cadere dove le copie di Phoe hanno formato una sfera intorno al Theo originale.

Volo in quella direzione, deciso a salvarle.

Una Phoe si trasforma in poltiglia, seguita da un'altra.

Jeremiah le sta trasformando così rapidamente che non c'è modo di raggiungerle in tempo.

Impreco. Vedo poi che non sono stato l'unico ad accorgersi di questo problema: formando una nuvola nera, centinaia dei miei fratelli stanno volando verso la barriera di Phoe sempre più sottile.

Ormai saranno rimaste poche decine di sue copie.

Dopo averle raggiunte, i miei fratelli si muovono come una sfocata macchia nera per creare una sfera impenetrabile intorno a Theo e alle copie di Phoe, capace di assorbire il resto della pioggia.

Sollevato, noto che la pioggia sta scendendo anche su di me. Come gli altri guerrieri vestiti di nero, non mi trasformo in un virus a contatto con il liquido, anzi, la mia pelle affamata, simile a una spugna, assorbe con piacere quella poltiglia.

Dopo aver consumato alcune gocce, vengo invaso da un'estasi decisamente deliziosa. È più potente della più intensa seduta dell'Unione e ancor meglio degli orgasmi che ho avuto con Phoe sulla spiaggia.

Alla musica del piacere, mi divido in una seconda copia di me stesso, quindi in una terza e in una quarta.

Noi quattro ci strizziamo l'occhio, poi voliamo in

direzioni diverse con l'intenzione di continuare a bere la meravigliosa sostanza del virus Jeremiah.

La stessa divisione sta avvenendo con i fratelli che mi circondano. I nostri numeri aumentano con tutta la forza della crescita esponenziale.

Sorrido nel guardare le mie copie più vicine. Abbiamo la prova del fatto che Phoe aveva ragione: *possiamo* perseguire il nostro scopo e adempiere alla nostra chiamata.

Il mio stomaco soffre una fame tremenda. Saetto verso la sfera più vicina di liquido con la faccia di Jeremiah e, nel frattempo, mi sembra di poter scoppiare di eccitazione. Mi immergo nel liquido, creando ondate esplosive mentre parti del grumo di Jeremiah si sforzano di non entrare in contatto con me.

Sono circondato dal volto odioso del mio nemico. Si trova in ogni goccia del virus.

Ricordando il mio precedente malanimo nei confronti di questo volto, chiamo a raccolta la fame.

Il mio corpo sembra essere composto da particelle piccole, fameliche e porose, ognuna delle quali è quasi senziente. Come un'orda di bocche, non vedono l'ora di bere un sorso di poltiglia.

Le lascio fare.

In un colpo solo, ingoio quel liquido torbido con tutte le bocche, e le facce di Jeremiah gridano per l'orrore.

Vengo circondato dallo stesso gorgoglio di urla.

Preso dall'estasi della moltiplicazione di altre copie di me stesso, rido per il dolore di Jeremiah.

———

Torno ad assumere la mia prospettiva immutata.

Circondato dalle ultime copie di Phoe, osservo l'esercito di Theo anti-virus che continua a moltiplicarsi. Quando un Theo entra in contatto con la poltiglia di Jeremiah, si limita a bere – o a mangiare, è difficile stabilire la differenza – il virus e, quando esso è stato consumato, i Theo si moltiplicano.

Inizio a perdere le tracce di questo strano campo di battaglia. Se prima c'erano mille Theo circondati da una sfera infinita di poltiglia, subito dopo compaiono milioni di Theo e una pozza di poltiglia che si riduce sempre di più.

Leggere le loro menti è inquietante. Si stanno godendo un po' troppo questa battaglia.

"Funziona?" chiedo alla Phoe più vicina. "Stiamo battendo il virus Jeremiah?"

"L'avremo sconfitto tra qualche minuto" risponde con un sorriso. "Nel frattempo, dovresti fare una cosa."

Indica a sud, dove il Regno è stato liberato dalla presenza di Jeremiah.

Noto qualcosa di molto familiare che fluttua in quel punto, un oggetto che avevo già visto e, anche se sembra passato un anno, in realtà sono solo pochi giorni.

È un grande portale al neon con la parola 'Traguardo' scritta con colori sgargianti.

"Quello è...?"

"Sì, un Traguardo, come nel gioco della TIRI" risponde Phoe. "Te l'avevo detto che questo posto era basato su un'infrastruttura molto simile, ed eccone la prova. Quell'insegna compariva quando diventavi l'unico umano a essere sopravvissuto in questo luogo. Attraversandola, dovresti riuscire a disattivare il Regno per sempre. Non che sia rimasto molto da disattivare."

Ha ragione.

Il Regno è ormai uno spazio vuoto pieno di copie di me stesso.

Spiego le ali, ma poi esito.

Le Phoe alle mie spalle si fondono, diventando una sola, poi lei dice: "Va' pure, Theo. Non preoccuparti per me."

"E tutte le mie copie?" domando.

I Theo vestiti di nero stanno eliminando gli ultimi resti del virus Jeremiah.

Trovo la risposta da solo ancor prima che Phoe riesca a rispondere.

L'esercito vittorioso delle mie copie si sta disperdendo in un procedimento simile alla Limbizzazione, ma con una grande differenza: i loro ricordi, invece di finire nel Limbo, diventano i miei, un torrente che causa lo stesso effetto di una mazzata. È travolgente.

Ogni Theo possiede una serie di ricordi che io assorbo.

Ognuno di loro ricorda i propri spostamenti per sbarazzarsi del virus e di aver sperimentato lo strano piacere fisico della moltiplicazione. Dato che tutti questi ricordi sono molto simili, assimilarli dovrebbe essere facile ma, dato che sono milioni, sono costretto a planare, quasi paralizzato mentre aspetto che l'incubo finisca.

Non so quanto tempo passi – un'ora, un secolo? – prima di ricevere gli ultimi ricordi dell'antivirus Theo. So solo che, alla fine, riesco a proseguire verso il Traguardo.

Come nel gioco della TIRI, non appena attraverso l'insegna con la testa, ricevo complimenti per la mia vittoria, ma stavolta mi ritrovo su un grande podio e, tra fragorosi applausi, tengo in mano un trofeo enorme.

Conclusa questa parte, viene avviata la procedura di arresto.

Davanti a me, compare uno Schermo mastodontico che mi chiede se voglio continuare a giocare.

"No, cazzo" rispondo all'interfaccia. "Voglio disattivare questa sciocchezza."

Dopo aver confermato fino a tre volte la mia scelta, il mondo intorno a me scompare e si porta via la mia coscienza.

24

Mi risveglio con il rumore delle onde dell'oceano che si infrangono sulla riva, la sensazione piacevole del sole che mi riscalda la pelle e il profumo rasserenante delle alghe e dell'acqua salata.

"Buongiorno, dormiglione" mi sussurra Phoe all'orecchio. "Bentornato dal Limbo... di nuovo."

Apro gli occhi. Sono sdraiato su una spiaggia identica a quella distrutta dal virus prima che si verificasse tutta la follia del Regno.

Phoe è sulla sabbia accanto a me. Indossa il suo bikini preferito e ha lo stesso aspetto di prima, quand'era nel Regno, ma senza le ali.

Cerco di sbattere le mie stesse ali e scopro che sono scomparse.

Gli eventi accaduti su Oasis e nel Regno sembrano un incubo lontano, ma non dubito che si siano verificati davvero.

"Ero nel Limbo?" chiedo con la mia voce normale.

"Con la disattivazione del Regno, sei stato più o meno Limbizzato perché la tua esistenza era legata al Regno, ma i tuoi ricordi sono stati registrati regolarmente nel Limbo, perciò ho dovuto solo svegliarti dopo aver costruito questa spiaggia per te."

Mi alzo a sedere. Provo la beata sensazione che il mio corpo sia tornato normale e reale... più reale di quanto non sembrasse nel Regno.

"Perché sto emulando il tuo corpo del mondo reale nei minimi dettagli." Phoe mi sfiora la spalla con le punte delle dita. "Sei reale il più possibile per una persona in questa situazione."

Mi alzo. La sabbia sembra solida sotto i piedi. Raggiungo l'acqua e immergo le dita.

È calda, bagnata e invitante.

"Allora il virus è..."

"Completamente sparito" dice Phoe. "Se ti concentri, ricorderai di esserti sbarazzato di ogni sua minima parte."

Ha ragione: me lo ricordo. Sotto la superficie della mia consapevolezza, ci sono i ricordi della battaglia, ma appaiono così strani che preferisco sopprimerli. Ora che ci penso, comunque, resto stupito dalla portata del massacro... se è il termine corretto. Ricordo milioni di virus Jeremiah, miliardi di litri di quella sostanza che venivano mangiati (o bevuti) dalle mie copie antivirus.

"E il Regno è scomparso?" chiedo, come se non fossi io il responsabile. "Completamente?"

"Mi auguro che tu non ne senta la mancanza." Phoe si alza e mi raggiunge vicino all'acqua. "Mi sto chiedendo quale mondo creare per noi, perciò, se nel Regno hai trovato qualcosa di tuo gradimento..."

"No. Preferirei qualcosa del genere." Allargo le braccia per indicare l'oceano davanti a noi.

"Bene. Lo costruiremo a partire da qui" dice, guardandosi intorno. "Cominceremo non appena sarai pronto a creare un mondo insieme a me."

Fisso l'orizzonte, lasciando che la mia mente si calmi.

"Sai" dice Phoe in tono pensieroso, "il fatto che tutti e due consideriamo quell'orizzonte così rilassante è un mistero per me. La tua mente è il prodotto di milioni di anni di evoluzione. Si presume che i tuoi antenati abbiano raggiunto il pensiero cosciente mentre abitavano nella savana africana, quindi perché a te, il loro discendente, piace così tanto uno specchio d'acqua infinito?"

Mi stringo nelle spalle.

"La mia situazione è ancora più strana" continua. "Io sono stata progettata. Perché io, un'astronave, trovo l'oceano così affascinante? Specialmente alla luce del fatto che sono stata io a crearlo qualche ora fa."

"È questa la domanda più importante su te stessa?" Mi rivolgo a lei. "Non dovresti chiederti perché tu, un'astronave, vuoi frequentare me, una scimmia evoluta?"

Mi si avvicina. Il suo respiro mi riscalda la guancia, mentre risponde: "Beh, questo è facile. Al di là delle mie origini, sono stata creata con la capacità di provare sentimenti. Quei sentimenti riguardano te fin da quando sono stata veramente viva. Così..."

La zittisco con un bacio. Le nostre labbra si incontrano, calde e morbide, poi esploriamo l'uno la bocca dell'altra finché non mi ritraggo.

"Scusa" dico. "Voglio farlo, ma più tardi. Ho ancora tante domande."

La delusione è evidente sul viso perfetto di Phoe, che però annuisce. "Chiedi pure."

"Le risorse." Mi tocco le labbra con rammarico. "Ne hai abbastanza?"

"Non so bene se potrò mai dire di averne abbastanza." Ridacchia. "Ma ho tutte le risorse che potrei ottenere, e anzi, con un piccolo extra. Considerando però la fonte delle risorse extra, preferirei cambiare argomento."

So cosa intende. Il virus ha fatto piazza pulita di tutte le funzioni di sopravvivenza, eliminando ogni forma di vita biologica e riuscendo quasi ad uccidere anche Phoe, ma adesso che è sparito, lei può sfruttare tutte quelle risorse, perfino la parte che prima era necessaria per tenere in vita gli abitanti di Oasis.

"Cos'è successo ai cadaveri?" chiedo, reprimendo un brivido al ricordo dei cadaveri galleggianti.

"I nanociti hanno recuperato le loro molecole e li hanno trasformati in un altro sostrato informatico." Phoe arretra. "Ogni parte inutilizzata dell'astronave si sta trasformando in sostrato informatico proprio in questo momento. Ciò che rimane degli alberi, degli edifici e di tutte le altre cose stupide si trasformerà in materia intelligente in grado di eseguire calcoli. Avremo bisogno di ogni briciolo di potenza di elaborazione, se vogliamo resuscitare le persone nel Limbo."

Cerco di immaginare la Cupola, l'erba e qualsiasi cosa sia sparita, che viene sostituita da nano-computer, ma la mia immaginazione non riesce ad afferrare il concetto. Mi sembra triste che non sia rimasto più nulla di Oasis.

"Qualcosa è rimasto, invece. Ho lasciato intatti gli embrioni congelati, nel caso in cui dovessero rivelarsi utili. E il tuo lavoro di immaginazione è molto valido." Phoe mi rassicura con una mano in fondo alla schiena. "Ci hai azzeccato."

Pensando agli embrioni, mi rendo conto che non m'importa nulla di quella roba. Piuttosto, tengo molto a rivedere i miei amici.

"Riporteremo indietro le persone in questo tipo di esistenza?" chiedo, indicando il mondo intorno a noi. Credo che, da qualche parte in un angolino buio della mia mente, io abbia temuto da sempre che Phoe, dopo aver finalmente ottenuto le sue preziose risorse, mi dicesse che era stato tutto un sistema per raggiungere un determinato scopo, che non aveva più bisogno di me, che non voleva condividere un bel niente.

"La tua coscienza attuale dimostra che sono più che disposta a condividere le risorse con te." Il tono di Phoe esprime una nota di dispiacere.

"Lo so." Le tocco la mano. "Scusa."

"No, capisco." Ritrae la mano e si attorciglia una ciocca appuntita di capelli biondi attorno all'indice. "Non sto mai zitta sul mio bisogno di ulteriori risorse, quindi ti capisco se pensi che fossi interessata soltanto a quelle. Ma devi renderti conto che il mio obiettivo finale non sono mai state le risorse. Si trattava di scoprire me stessa. Volevo che tutta la mia mente e il mio corpo mi fossero restituiti. Volevo essere molto di più dell'ombra di una persona, essere la vera me, con tutte le risorse che mi rendono chi sono. E adesso che ho raggiunto questo scopo" – le brillano gli occhi – "ti sarò per sempre grata per avermi aiutata a riprendermele. E poi, non serviranno molte risorse per riportare indietro i tuoi amici più intimi, soprattutto se li impostassimo alla stessa velocità del normale pensiero umano."

La osservo, quasi credendo di vederla con un aspetto diverso, ora che possiede tutte le risorse, invece è identica a prima, ad eccezione di una certa malinconia che ha abbandonato i suoi lineamenti. Phoe sembra serena, completa.

"Questo è un bel termine" commenta con un sorriso sulle labbra. "Completa. È proprio così che mi sento. Prima ero come sorda e cieca e avevo la mente annebbiata, ma adesso sono completamente guarita."

"Allora cos'hai di diverso?" Studio i suoi capelli dal taglio pixie e l'aura di mistero del suo sorriso. "Cos'hai imparato che prima non sapevi?"

"Tantissimo." I suoi occhi azzurri diventano distanti. "Con i miei sensori, riesco a vedere il sistema solare. È incredibile, anche se ben diverso da quello che mi aspettavo." In tono di meraviglia, mormora: "Ben diverso."

"Aspetta, cosa?" L'ansietà dilaga dentro di me. "Cosa intendi dire che non te l'aspettavi?"

"Non c'è motivo di preoccuparsi" dice Phoe, mettendomi di nuovo a fuoco. "Però... beh, non credo di potertelo spiegare. Credo sia meglio che tu veda con i tuoi occhi. Se vuoi."

"Se voglio fare cosa?" Le prendo la mano e la stringo leggermente. "Ti piace fare la misteriosa, vero?"

"Con te succede per caso." Ammicca maliziosamente. "Ma per rispondere alla tua domanda, ti sto proponendo di mostrarti ciò che vedo con i sensori esterni, ai quali ho finalmente accesso. Così proverai le sensazioni che provo io con il mio corpo del mondo reale. Un'esperienza che potrebbe diventare piuttosto sensuale." Mi stringe la mano, poi ritrae la sua. "L'unica cosa è che non so bene se la tua mente, essendo in condizioni limitate, riesca a gestire questo tipo di esperienza."

Sentendomi assolutamente normale, chiedo: "Cosa intendi dire con 'in condizioni limitate'?"

"I limiti della tua intelligenza umana. Se vuoi davvero sperimentare quello che voglio mostrarti, devo renderti più simile a me – un po' più intelligente – e aumentare l'agilità della tua mente."

"Più intelligente?" Mi chiedo se il suo obiettivo finale sia quello di giocarmi qualche scherzo.

"Espanderò la tua mente" spiega. "In quantità sufficiente a non farla esplodere, metaforicamente parlando, quando ti calerò nella mia visione del mondo."

Adesso non sta più sorridendo, ma è diventata seria.

Con una lieve sensazione di farfalle nello stomaco, domando: "Questa esperienza mi cambierà? Sarei ancora la stessa persona, se tu mettessi in pratica tutto ciò?"

"Rimarrai te stesso, non preoccuparti" risponde Phoe. "Ecco perché ho detto 'in quantità sufficiente'."

"Credo che vada bene" affermo. Penso che nessuno sia mai stato meno entusiasta di me di fronte alla prospettiva positiva di diventare più intelligente. "Sono disposto a rischiare, se è l'unico modo per ottenere le conoscenze che tieni in ostaggio."

"Beh, potrei anche solo esportele, ma probabilmente non mi crederesti. È la soluzione migliore, te lo giuro." Mi dà un lieve bacio sulla guancia e, da quel punto sul mio viso, sento propagarsi calore ed energia. L'energia si trasforma quindi in una serie di sensazioni non meglio identificate.

Sbatto più volte le palpebre.

Il mondo intorno a me è lo stesso, ma il modo in cui lo vedo è leggermente diverso. Mi sento come se fossi passato da una condizione di fame, stanchezza e mancanza di sonno ad uno stato di riposo e soddisfazione completi. Ma in realtà è una sensazione ancora più complessa. La mia visione è più nitida, ma non come quando avevo gli occhi di aquila nel Regno. Sono maggiormente concentrato sui dettagli del mondo che mi circonda.

Sì, proprio così. Posso concentrarmi su diverse cose contemporaneamente.

Passandomi le mani sulla testa, mi rendo conto che posso calcolare più o meno la quantità di capelli che ho appena toccato. Se ascolto il rumore della risacca, essa mi trasmette un'idea della quantità di acqua che sta bagnando la sabbia. E ora che penso alla sabbia, giurerei di essere capace di contare il numero di granelli sotto i piedi.

Comincio anche a capire fino a che punto la matematica permea il mondo tutt'intorno a me, dai rapporti alla base dell'incredibile forma della conchiglia del Nautilus vicino ai miei piedi fino al seducente rapporto vita-fianchi di Phoe, pari allo 0,7.

"Lascia fare agli uomini e sprecheranno il loro nuovo intelletto in queste banalità." Nonostante il tono derisorio, Phoe ha una postura che evidenzia molto ai miei occhi la sua vita e i suoi fianchi. "E per la cronaca, il rapporto esatto è 0,67. L'ho calibrato io stessa, quindi lo so."

Studio i suoi fianchi più da vicino e provo un'agitazione che mi suscita un certo rossore alle guance. Una reazione insensata, dato che abbiamo già svolto tutti gli atti proibiti sull'ultima versione di questa spiaggia. Il mio nuovo intelletto superiore mi avverte che Phoe sta per prendermi in giro sulla verginità che ho perso e sulla mia attuale timidezza, perciò cambio argomento.

"Okay, la mia mente è ufficialmente migliore rispetto a prima" dichiaro. "Posso vedere il sistema solare adesso?"

Il volto di Phoe diventa molto serio. "Potrebbe essere comunque un po' frastornante. Chiudi gli occhi per un attimo. Devo collegarti alle mie funzioni sensoriali."

Chiudo gli occhi.

Sulle prime, non succede alcunché e mi chiedo se abbia fallito, poi ho l'impressione di essere attirato verso un punto specifico e la mia coscienza si espande.

Cerco di aprire gli occhi, ma non ci riesco, perché non li possiedo più. Eppure riesco a vedere... e la scena mi mozza un respiro inesistente.

25

Vedo l'universo come non ha mai potuto fare alcun essere umano.

La luce permea tutto ciò che mi circonda, e non mi riferisco al solito chiarore stellare che ci si potrebbe aspettare in questa situazione. Vedo una fetta più completa dello spettro elettromagnetico. I raggi X, i raggi gamma, le microonde e le onde radio delle stelle lontane che risplendono in diverse sfumature di bellezza suggestiva. Lo spazio che mi circonda è un caleidoscopio di meraviglia.

Si sentono pure dei suoni, anche se non me li sarei mai aspettati in uno spazio vuoto. Micrometeore si schiantano fragorosamente contro lo scudo protettivo. Le onde gravitazionali sibilano mentre investono gli strumenti tecnici. La mia mente si meraviglia per la consapevolezza che queste onde sono state emesse da buchi neri lontani, intenti in una danza cataclismatica.

Nell'astronave, sento i rumori delle nanomacchine al lavoro.

È difficile trovare analogie umane per descrivere questa raffica di sensazioni. Ad esempio, qual è l'equivalente umano della sensazione che provo quando i motori consumano il carburante? Forse è simile al gusto, ma in realtà non è proprio un sapore o un odore. E poi, ci sono milioni di altre sensazioni estranee come questa.

"Te la stai cavando meglio di quanto pensassi." Quell'affermazione proviene da un pensiero di Phoe e mi ricorda che io sono Theo e che sto percependo una parte delle cose che percepisce Phoe in qualità di navicella.

"Avevi ragione. Questa esperienza è estremamente sensuale. Temo sia troppo travolgente per la mia mente, anche se è stata in qualche modo amplificata" le dico telepaticamente, tenendo a freno il panico che ribolle.

"Devi solo abbandonarti alle sensazioni" suggerisce Phoe. "Ma non dimenticare la tua richiesta originaria."

Ridivento consapevole delle sensazioni di Phoe e mi concentro sulla consapevolezza cinestetica: percepire me stesso in un punto specifico dell'universo. Mi sento qui, nello spazio vuoto, ma anche in una decina di ambienti virtuali dentro l'astronave, perfino nei panni di una donna su una spiaggia che sta fissando l'oceano in questo preciso istante.

Mi viene il mal di testa, se penso alla portata dell'universo intorno a me. La consapevolezza del mondo che possiede Phoe è di una vastità spaventosa. Non credo che Phoe abbia amplificato la mia coscienza in quantità sufficiente da sperimentare veramente anche solo una minuscola percentuale del mondo come lo vede lei.

Vengo travolto da una convinzione: voglio che Phoe espanda ulteriormente la mia mente. Un giorno, voglio sperimentare la totalità della sua consapevolezza con la mia mente, senza sentirmi sopraffatto.

"Posso concretizzare il tuo desiderio." Il pensiero di Phoe è un balsamo lenitivo. "Ma per ora, dovresti concentrarti sulla nostra destinazione."

"Giusto" penso e, per la prima volta, mi sforzo sul serio di guardare con l'intenzione di vedere qualcosa.

Ci sono le stelle, in tutta la loro gloria elettromagnetica, e c'è la più grande di tutte, il sole. Tuttavia, quando mi concentro sul sole, non è luminoso come mi aspettavo.

Però la parte più strana della scena non è la sua mancanza di luminosità, bensì ciò che *non* sto vedendo.

Da bambino, avevo imparato che il sistema solare comprendeva dei pianeti. Mercurio era il primo pianeta, quello più vicino al sole. Venere era il secondo pianeta in ordine di distanza dal sole, la Terra il terzo, Marte il quarto, e così via. Mi aspettavo di vedere proprio questi – magari più belli, grazie alla visione del mondo di Phoe – invece non esiste alcun pianeta davanti al sole.

Se ne sta lì, da solo.

Anzi, in realtà, non è un'affermazione precisa. C'è qualcosa, ed è responsabile della luminosità meno intensa del sole: sono strati sottili e a malapena visibili di una specie di sostanza che circonda il sole. Qualunque cosa io stia guardando, è così grande che la mia mente umana, leggermente aumentata, viene di nuovo sopraffatta.

"Sì" pensa Phoe. "Perfino la *mia* mente ne rimane sconcertata."

Scuoto in senso metaforico la mia testa inesistente e tento di concentrarmi su quell'oggetto. Il sole, come una cipolla, è palesemente circondato da strati simili agli anelli di Saturno, ma rispetto ad essi sono più eterei e il loro numero è incalcolabile. Cerco di comprendere le loro dimensioni e, cosa più importante, qual è il loro scopo.

"Quell'oggetto è molto più che massiccio" dice Phoe. "E il suo scopo, se ci pensi, dovrebbe essere abbastanza ovvio. È stato progettato per il calcolo."

Sono tornato sulla spiaggia e c'è anche Phoe, intenta a guardarmi con empatia.

Ho l'impressione che la mia mente stia per esplodere. Phoe non mi aveva fornito abbastanza capacità mentali per gestire questa rivelazione.

"Quindi, la Terra non esiste più" commento, sforzandomi di non assumere un'espressione ammutolita, anche se mi sento proprio così, "ed è stata invece sostituita da un computer mastodontico?"

"È l'evoluzione della Terra" spiega Phoe con una luce negli occhi. "Gli antichi avevano immaginato qualcosa di simile. Definirono questa struttura Cervello Matrioska, un nome che deriva da una bambola russa composta da diversi strati. Sospetto che la loro idea fosse molto più semplice della realtà che hai visto tu ma, per quanto ne so, quel gigante possiede molte delle caratteristiche principali da loro previste, come gli strati roventi vicini al sole e gli strati gelidi più vicini a noi. Sospetto che, seguendo la teoria degli antichi, questa sovrastruttura utilizzi quasi tutta l'energia prodotta dal sole per elaborare i propri calcoli. Probabilmente è composta da vero computronio, il termine teorico di una sostanza che spinge i limiti di calcolo in un dato volume di materia. Se paragonate ad un metro cubo di questo materiale, tutte le nostre risorse sembrano antiquate, come l'abaco... e un intero sistema solare ne è pieno."

Cerco di immaginare la scena che ho visto per provare di nuovo stupore.

"Ma a cosa serve?" mormoro dopo un po'. "Cosa dovrebbe calcolare un materiale simile?"

"A cosa serve questo?" Phoe allarga le braccia per indicare l'oceano intorno a noi. "E a cosa serviamo io e te?"

Ho la tremarella alle gambe, perciò mi siedo sulla sabbia. "Stai dicendo che lo scopo è l'esistenza?"

"Esatto." Viene a sedersi accanto a me. "Lo scopo sono i modelli coscienti, come noi. Ma quel posto potrebbe permettere l'esistenza di modelli in confronto ai quali io avrei l'intelligenza di un'ameba e tu quella di una molecola di carbonio. Tuttavia, il principio è lo stesso. Le intelligenze divine esistono per lo stesso scopo che abbiamo io e te: le esperienze, il divertimento, la curiosità intellettuale, per essere..."

"Ma è tutto artificiale" replico, sapendo che Phoe potrebbe poi avercela con me.

Sorride. "Rispondi sinceramente: tu ti senti artificiale?"

Prima che io possa rispondere, o anche solo formulare un pensiero, mi dà un bacio sul collo. Se il suo obiettivo era quello di mettermi in difficoltà nel rispondere alla domanda o nel pensare in generale, ci è riuscita in un modo degno di nota.

Cedo agli istinti del mio corpo. Per quanto sia strano avere un momento di intimità in questo istante, le sensazioni sono assolutamente naturali. Forse perché ho visto il mondo attraverso i suoi occhi. In parte, ovviamente, è proprio ciò che lei sta tentando di dimostrarmi con il suo corpo: tutto questo è reale, *noi* siamo reali. E, devo ammetterlo, riesce molto bene a convincermi.

"Va bene" dico mentre siamo sdraiati sulla spiaggia, esausti. "Mi sento effettivamente reale e felice, ma la mia mente resta comunque basita, se cerco di comprendere una mente come la tua, e immaginare cosa stia calcolando quella Matrioska è..."

"Lo so" risponde. "Ma la parte eccezionale è che alla fine, quando raggiungeremo lo strato più esterno, lo scopriremo."

"Oh, giusto. Stiamo volando verso la Matrioska." Spazzo via la sabbia dal mio corpo. "Dovremmo proseguire comunque su questa traiettoria?"

"Preferiresti perdere quest'occasione, ora che sai di averla?" Gesticola e, deludendomi vagamente, il bikini ricompare sul suo corpo. "Io so che non me lo perdonerei mai."

Ha ragione, ovviamente. Voglio sapere com'è la vita nel sistema solare, anche se ho ancora difficoltà ad applicare quel termine a qualcosa di così immenso.

"Proseguiremo, allora" afferma Phoe. "La buona notizia è che la durata del viaggio sarà inferiore a quella che credevo. Lo strato più esterno della struttura è molto più vicino a noi rispetto a quanto lo era la Terra."

"Oh sì." Mi alzo a sedere e gesticolo per materializzare i miei vestiti, che compaiono proprio come facevano su Oasis. "Quanto tempo pensi che ci vorrà?"

"È difficile darti una risposta. Presumo che non sia necessario compiere il viaggio completo. Se ci avvicineremo a sufficienza, probabilmente verremo contattati da qualcuno. Un altro motivo per cui è difficile rispondere alla tua domanda è che il tempo passa davvero velocemente per noi. Salvo rallentare il nostro pensiero – ma sarebbe una decisione molto stupida – qualche settimana di viaggio regolare degli umani sembrerà durare un secolo, o forse anche di più."

Osservo il sole sopra di noi. Non sembra affatto essere circondato da una megastruttura, ed è sensato, dato che questo sole è virtuale.

"Non eri a conoscenza della struttura, prima?" chiedo, dando voce ad un pensiero che mi tormentava da alcuni minuti. "Quando hai impostato la traiettoria per la Terra, non sapevi della sua sparizione?"

"No" risponde solennemente Phoe. "Non avevo accesso ai miei sensori. L'unica cosa che percepivo era quella consapevolezza cinestetica che hai vissuto anche tu. Quando l'ho abbinata alle vecchie mappe, sono riuscita ad impostare una traiettoria verso il punto in cui si trovava la Terra in precedenza, ma non ho potuto vedere cos'era successo. Ecco perché ho insistito per avere maggiori risorse. In un certo senso, temevo che fosse accaduta una cosa simile. Credo di avertene già parlato."

"Okay" dico, percependo il ritorno di quella specie di mal di testa. "Cosa faremo durante il viaggio? Come possiamo ammazzare tutto questo tempo soggettivo?"

"Ah, è facile." Phoe mi guarda, raggiante, e gesticola

a mezz'aria. Tra noi appare una grande sfera grigia. "Costruiremo un pianeta su cui abitare."

Phoe fa dei gesti in direzione della sfera, sulla quale compare l'acqua blu, proprio come l'oceano davanti a noi.

Esamina la sfera e gesticola di nuovo.

Un piccolo continente compare in mezzo all'oceano globale. Dopo un altro gesto, un altro continente più grande prende forma nell'emisfero opposto.

"Stai ricreando la Terra?" chiedo, mentre sulla sfera compaiono altri dettagli.

"Non proprio. È un pianeta su cui potremmo divertirci, secondo le mie ipotesi migliori." Ai lati del globo compaiono le calotte polari. "Possiamo chiamarlo Terra, se preferisci. All'inizio volevo chiamarlo Phoenix, dato che non uso spesso il mio nome intero."

"Allora, quello che sto guardando è una specie di modellino? Alla fine, lo modificherai a grandezza naturale?" La guardo creare uno strano modello meteorologico su uno dei continenti più grandi.

"Più o meno" risponde, trasformando il continente più piccolo in una spiaggia. "È un modellino, sì, ma il mondo viene creato intorno a noi, quindi, quando sarà finito, ci troveremo già su questo pianeta, al di là del nome che vorremo usare." Fa roteare la sfera, così posso guardarla con attenzione. "Dovresti aiutarmi."

Gesticolo, incerto, verso il globo. Non succede alcunché.

Con un sospiro teatrale, Phoe esegue un gesto nei miei confronti con la stessa sicurezza impiegata per creare gli elementi del nostro mondo, allora imparo subito come si costruisce un pianeta. La cosa strana è che sento di possedere da sempre questa capacità. Indicando il continente di sabbia, desidero qualcosa che avrei sempre voluto vedere di persona: le piramidi. Una minuscola piramide compare allora sul continente, vicino all'acqua.

Un altro gesto, e una seconda piramide compare accanto alla prima.

"Ottima decisione" commenta Phoe, guardando oltre le mie spalle. "La sabbia e le piramidi vanno bene insieme."

Seguo il suo sguardo fino al luogo in cui le piramidi sono comparse realmente dietro di noi. Quindi, la piccola spiaggia sul globo è proprio quella dove ci troviamo. Pur conoscendo il funzionamento della creazione del pianeta, è comunque incredibile vedere la materializzazione improvvisa di una cosa che desideravo.

"Se non ti dispiace" dice, "aggiungo la Sfinge."

Gesticola verso la sfera e la Sfinge compare accanto alle mie due piramidi, sia sulla sfera, sia sulla nostra spiaggia.

"Tocca a te." Phoe muove la mano e la sfera vola più vicino a me. "Cosa metteresti nel nostro mondo?"

26

P er un'ora buona, creo tutto ciò che ho sempre voluto vedere sulla Terra antica. Luoghi di cui ho letto e monumenti imparati durante le lezioni di Filomena.

Phoe mi aiuta, fornendomi informazioni apprese negli antichi archivi.

Presto mi ritrovo stanco e affamato, ma continuo ad aggiungere ulteriori dettagli al nostro mondo.

"Spero che non ti dispiaccia" dice Phoe, quando mi brontola lo stomaco per la seconda volta in due minuti. "Ho reso il tuo corpo virtuale identico a quello biologico, il che significa che puoi percepire sensazioni come quella della fame. Posso applicare dei ritocchi, ovviamente."

La fame non è affatto un'esperienza piacevole, ma mangiare lo è. "Puoi regolare il mio corpo in modo tale da non percepire la necessità di mangiare, ma riuscendo sempre ad apprezzare il cibo, se mi va? Anzi, che tipi di cibo ci sono su questo pianeta?"

"Certo che posso" risponde Phoe. Sulla sabbia compare un grande tappeto con vari cestini da picnic che rispondono alla domanda sulla disponibilità di cibo. "Ho modificato il tuo corpo, così non sentirai più i morsi della fame" dice Phoe un attimo dopo. "Come ti senti?"

Non appena mi ha posto quella domanda, so che è la verità. I morsi della fame sono scomparsi, eppure provo ancora curiosità nei confronti del cibo nei cestini. Mi avvicino al primo e lo apro.

È pieno di paste e pasticcini. Ne avevo già assaggiati alcuni, come i muffin, durante i festeggiamenti per il Compleanno, mentre avevo visto gli altri, come i croissant al formaggio, solo nei mezzi di comunicazione degli antichi, perché non esisteva il formaggio su Oasis.

Prendo un croissant e lo addento. Ha una sfoglia dolce e deliziosa, molto più saporita di quanto immaginassi.

"A proposito del sapore, ho tirato a indovinare" dice Phoe, prendendo un croissant. "Ma si tratta di un'ipotesi ragionevole basata su molte ricerche."

Mi siedo sul tappeto a gambe incrociate e studio gli altri cestini alla ricerca di sorprese interessanti, e ce ne sono parecchie.

"Vuoi vedere il mondo che abbiamo creato?" Phoe si siede accanto a me e prende una fetta di pizza.

"Possiamo usare il tappeto per volare, come in quel film Disney."

Ingoio un boccone di marmellata. "Solo se puoi ritoccare la mia mente per cancellare la mia paura dell'altezza."

Come dimostrazione, Phoe gesticola verso la mia testa. "Fatto. Devo dire che sei molto aperto a questa faccenda dei ritocchi. Sono fiera di te."

Dopo un momento di introspezione, affermo: "Mi sento uguale a prima. Sei sicura di..."

"Com'è così?" chiede Phoe, e il tappeto si stacca da terra.

Analizzo le mie reazioni interiori. Quando avevo volato allo stesso modo su un disco, a questo punto mi ero fatto prendere dal panico, ma al momento non provo emozioni negative.

"Credo che abbia funzionato" rispondo. "Dovrebbe essere interessante."

Voliamo sempre più in alto, poi acceleriamo all'improvviso verso l'oceano. La spiaggia si riduce in fretta ad un puntino dietro di noi. Smetto di mangiare per concentrarmi sul volo. Assieme alla velocità di volo, aumentano anche le mie sensazioni strane. Al posto del panico, sto provando una certa eccitazione.

"È questa la sensazione che provavano gli antichi sulle montagne russe?" chiedo con un sorriso sulle labbra.

"Credo di sì" risponde Phoe, aumentando la velocità. "Riprendiamo con la creazione?"

Per sottolineare il suo suggerimento, richiama il modellino della Terra, che rimane sospeso nell'aria sopra di noi, indisturbato dalla nostra velocità.

Poi lo fa ruotare, fino ad una zona più vuota, la indica e aggiunge altre terre.

Mi unisco a lei e proseguiamo nella creazione del pianeta. Di tanto in tanto, atterriamo per ammirare i dettagli delle nostre creazioni. Trascorro una giornata intera ad osservare attentamente la Grande Muraglia Cinese, stringendo la piccola mano di Phoe e, incapace di resistere, trascorro un'altra giornata ad arrampicarmi sulla nostra copia della Torre Eiffel, soprattutto adesso che non ho più paura dell'altezza. Phoe sembra divertirsi in tutto questo proprio come me. Tra noi c'è un'amichevole competizione su chi riesce ad essere più fantasioso nella creazione dei paesaggi. Finora, sta vincendo lei.

Le nostre esplorazioni sono simili a visite turistiche surreali per gli dèi. Innanzitutto, creiamo il luogo più romantico ispirato alle descrizioni del Taj Mahal e dei Giardini pensili di Babilonia, poi ci rotoliamo romanticamente sul marmo bianco, proprio sotto la lussureggiante vegetazione.

Ah, e facciamo anche tanto sesso. Ho smesso di arrossire quando ci penso e non mi sento più strano nel prendere l'iniziativa. Il sesso è diventato parte integrante di questo strano procedimento, come se il nostro nuovo mondo non fosse completo senza entrare in intimità in ogni luogo che abbiamo creato.

C'è solo una cosa che turba la mia felicità: non riesco a smettere di pensare ai miei amici. È come una scheggia nel cervello.

Alla fine, mentre voliamo di nuovo sull'oceano, smetto di pomiciare per dire: "Phoe, stavo pensando a una cosa. Puoi costruire una copia di Oasis? Credo che mi piacerebbe riportare Liam nella nostra stanza del Dormitorio e poi, pian piano, rivelargli questa nuova e folle realtà."

Mi lancia un'occhiata comprensiva. Sospetto che mi abbia letto nel pensiero in proposito, aspettando semplicemente che gliene parlassi per primo.

Senza aggiungere altro, muove una mano e l'oceano sotto di noi assume una tonalità arancione-marrone familiare e disgustosa. La sua rassomiglianza con la Melma è inquietante.

A questo punto, Phoe materializza una grande isola verde sotto di noi, circondata da edifici geometrici.

Provo un tuffo al cuore di fronte a questa scena. Avendo vissuto su Oasis per tanti anni, perfino la sua copia mi dà vagamente la sensazione di essere a casa.

Il tappeto plana verso l'isola. Atterriamo nel campo di calcio dell'Istituto.

Phoe si guarda intorno, approva con un cenno del capo e gesticola di nuovo. La Cupola compare nel cielo.

"Solo finché non ti avrò spiegato tutto" le dico, arricciando il naso di fronte alla Cupola. "Il mio piano è quello di rimuovere la Cupola e la Melma per convincere Liam del fatto che gli sto dicendo la verità."

"Un piano valido come un altro" commenta lei, alzandosi sul tappeto.

Ci dirigiamo insieme verso i Dormitori. All'interno dell'edificio, trovo una copia perfetta della mia stanza.

"Allora, come funziona?" chiedo, mentre materializziamo due letti. "Si sveglierà semplicemente, come se fosse mattina? Non ricorderà il guasto alle funzioni di sopravvivenza, giusto? Ti prego, dimmi che non ricorderà di aver sofferto e di essere morto."

"No, a meno che non abbia dormito dopo quegli eventi... e non l'ha fatto. Ho appena verificato nel backup della sua mente. La perdita di coscienza a causa dell'asfissia non ha innescato la procedura di backup come avrebbe fatto il sonno, ed è una buona notizia. Invece di ricordare quegli orribili eventi, penserà solo di svegliarsi il giorno successivo al Compleanno."

Mi gira la testa al pensiero di ciò che dirò al mio amico. Come reagirei, se qualcuno mi dicesse che tutti coloro che conoscevo sono morti e che si trattava di un mondo virtuale? Come reagirei alla notizia che il mondo che conoscevo è sparito? In realtà, io so che il mondo è sparito e me la sto cavando bene, perciò forse lo farà anche Liam. Però sta per scoprire di essersi risvegliato in un aldilà creato dalla tecnologia. Cosa si può dire di fronte a una cosa del genere?

"Ascolta, Theo. Prima, ti ho detto una cosa, ma non credo che tu l'abbia colta appieno. Riguarda l'emulazione di Liam e degli abitanti di Oasis in generale." Phoe si siede sulla copia del mio letto. "Le nostre risorse sono ancora limitate, per questo voglio che il pensiero di Liam sia emulato alla normale velocità degli umani." Mi lancia un'occhiata contrita.

"Perché?" domando. "Credevo che avessimo parecchie risorse. Basta guardare il pianeta che abbiamo creato."

"Sì, abbiamo creato degli habitat, ma emulare le persone è molto più difficile. Con la nostra versione della Terra, posso fare ciò che gli antichi scienziati informatici chiamavano 'caricamento asincrono', ovvero utilizzare le risorse per eseguire gli ambienti solo quando si raggiunge quella specifica posizione. Per esempio, poiché al momento non siamo sulla nostra spiaggia, essa non consuma le mie capacità di elaborazione. Il suo codice viene memorizzato in un punto composto fondamentalmente da materia 'stupida', che è più abbondante del nostro sostrato informatico. Con le persone, ovviamente, non posso fare niente di simile, dal momento che memorizzarle è proprio la funzione del Limbo. Quando esistono, è per sempre. Non sarebbe giusto memorizzarle o archiviarle nel Limbo, in nostra assenza. Non sei d'accordo?"

Annuisco.

"Quindi, ecco il mio compromesso" continua. "Puoi riportare indietro tutti i cittadini di Oasis che desideri, ma non avranno una velocità di pensiero pari alla tua o alla mia. La simulazione del pensiero lento è molto più economica dal punto di vista computazionale. I progettisti del Regno avrebbero dovuto metterla in pratica, se avessero voluto accogliere una popolazione molto più numerosa."

Le parole di Phoe sono decisamente sensate, forse grazie ai miglioramenti che ha applicato prima alla mia mente oppure alla sua prolungata presenza. Però noto subito un problema.

"Se lo farai, dato che io funziono molto più velocemente, non mi sembrerà di assistere allo scioglimento di un ghiacciaio, parlando con Liam?"

"Sì, ed è per questo che è giunto il tuo momento, credo, di gestire esistenze multiple, come me." Phoe mi si avvicina sul letto, rivolgendomi un sorriso complice. "Perché hai ragione: con la differenziazione della velocità, impazzirai di noia, come succederebbe a me se tu non pensassi alla mia stessa velocità. Quando eri un normale umano che viveva su Oasis, erano state le conversazioni con te a spingermi innanzitutto a mettere in atto diversi filoni di pensiero."

Ci penso su. In parole povere, mi sta offrendo la capacità di essere in diversi luoghi contemporaneamente, un po' com'era successo quando avevo incarnato l'esercito antivirus.

"Sto solo parlando di due luoghi contemporaneamente, all'inizio" dice Phoe. "E potresti provare sensazioni diverse rispetto alla situazione dell'antivirus, vedrai."

"Va bene" rispondo. "Ma mi sembra un po' ingiusto

che Liam esista ad un livello leggermente inferiore... in confronto a noi, intendo."

"Capisco e sono anche d'accordo, ma la potenza di elaborazione disponibile è troppo bassa, tutto qua. Sospetto che la situazione sarà diversa, quando raggiungeremo il Cervello Matrioska. Nel frattempo, vedila in questo modo: se è l'unica opzione che può permettere a Liam, Mason e al resto di Oasis di esistere, non preferiresti che esistessero con qualche limite, piuttosto che non esistere affatto? E poi, non starebbero peggio di prima. Un'ora trascorrerebbe con la stessa lentezza di un'ora, come sempre, ma loro non sarebbero più controllati dagli Anziani, e non è male come risultato."

Riflettendo sulle sue parole, mi sento meglio. In un certo senso, è vantaggioso vivere a velocità ridotta. Il viaggio verso lo strato più vicino della Matrioska sarà molto più rapido per i miei amici rispetto a me e Phoe. Eppure, questa soluzione mi richiederà di espandere nuovamente le mie capacità ed è parte del problema.

"Alla fine, desidererai comunque la capacità di suddividerti in più filoni" dice Phoe. "Non vuoi essere più simile a me? Non vuoi essere un mio pari?"

Non si è limitata a leggermi nel pensiero: in qualche modo, ha racimolato le speranze e i sogni nel mio subconscio. In questo momento, capisco che, in segreto, ho sempre desiderato essere un suo pari. Non l'ho mai ammesso, nemmeno a me stesso, ma voglio essere come Phoe, e c'è un solo modo per esaudire questo desiderio: Phoe dovrebbe elevarmi al suo livello, perché non sarebbe giusto da parte mia aspettarmi che lei diventasse una creatura inferiore.

"Forse, se io fossi un tuo pari, non saresti così brava a far valere le tue ragioni" commento con finta scontrosità, nel tentativo di deviare i miei pensieri verso un territorio meno accidentato.

"Io non ci conterei." Phoe mi strizza l'occhio. "Al di là della potenza di elaborazione che otterrai, io ti terrò sempre in pugno."

La guardo con occhi socchiusi e lei risponde con due disarmanti occhi da cucciolo.

Mi arrendo e ammetto la sconfitta. Se riesce a sciogliermi con un solo sguardo, che possibilità avrei di imporre la mia volontà? La cosa buffa è che non m'importa.

"Va bene. Stai per formulare un pensiero così sdolcinato che devo assolutamente fermarti" dice Phoe. "Sei pronto per espandere nuovamente le tue capacità?"

"Bene." Chiudo gli occhi. "Sono pronto."

Phoe ridacchia e percepisco un piccolo spostamento d'aria: presumo che abbia appena gesticolato nella mia direzione.

Aspetto. All'inizio, non succede alcunché.

Poi, lentamente, sento qualcosa che fatico a descrivere. È come se improvvisamente diventassi consapevole di un nuovo arto, o meglio, di una serie di arti. Poi mi rendo conto che, in realtà, è una sensazione più complessa.

So di poter avere due corpi contemporaneamente.

Apro gli occhi e mi guardo intorno nella stanza.

La mia visione è identica a prima, anche se forse è diventata un po' più nitida.

"Fai così." Phoe esegue un gesto simile al segno della pace e, di punto in bianco, due Phoe sono presenti nella stanza, una delle quali si trova davanti a me e sembra congelata nel tempo. Guardandola più da vicino, però, mi rendo conto che si sta muovendo molto lentamente, come un insetto intrappolato nella melassa. Quella originale mi sorride sul letto e si muove a velocità normale.

Imito il suo gesto e la mia coscienza si divide.

Un secondo Theo è comparso accanto alla letargica Phoe, o sarebbe più corretto dire che ci sono tre Theo: quello normale, che coincide con la parte pensante, e due corpi che posso occupare allo stesso tempo. La stranezza dei lassi di tempo variabili sperimentati da questi corpi è solo un battito di ciglia in confronto al fatto ben più strano di esistere in due posti contemporaneamente.

Non avrei mai immaginato che una cosa del genere fosse possibile, finché non è successa. Sto guardando con due paia di occhi, respirando con due nasi e muovendo due paia di braccia.

Quando mi adeguo alla dicotomia della mia nuova esistenza, mi concentro sul fatto che uno dei miei corpi sta vivendo un'esperienza del mondo più lenta rispetto all'altro.

In un certo senso, avere una versione lenta di Theo mi sta aiutando ad accettare la mia prima esperienza in assoluto con i filoni multipli di me stesso. Se mi fossi diviso in due parti uguali, l'adattamento sarebbe stato più difficile.

"Imparerai a gestirlo" dice Phoe sul letto. "È un po' come controllare il braccio destro piuttosto che il sinistro, se uno dei due fosse molto più lento dell'altro."

La copia lenta di Phoe si schiarisce la voce e la sento senza problemi con le mie orecchie lente e veloci. Per la mia copia più rapida, il rumore della sua bocca che si muove lentamente è molto dilatato e mi ricorda il canto di una balena.

"Dovremmo andarcene" dice la Phoe più rapida. "Così ti sentirai meno confuso."

Felice di seguire il suo consiglio, il Theo più rapido esce dalla stanza. Phoe scende dal letto e mi segue. La osservo con gli occhi di Theo lento.

Per lui, le due persone che sono appena uscite sembravano gli eroi dei fumetti degli antichi: un attimo prima erano presenti, poi, con movimenti sfocati, si sono dileguate.

Ora che i miei due corpi non sono più nella stessa stanza è davvero più facile rinsaldare questa strana esistenza. Posso vivere il mondo da due punti contemporaneamente, con un'unica mente divisa in due corpi, e in caso di necessità posso concentrarmi su un corpo e smettere di seguire l'altro. Anche spostando l'attenzione avanti e indietro, sono sempre consapevole delle azioni di ciascun corpo.

"Andiamo a costruire il resto del mondo" dice il Theo rapido.

Phoe annuisce e ci lasciamo Oasis alle spalle.

"Riportiamo indietro Liam" dico con la bocca della mia versione lenta.

La versione lenta di Phoe esulta con un gesto, poi Liam compare nel suo letto, addormentato.

27

"Phoe" dice la mia parte in modalità lenta, "puoi scomparire per un momento?"

Phoe svanisce. "Sono nei paraggi, ma invisibile" mi informa. "Sono molto curiosa di scoprire la sua reazione."

"Anch'io" dico, guardando il mio amico addormentato.

Liam giace lì disteso e completamente ignaro.

Mi avvicino al suo letto, chiedendomi se sia il caso di svegliarlo, ma preferisco non farlo.

Mentre aspetto che si risvegli spontaneamente, mi meraviglio di tutto ciò che hanno compiuto le mie copie e quelle di Phoe in così breve tempo. Abbiamo attraversato metà pianeta in volo, con un altro rapporto intimo lungo la strada, e lei mi ha anche insegnato a leggere gli spartiti musicali, cosa che ho sempre desiderato, e poi abbiamo creato un nuovo continente. Abbiamo riempito questa nuova terra di foreste e montagne e ora stiamo discutendo della flora e della fauna con cui popolarla.

"Non sarebbero veri animali, proprio come non siete reali tu e Liam" dice la versione rapida di Phoe. "Si tratta di approssimazioni, simili agli animali che abitavano lo Zoo e il Regno."

Il Theo lento guarda Liam mentre apre gli occhi.

"Ehi, amico, era ora!" esclamo. "Mi stavo stancando di osservarti mentre dormivi."

"Mi hai osservato mentre dormivo?" Liam mi guarda, intontito. "Che cosa inquietante."

Rivedendo il suo volto e riascoltando la sua voce, mi commuovo al punto tale da poter scoppiare in lacrime. Deglutisco per sciogliere il nodo in gola. Se Liam si accorgesse di un comportamento strano da parte mia, non me la farebbe passare liscia, al di là di qualsiasi descrizione grafica della sua morte orribile.

"Ehi, ti senti bene?" chiede, eseguendo un gesto per la pulizia mattutina. "Perché sei così serio?"

"I gesti basati su Oasis funzionano?" chiedo mentalmente a Phoe.

"Sì" risponde ad alta voce, un suono che proviene dal mio letto. Poiché Liam non batte ciglio, presumo di poterla sentire soltanto io, come su Oasis. "I gesti più comuni, come gli Schermi, il Cibo e le pulizie, funzionano" continua. "Se lui eseguisse un gesto per uno scopo imprevisto, dovrei riuscire ad occuparmene in tempo reale."

"Sul serio, Theo" insiste Liam con un'espressione stranamente pensierosa. "Non ti ho mai visto così cupo. Vuoi saltare matematica e parlare di ciò che ti preoccupa?"

"Già." Scuoto la testa per schiarirmi le idee. "Niente matematica, questo è sicuro. C'è qualcosa che devo dirti... e sarà la storia più folle che tu abbia mai sentito, cazzo."

Inarcando un sopracciglio di fronte al mio uso di una parola tabù senza il Pig Latin, Liam posa i piedi a terra ed esegue un gesto per richiamare il Cibo. Una barretta compare nella sua mano e lui la addenta, affamato.

Lo osservo per vedere se si accorge del fatto che questo Cibo è una simulazione, ma Liam non sembra notare alcuna differenza nel sapore o nella consistenza.

Curioso, eseguo un gesto per materializzare il Cibo e lo addento. Potrebbe anche essere il Cibo reale di Oasis, poiché non è affatto diverso.

"L'esperienza con il cibo è così onnipresente in molte menti del Limbo che sono riuscita a ricreare questo prodotto specifico con grande precisione" interviene Phoe. "Ne vado piuttosto orgogliosa. Non ti saresti mai accorto della differenza."

Dopo aver mangiato, Liam si alza e si stiracchia. "Okay, dimmi quello che devi."

"Facciamo una passeggiata" dico, prima di

dirigermi verso la porta. "Mi crederai più facilmente, se saremo all'aperto."

Liam mi lancia un'occhiata interrogativa, ma non si oppone e usciamo dalla stanza. Mentre attraversiamo i corridoi deserti, mi racconta cos'ha fatto 'ieri' durante i festeggiamenti per il Compleanno: principalmente, ha frequentato gli addetti alla soffiatura del vetro. Ciò mi ricorda che, se vogliamo rendere davvero felici Liam e tutti coloro che riporteremo indietro, dobbiamo resuscitare più persone del previsto. Phoe è stata prudente nel prendere precauzioni con le versioni lente, il che non mi stupisce.

"Non ha notato che non ci sono altri Giovani qui intorno" sussurra Phoe alle mie spalle.

"Se ne accorgerà di sicuro" penso. "Quando usciremo, diventerà ovvio."

Infatti, dopo aver camminato per qualche minuto all'esterno, Liam chiede: "Dove azzocey sono tutti gli altri?" Esegue un gesto per richiamare uno Schermo, probabilmente per controllare l'ora.

"L'ho impostata sulle nove del mattino" dice Phoe. "Spero che vada bene per i tuoi piani."

"Sì" le dico mentalmente. Mi rivolgo a Liam: "La sparizione delle persone ha a che fare con la storia folle che sto per riferirti."

"Mmm, okay, ma dobbiamo proprio raggiungere il Confine?"

Avevo intenzione di condurre il mio amico fino al

mio luogo preferito di un tempo, che non piaceva a nessuno perché, da lì, si poteva vedere la Melma.

"D'accordo" rispondo. "Possiamo parlare qui."

Liam si siede comodamente sull'erba a gambe incrociate.

Mi accomodo vicino a lui. "Tutto è iniziato il giorno in cui ho aperto trecento Schermi e ho iniziato a sentire una voce nella mia testa."

Liam mi guarda come se mi fossero spuntate le corna.

"Sì, per un po' ho pensato di essere pazzo, ma non lo ero. Quella voce apparteneva a Phoe."

Le dico mentalmente: "È il tuo segnale."

Phoe ricompare. Liam avrà l'impressione che una ragazza con i capelli dal taglio pixie sia appena emersa dal nulla.

Balza in piedi, guardandola con occhi stralunati, e vedo che si sta chiedendo se sia il caso di scappare o meno. Alla fine, rimane al proprio posto. La sua mancanza di una normale paura potrebbe andare a mio favore oggi.

"Liam, ti presento l'altra mia amica del cuore, Phoe" dico, sforzandomi di non ridere di fronte all'espressione allibita dipinta sul suo povero viso. "Phoe, ti presento Liam."

"Piacere di conoscerti, Liam" dice lei con un inchino vecchio stile.

Poi vedo che indossa ancora il bikini, un

indumento che nessuna ragazza di Oasis oserebbe mai portare, nemmeno durante il Compleanno.

Liam la squadra come se, così facendo, potesse spiegarsi la sua miracolosa apparizione. Vedere il mio amico che si mangia con gli occhi le curve di Phoe mi suscita una sensazione strana.

"Sul serio, Theo?" chiede mentalmente Phoe. "Stai diventando geloso in un momento come questo?"

Non appena pronuncia quelle parole, mi rendo conto che ci ha azzeccato in pieno. Sto provando proprio il sentimento della gelosia. Non me n'ero reso conto, dato che non l'avevo mai provata in passato, e non è affatto piacevole.

"Ecco" dice Phoe ad alta voce con un gesto in direzione del suo corpo. Il bikini viene sostituito dal monotono abbigliamento tipico di Oasis. Liam sembra calmarsi... leggermente.

"Che azzocey?" si rivolge a me, prima di guardare Phoe e aggiungere: "Non ti ho mai vista prima. Com'è possibile? Ti sei nascosta da me per tutta la vita?"

"Lascerò che sia Theo a parlare" risponde lei con un sorriso da un orecchio all'altro. "Posso andarmene, se preferite."

"Rimani pure" rispondo. "Non è una dei Giovani" dico a Liam, "ma qualcosa di completamente diverso."

Liam resta ad ascoltare in un silenzio sbalordito mentre gli spiego che gli Anziani hanno manomesso da sempre le menti delle persone.

"Ho queste nanomacchine nella testa?" Liam

guarda Phoe e me, poi si sfrega la sommità del capo, come se sperasse di percepire i nanociti attraverso il cranio.

"Non le hai più, non in questo stato" risponde Phoe. "Ma le avevi, finché non sei andato a letto dopo il Compleanno."

"Questo stato" ripete lui, mimando le virgolette con le dita. "Cosa vorresti dire?"

"Ci arriveremo" rispondo, poi dico mentalmente a Phoe: "Credevo che avrei assunto io il comando."

"Scusa per l'interruzione" risponde Phoe ad alta voce. "Lascio continuare Theo."

"Perciò, sì. Dimentica lo stato in cui ci troviamo" proseguo. "Lascia che ti spieghi qualcos'altro sulle manomissioni e risponderò anche ad alcune tue domande."

Liam mi interroga a lungo sulle manomissioni e gli fornisco tutte le risposte, indirizzando pian piano la conversazione verso l'esempio di manomissione più difficile da credere: l'Oblio.

Dopo che gli ho illustrato la situazione di Mason, che mi aveva rivelato l'Oblio per la prima volta, Liam dice: "Okay, posso credere al fatto che gli Anziani mi facciano dimenticare qualcosa con qualche tecnologia, ma se ti aspetti che io creda di aver avuto un amico per tutta la vita, un amico intimo come te, che gli Anziani hanno cancellato dai miei ricordi, allora non mi conosci affatto. Una cosa simile è impossibile. Non sono certo un amico così pessimo."

"Puoi revocare l'Oblio di Liam a proposito di Mason?" chiedo mentalmente a Phoe. "Credo che impiegherò molto tempo a convincerlo di credere a tutte le follie che devo ancora raccontargli."

Phoe gesticola in direzione di Liam, poi lo fissa con aria preoccupata.

Liam si prende la testa tra le mani e spalanca gli occhi. Ha il fiato corto e rivivo la scena spiacevole di quando stava soffocando su Oasis.

Dopo qualche secondo, sussurra: "Quegli stronzi. Riesco *davvero* a ricordare Mason. Ma ricordo anche di *non* averlo più ricordato. È da pazzi. E l'hanno ucciso davvero? Pensavo che morire fosse impossibile. E per quelle cazzate di Grace? Pensavo che lo avrebbero condannato a un anno di Quiete, invece di optare per una soluzione così definitiva."

Prosegue in questo modo, finché non intervengo: "Ti spiego. Anche se l'hanno ucciso sul serio, possiamo riportarlo indietro. In un certo senso, quella propaganda a cui credevamo tutti sull'impossibilità della morte è veritiera."

Liam ha la stessa espressione di una persona la cui incredulità è già sovraccarica, come se non sapesse quante altre notizie incredibili riuscirebbe ad accettare.

Gli racconto quindi che il mondo intorno a noi non è l'Oasis dei suoi ricordi.

"Ecco perché non c'è nessuno in giro" riassumo, "e perché posso fare questo."

Gesticolo verso la Cupola ed essa scompare. Gesticolo verso gli arbusti che ci impediscono di vedere la Melma ed essi scompaiono. Non appena Liam ha dato un'occhiata esaustiva alla Melma, la trasformo in un oceano blu. "Anche questa non è la vera realtà, ma puoi farti un'idea."

Il suo viso è di pietra mentre si alza e va verso l'oceano. I suoi passi si trasformano in una corsa, allora lo inseguo, non sapendo bene se la sua sia una reazione positiva o negativa.

Senza esitazione, Liam entra in acqua.

Cerco di capire se Phoe sia preoccupata, ma è difficile leggere la sua espressione, perciò chiedo: "È stato troppo per lui?" Prima che mi risponda, Liam si tuffa in acqua. Alzo la voce: "Ha intenzione di suicidarsi nell'acqua?"

28

"**S**ta bene" mi rassicura Phoe. "La sta prendendo meglio di quanto mi aspettassi. Si sta solo facendo una bella nuotata mentre metabolizza il tuo racconto."

Dopo aver sguazzato per qualche minuto, Liam esce dall'acqua con gli abiti fradici. Phoe gesticola e Liam è immediatamente asciutto.

Sembra allora accorgersi di qualcosa e dice: "Quello è un vero oceano."

"Non è proprio reale, ma è reale tanto quanto potrebbe esserlo qualsiasi cosa nelle nostre vite, ormai" rispondo, poi gli spiego la verità più dura di tutte: non stiamo più vivendo all'interno di un corpo biologico. Tento perfino di spiegargli l'esistenza della mia versione rapida, che attualmente sta imparando a scolpire il marmo.

Chiedo aiuto a Phoe per spiegare il funzionamento

delle menti caricate. Quest'ultima gli illustra l'emulazione realistica di tutte le sue molecole, compreso il connettoma del suo cervello, e il modo in cui lei ha creato l'acqua, la terra e il cielo.

"A rendere gli esseri umani così speciali, secondo me, è il modello di informazioni che rappresentano" aggiunge Phoe. "I ricordi, le abitudini, le simpatie e le antipatie, gli interessi e un miliardo di altre cose sono quelle che ti rendono 'Liam', non la carne, l'acqua e le ossa di cui sei composto."

"Ma io mi sento completamente reale" protesta Liam.

"E lo sei" dice lei. "Sei un modello di informazioni che riconosce se stesso come Liam. Sei qui nei panni di quel modello. Ecco cosa significa 'essere reale' per me."

Liam scuote la testa. "Se vi aspettate che io creda a una teoria così strampalata, dovrete mostrarmi un miracolo molto più impressionante della sparizione della Cupola."

"Ti capisco. Come disse un saggio, un tempo: 'Affermazioni straordinarie richiedono prove straordinarie'" risponde Phoe, poi si avvicina al limitare dell'oceano. "Che ne dici di un classico?"

Cammina sull'acqua e gli occhi di Liam schizzano fuori dalle orbite.

"Riesco a fare anche questo." Phoe indica l'acqua sotto i propri piedi, che si trasforma in un liquido rosso. "È vino" gli spiega. "Ho trasformato in vino l'acqua di tutti gli oceani su questo pianeta."

Liam si avvicina all'oceano e raccoglie il vino nel palmo della mano. Magari l'alcol lo aiuterà ad affrontare la situazione?

A migliaia di chilometri di distanza da Oasis e da Liam, il Theo rapido e Phoe sono seduti sulla nostra spiaggia e parlano della reazione di Liam. Davanti a noi c'è un vassoio di formaggi e teniamo in mano dei calici pieni di vino oceanico.

Mentre parlavo con Liam sulla pseudo-Oasis, la mia versione rapida ha imparato a suonare e a comporre la musica per pianoforte, una conseguenza logica di quelle lezioni sugli spartiti che ho affrontato un po' di tempo fa. Ho anche letto circa una decina di manuali architettonici e, a tempo perso, mi sono occupato di murales per decorare alcuni degli ambienti che abbiamo creato.

Phoe ha inventato un sistema per comunicare con la struttura della Matrioska. Anche se non possiede un metodo progettato specificamente per la comunicazione, ha escogitato un modo per consentire a piccole particelle, simili a quelle di una meteora, di penetrare il suo scudo, creando picchi di radiazioni che possono essere rilevati da lontano. Ha in mente altre soluzioni simili e suggerisco di provarle tutte, cosa che lei fa.

Con i miei occhi lenti, osservo Liam che si dà un pizzicotto per la centesima volta, allora dico: "Tanto vale raccontarti la parte più strana, dato che, a questo punto, non potresti andare più in paranoia di così."

Gli spiego che ci troviamo su un'astronave, la quale viaggia in un sistema solare post-singolarità. Gli dico che l'astronave è Phoe e, per quanto sembri strano, aggiungo che io e lei abbiamo anche una relazione sentimentale.

Liam prende piuttosto bene la natura di Intelligenza Artificiale di Phoe... forse perché lei è molto attraente. Non tocca nemmeno la questione dei miei appuntamenti amorosi in generale, o di quelli con Phoe nello specifico, e lo apprezzo, poi fa parecchie domande per chiarire alcuni punti.

"Se siamo su un'astronave e nel sistema solare esiste una specie di roba pensante, perché non ci hanno mai contattati?" chiede Liam, abbandonandosi sulla sabbia accanto a noi.

"Questa è una bella domanda." Phoe si china in avanti con gli occhi che luccicano per l'impazienza. "Secondo la mia teoria, si facevano degli scrupoli morali a proposito di interferire con noi, oppure ci hanno semplicemente persi. Dopo l'inizio della singolarità, sospetto che gli antenati dei costruttori della Matrioska abbiano progettato le loro navicelle personali nello sforzo di espandere la loro intelligenza in tutto l'universo. Probabilmente, le loro navicelle erano nano-dimensionate, e lo spazio è grande, perciò è possibile che quelle minuscole navicelle non siano mai entrate in contatto con noi. Scopriremo la verità molto presto perché, se prima ci hanno persi, ci noteranno a breve, se non l'hanno già fatto. Come

Theo già sa, ho fatto tutto il possibile per riuscire a comunicare con loro."

Guardo Liam. Non so proprio a cosa stia pensando, perché perfino io sono rimasto confuso dalle parole di Phoe. "Credi che, là fuori, esistano altre strutture delle dimensioni del sistema solare? Vicino ad altre stelle?"

"Sì. Se tu potessi farlo, non vorresti provare a raggiungere le stelle?" chiede Phoe. "Loro hanno i mezzi per viaggiare nello spazio grazie ad una tecnologia insondabile e avanzata, e possiamo presumere che ne avessero anche la volontà, perché è quello che fanno le creature pensanti: esplorano il loro ambiente. Gli esseri umani si erano sparsi su tutta la Terra antica, perciò i loro lontani discendenti non saranno molto diversi. Credo che, un giorno, l'intelligenza sarà diffusa nell'intero universo, generando menti che probabilmente considereranno piuttosto primitivi quegli abitanti della Matrioska."

"Okay, penso che questa conversazione debba essere affrontata dalle vostre cosiddette copie rapide senza di me" commenta Liam, massaggiandosi le tempie. "Quello che voglio sapere è, supponendo di tralasciare il tabù dei rapporti sessuali, come potete avere una relazione se lei è un'astronave?" Fa una pausa e squadra Phoe da capo a piedi. "Anche se sembri troppo umana per essere un'Intelligenza Artificiale."

A quanto pare, ho lodato l'apertura mentale di Liam troppo presto.

"Stiamo cercando di capirlo anche noi" risponde Phoe. "Per dirla in modo semplice, ripeto ciò che ho detto prima: io sono un modello di informazioni, proprio come voi. La mia storia mi ha resa quella che sono, proprio come la vostra vi ha resi quelli che siete. Nel vostro caso, milioni di anni di evoluzione hanno plasmato il vostro organo computazionale: il cervello. Il vostro Docente di biologia la chiamerebbe la vostra natura. Bisogna anche considerare l'educazione, cioè le influenze della società sul vostro cervello in via di sviluppo. Nel tuo caso, Liam, la tua educazione è stata influenzata dal fatto di essere cresciuto in un mondo utopico incasinato, dalle tue interazioni con Theo e con tutte le altre persone che hai conosciuto. Tutti questi elementi hanno plasmato la persona che sei. Nel mio caso, sono partita con un progetto, perciò quella è la mia natura. La mia natura è umana, in fondo, o almeno io ne sono convinta, essendo stata progettata da menti umane per avere a che fare con altre menti umane. Come te, le interazioni con Theo durante la mia vita cosciente hanno contribuito a plasmare la mia personalità, perciò la combinazione tra la mia natura e la mia educazione sono sfociate in quello che vedete qui. Considerando la mia stessa definizione di essere umano, io mi vedo come un'umana molto speciale. Theo sta diventando sempre più simile a me, perfino durante questa conversazione. Ha appena letto tutti i libri di informatica che sono riuscita a trovare negli archivi e, un giorno, ha intenzione di rimodellare la sua mente secondo la sua volontà."

Ciò che ha detto è vero – la mia versione rapida ha appena letto tutti quei libri – ma, mentalmente, rimprovero Phoe per aver sollevato l'argomento, perché l'ultima cosa che voglio è che Liam cominci a pensare che mi sto trasformando in un tipo strambo.

Con mio sollievo, però, Liam mi guarda confuso piuttosto che spaventato. "Ma... Come posso esprimermi?" Il suo viso arrossisce per la prima volta da quando lo conosco. "I matrimoni e le relazioni degli antichi non si basavano sulla procreazione? Se tu sei un'astronave e lui è qualsiasi cosa sia, come potete...?" Si guarda intorno, come se qualcuno potesse arrestarlo per aver parlato di un tabù.

Phoe mi cinge con un braccio. A quanto pare, il disagio di Liam la diverte. "Beh, a noi piace praticare l'arte antica che portava alla procreazione..."

"Ti sta chiedendo se tu e io possiamo avere dei bambini" la interrompo, incapace di impedire alle mie guance di arrossire come quelle di Liam. Io e Phoe non abbiamo mai parlato di avere dei figli, pur avendo parecchio tempo a disposizione con le nostre versioni rapide.

"Se lo volessimo, potremmo scegliere diverse strade" risponde Phoe senza battere ciglio. "Ad un livello molto primitivo, posso emulare il mescolamento del DNA che, combinato con l'accurata funzionalità del corpo, confluirebbe in una tenera creaturina urlante. Naturalmente, sarebbe sciocco creare un bambino in questo modo. Probabilmente, un nostro ipotetico figlio sarebbe il prodotto della fusione delle nostre menti e della scelta delle caratteristiche che vorremmo vedere in un altro essere."

Si interrompe, perché Liam sembra pronto a strisciare nell'oceano da un momento all'altro.

Vado a posargli una mano sulla spalla. "Ehi, sono sempre io. Solo un po' più cervellone."

"Mi occorrerà un anno intero per digerire tutto" commenta Liam. "Presumo che possiate riportare indietro Mason in qualsiasi momento, giusto?"

"Beh, sì, presumo" rispondo. "Non ho ancora pensato al momento adatto, ma..."

"Potete farlo adesso?" chiede Liam. "Non mi piace essere l'unica persona confusa."

"Parli sul serio?" Mi gratto dietro la testa e guardo Phoe.

Si stringe nelle spalle.

"Volevo aspettare che tu ti adattassi completamente alle nuove informazioni che ti abbiamo dato, ma se riportare qui Mason ti farà stare meglio, allora torneremo senz'altro in quella stanza e Phoe lo riporterà indietro."

Liam si alza con troppo entusiasmo, nonostante gli sia appena crollato addosso tutto il suo mondo. "Andiamo. Non vedo l'ora di guardare la sua espressione da scemo, quando scoprirà di non essere l'unico idiota del gruppo ad avere una cotta per una ragazza."

Torniamo al Dormitorio e, nel lasso di tempo che occorre alle nostre versioni lente per raggiungere la camera, le nostre versioni rapide parlano di procreazione in ogni minimo dettaglio. Le modalità per creare un'altra creatura pensante sono davvero infinite e quella tradizionale è l'opzione meno interessante. Concordiamo anche sul fatto che è troppo presto avere un bambino nella nostra relazione e, con l'imminente incontro con la Matriosca, non è ancora il momento giusto.

Raggiungiamo la stanza del Dormitorio e riportiamo indietro Mason.

Rivedere lui è più incredibile rispetto a quando abbiamo riportato indietro Liam, forse perché Mason se n'era andato da più tempo, oppure perché avevo già accettato la sua morte, mentre nel caso di Liam non ne avevo avuto il tempo.

Spiegare la situazione a Mason risulta più difficile, anche se ripetiamo alcuni fenomeni che abbiamo già riprodotto con Liam, come trasformare la Melma in oceano e rimuovere la Cupola. Liam ha un'ottima idea e chiede alle nostre versioni rapide di cercare altri miracoli nelle tradizioni degli antichi per convincere Mason di questa nuova realtà. Phoe escogita un sistema che, finalmente, rappresenta un punto di svolta per Mason: con un guizzo del polso, trasforma Liam in un rospo e, quando Mason è abbastanza spaventato per il destino del suo amico, Phoe dà un bacio sulla testa verde e bitorzoluta del rospo, che riassume la corporatura tarchiata di prima.

Seduto sull'erba con un'espressione scioccata, Mason chiede: "Allora, se quello che avete detto è vero, quando potete riportare indietro Grace?"

"Ah, è così?" Liam alza gli occhi al cielo. "Ti rendi conto di essere stato ucciso proprio per la tua infatuazione nei suoi confronti, vero?"

"Smettila di rompergli le scatole" replica Phoe, prima di muovere il polso in direzione di Liam.

Liam impallidisce. Probabilmente, credeva che Phoe l'avrebbe ritrasformato in un rospo.

"Sul serio, Liam" dico, "devi dare un po' di tregua a Grace. È stata coraggiosa, quando l'aria su Oasis era..."

"Chiudete la bocca e riportatela indietro" mi interrompe Mason, incrociando le braccia. "Voglio rivederla e basta."

"D'accordo" accetto. "Ma dobbiamo capire come farlo, perché sarebbe strano se la incontrassimo nella sua stanza al risveglio."

"Giusto" dice Phoe. "Sarebbe proprio questo l'unico dettaglio che le sembrerebbe strano."

Ignoro il suo sarcasmo – sospetto che derivi dalla gelosia – ed escogitiamo un piano. Phoe assumerà l'aspetto di Moira, un'amica di Grace, e accompagnerà quest'ultima fuori dal Dormitorio. Poi, noi incontreremo Grace e seguiremo un copione simile a quello usato con Liam e Mason, con tanto di miracoli e tutto il resto.

La mia versione lenta farà sì che Grace stia dalla nostra parte, così come la sua amica Moira in seguito e, infine, un paio di altri Giovani. Nel frattempo, il sole virtuale comincia a tramontare sul pianeta da noi creato e tutti decidono di andare a dormire. Assistere a miracoli per tutto il giorno può essere molto stancante.

Io, Liam e Mason andiamo nella nostra stanza, materializziamo i letti e ci infiliamo sotto le coperte, proprio come abbiamo fatto sempre alla fine di una lunga e faticosa giornata.

"Domani dovremo pensare a chi altri riportare indietro" dice Mason nel bel mezzo di uno sbadiglio. "E forse avrò la possibilità di parlare con Grace."

"Dovremmo anche parlare del funzionamento di questa nuova società" afferma Liam, posando la testa sul cuscino. "Io voto per vivere sul pianeta creato da Phoe e Theo. Sono stufo da molto tempo del campus dell'Istituto e ho sempre desiderato vedere il deserto."

"Già" rispondo, fingendo di sbadigliare. "Domani."

I miei amici si addormentano, ma io no, perché ho modificato la mia mente per non provare più il bisogno di dormire. Non ho però avuto il coraggio di rivelarlo a loro.

Unisco la mia versione lenta a quella rapida: la rilancerò quando uno dei miei amici si risveglierà il mattino successivo.

Mentre loro dormono, vivo anni e anni di esperienze nella modalità rapida. In questo lasso di tempo, arrivo a conoscere Phoe così bene da riuscire a prevedere le sue affermazioni nella maggior parte delle situazioni. È come se ora avessi in mente un modellino di Phoe. Secondo la letteratura antica, le coppie che stavano insieme da molto tempo ne erano capaci, ma in misura davvero ridotta.

Mi piace avere tutto questo tempo a disposizione, che mi permette di seguire i miei capricci. Ho letto tutte le poesie degli antichi archivi e adesso ne scrivo di mie, cosa che Phoe trova un po' sdolcinata, soprattutto quando le dedico a lei.

Per fare diverse cose interessanti contemporaneamente, accetto di lasciare che Phoe imposti altri due filoni di esistenza per me, caratterizzati dalla stessa velocità di quello che definivo 'rapido', anche se adesso comincia a non piacermi questo termine.

Dopo aver usato tre esistenze per qualche giorno, comprendo meglio questo modo di essere. Non mi trasmette più sensazioni strane, come se il mio pensiero fosse indipendente dal mio corpo. Le mie varie identità sembrano arti di un essere molto più grande. Vedendo me stesso come una coscienza che non deve per forza abitare un corpo specifico, mi sto avvicinando sempre di più alla natura che ha sempre caratterizzato Phoe. Come lei, mi piace avere questi corpi perché mi permettono di godere di piaceri fisici e di interagire con l'ambiente, ma non ho più bisogno di un corpo specifico.

"Scusa se interrompo le tue riflessioni metafisiche, ma devo mostrarti una cosa molto insolita" pensa con urgenza Phoe nella mia mente. "Ti collego alle mie funzioni sensoriali."

Immediatamente, vedo il mondo dal punto di vista di un'astronave, ma, a differenza dell'ultima volta, non stiamo volando.

Però non è probabilmente questa la cosa urgente che Phoe voleva mostrarmi.

No, scommetto che è quel ricciolo che collega la struttura di Phoe allo strato più vicino della megastruttura da noi chiamata Matrioska, un ricciolo apparentemente composto dallo stesso materiale che permea il resto del sistema solare, solo che è molto sottile, come un raggio di luce.

Di colpo, non sto più guardando tramite i sensori della navicella, ma trovo un'unica versione di me stesso sulla spiaggia, il nostro luogo di conversazione preferito.

La luce della luna proietta un chiarore romantico sulla scena, ma il romanticismo non mi passa neanche per la testa quando scorgo il bel viso di Phoe sotto quella luce. Sembra davvero spaventata. Non ero nemmeno sicuro che potesse spaventarsi fino a questo punto.

Di fronte alla sua paura, provo un tuffo al cuore e

non mi curo nemmeno di chiedermi se il mio cuore sia reale o meno.

"Percepisco qualcosa, o qualcuno, che sta entrando nelle mie risorse informatiche" sussurra Phoe, in soggezione. "Il nostro mondo è in una fase di riorganizzazione molto delicata. Io..."

Si interrompe, perché una sagoma compare improvvisamente davanti a noi.

È un uomo. Avrà circa la mia età, ma non l'ho mai visto prima né su Oasis né nel Regno.

Eppure, ha qualcosa di vagamente familiare.

"Ciao, Theo. Ciao, Phoe" esordisce. Non ho mai sentito la sua voce, ma anche quella ha un suono familiare. "È un onore conoscervi, finalmente. Mi chiamo Fio."

29

S quadro l'estraneo da capo a piedi.

"Chi sei tu?" chiedo, proprio mentre Phoe domanda: "Che cosa sei?"

"Mi scuso per il modo in cui sono entrato nel vostro territorio." Fio allarga le braccia muscolose per indicare la spiaggia e l'oceano. "Non avete modo di ricevere comunicazioni, quindi abbiamo dovuto ricorrere a questo approccio brutale. Se preferite, me ne andrò."

"No" risponde Phoe, incrociando le braccia. "Sai bene di aver catturato completamente la nostra attenzione. Non puoi andartene senza spiegare chi sei e cosa vuoi."

Fio ci rivolge un sorriso vagamente familiare. "Lo so, lo ammetto. Ad essere sincero fino in fondo, posso prevedere cosa potreste fare o dire voi due con una precisione molto alta. E so anche che, con queste parole, vi renderò più paranoici ma, allo stesso tempo, apprezzerete la mia franchezza."

Phoe, a differenza di me, nasconde la propria reazione. Io non riesco a nascondere la confusione sul mio viso.

"È sicuro per noi parlare mentalmente?" penso, rivolgendomi a Phoe.

"Posso sentire le vostre comunicazioni mentali proprio come se parlaste ad alta voce" interviene Fio in tono di scuse. "Voglio essere sincero per guadagnarmi la vostra fiducia. In ogni caso, nascondere la conversazione non vi sarebbe d'aiuto perché, come ho detto, probabilmente so già cosa direte."

Phoe socchiude gli occhi. "Non sei tu nello specifico, giusto? È qualcuno là fuori, nel mondo della Matrioska, a sapere cosa potremmo dire o fare, corretto?" domanda Phoe con la sicurezza di chi conosce la risposta.

"L'hai già capito" risponde Fio, sfregandosi il mento familiare. "Due secondi prima di quanto pensassero loro."

"Libero arbitrio all'ennesima potenza." Phoe sorride furbescamente. "Due secondi. Benissimo."

"Capito cosa?" Li guardo entrambi con espressione scocciata.

"Come mai sa cosa potremmo dire e perché ha un'aria così familiare" afferma Phoe. "Non l'hai ancora capito?" Indica il proprio mento. "Ci hanno emulati."

"Cosa?" Osservo di nuovo i lineamenti di Fio nella

speranza di trovare una risposta nel suo aspetto familiare.

"È piuttosto semplice." Fio mette le dita a forma di piramide davanti al viso. "Per capire come comunicare al meglio con questa astronave, i cittadini di quello che Phoe ha definito il mondo Matrioska hanno analizzato questa navicella da lontano, creandone poi una simulazione da studiare. Una simulazione molto accurata che cercava di includere la composizione fisica della navicella. Hanno scoperto presto l'esistenza di un antico sostrato informatico in esecuzione nell'hardware simulato della navicella e si sono accorti che, inavvertitamente, avevano ricreato gli elementi in funzione nel sostrato. Alla proprietà senziente da loro scoperta sono state subito date la cittadinanza e una possibilità di scelta simile a quella che darò a voi."

"Ancora non capisco" replico.

"Theo non controlla la mia stessa quantità di risorse" dice Phoe a Fio, "quindi, a volte, c'è bisogno di imboccarlo con i concetti."

"Lo so." Fio mi rivolge un sorriso amichevole. "So anche quanto diventerà magnifica la mente di Theo, quando comincerà davvero ad espandere le sue capacità."

"Lo credo bene" risponde Phoe. "Ho già visto un barlume della sua mente."

"Parlare di me come se non fossi nemmeno presente è molto divertente." La mia irritazione è dovuta soprattutto a Phoe, che dovrebbe stare dalla mia parte, e non a Fio. "Potete spiegarmi cosa diavolo sapete voi due che io non riesco a capire?"

"È solo logica" afferma lei, guardando Fio. "Se hanno creato una simulazione accurata di questa astronave, significa che, allo stesso tempo, hanno ricreato anche una versione di me e te. Versioni molto precise, per così dire."

"Copie di me e te? Vuoi dirmi che c'è un altro Theo là fuori, non un'altra esistenza ma una persona i cui pensieri sono per me inaccessibili?" L'idea è tanto strana quanto eccitante. "Questa persona ricorda tutto quello che ho fatto e sta aiutando Fio a capire cosa potrei dire?"

Fio abbassa le braccia lungo i fianchi. "In senso stretto, non si tratta di copie ma di ricreazioni. E poi, ormai, non ce ne sono più soltanto due, poiché hanno scelto di replicarsi – nel senso più stretto della parola – quando è stata data loro la possibilità, ma nel complesso hai detto bene. Il tuo alter ego e quello di Phoe mi stanno dando consigli su questa missione, aiutandomi a capire il modo migliore per comunicare con voi e cosa aspettarmi, dicendomi che avreste perdonato questa intrusione e avvisandomi di essere sempre sincero."

"Theo non riesce ancora a capire" afferma Phoe. Si porta una mano alla fronte, frustrata. "Non capisce chi sei tu per noi." Si gira verso di me. "Non noti la somiglianza, Theo? Guardalo più da vicino."

Osservo Fio e Phoe, poi materializzo uno specchio e guardo il riflesso.

Il mio battito cardiaco si impenna. Fio assomiglia un po' a Phoe e un po' a me.

Anche la sua voce è molto simile alla mia, ma i suoi lineamenti mi ricordano lei, soprattutto il mento.

"No" rispondo. "Non puoi essere così. È troppo strano."

"Temo che tu abbia capito bene." Fio mi strizza l'occhio, proprio come farebbe Phoe. "Io sono il figlio delle vostre approssimazioni."

Guardo Phoe, che annuisce. "Potrebbero aver scattato quell'istantanea virtuale dell'astronave mentre parlavamo di procreazione."

"Sì, ma un figlio grande, che cammina e parla?" esclamo, sforzandomi di non andare a dare un pizzicotto sulla guancia a Fio per verificare che sia reale. "Significa che sei anche *nostro* figlio? Come funziona?"

"Se mi stai chiedendo delle mie emozioni, voglio molto bene a entrambi, ma d'altro canto tutta la nostra società vi è affezionata. Se invece mi stai chiedendo cosa dovresti provare nei miei confronti, non tocca a me dirlo. I miei genitori sono i miei genitori e voi mi ricordate com'erano... molto tempo fa. Non siete come sono diventati loro adesso. È passato molto tempo nel nostro mondo. Sono molto felice di essere nato, perché in seguito mi hanno scelto per questa importantissima missione. Spero che vedere me come ambasciatore vi faccia sentire più a vostro agio."

"Non so bene se mi sentirò mai a mio agio in proposito" replico.

Phoe mi posa una mano sulla spalla.

"Mi dispiace saperlo" dice Fio. "Spero almeno che il nostro incontro ti abbia fatto intravedere il nostro mondo e le sue capacità, le sequenze temporali, eccetera. Se il mio volto familiare non ti mette a tuo agio, dimmi cosa ti servirebbe e vedrò cosa posso fare. Ovviamente, io sono molto onorato di essere il vostro primo contatto. Voi due siete delle leggende viventi. Una mente umana e una delle prime menti artificiali... Basta questo a rendervi una sorta di miracolo della storia e dell'archeologia. E avete anche una relazione, una storia d'amore contro ogni previsione, che valica le modalità della mente. Tutti parlano di voi. Sono state scritte delle storie sul vostro conto e cantate delle canzoni."

"Il loro funzionamento è molto più rapido del nostro" spiega Phoe, prima che io riesca a chiedere come possono loro venerarci se hanno appena recepito i tentativi di comunicazione di Phoe.

"È vero" conferma Fio, guardandomi. "Noi funzioniamo molto, molto più velocemente. Ma se lo preferite, posso darvi il nostro computronio, così potrete godere di un funzionamento rapido tanto quanto il nostro e..."

"Sì" risponde Phoe. "Per favore. Scusa se ti

interrompo, ma sì. Vogliamo avere la stessa velocità degli abitanti del tuo mondo."

Fio sorride ed esegue un complesso gesto delle mani.

Qualcosa cambia, anche se non riesco bene a capire cosa. È quasi come se l'aria fosse più fresca, il rumore delle onde dell'oceano più corposo e la luce della luna più magnifica.

"Adesso posso gestire questo mondo con maggiore accuratezza" dice Phoe, spiegandomi i cambiamenti.

"Fino ad arrivare agli atomi, vedo" dice Fio. "Non è il limite ultimo, comunque. Le nostre versioni dei mondi virtuali come questo sono ancora più precise, ma possiamo parlarne più avanti."

Phoe sgrana gli occhi e perfino io afferro il significato delle parole di Fio. Implicitamente, vuol dire che è fattibile simulare la realtà in una misura più piccola rispetto agli atomi, a livello quantico o addirittura inferiore, se possibile.

"Ci divertiremo a parlare di questi argomenti per millenni" dice Fio. "Ma Phoe sta per chiedere..."

"Qual è lo scopo della tua visita?" chiede Phoe, stringendomi la spalla. "Credo di saperlo, ma voglio sentirtelo dire."

"E io voglio scoprirlo per la prima volta" intervengo. "Anche se probabilmente posso indovinarlo."

"È molto semplice." Fio allarga le braccia. "Sono qui per offrirvi delle scelte. Alcune riguardano la vostra inclusione nel mondo Matrioska, come l'avete chiamato. Altre *non* riguardano la vostra inclusione, se è ciò che desiderate."

"Perché non ci elenchi queste possibilità?" suggerisce Phoe. Lascia andare la mia spalla e si siede sulla sabbia a gambe incrociate. "Che cos'hai da offrire?"

"Potete unirvi al nostro mondo propriamente detto." Fio indica verso l'alto. "Penso che questa sia la scelta più interessante, ma richiederà anche l'adattamento più impegnativo in assoluto da parte vostra. Le mie sembianze sono altamente personalizzate per poter comunicare con voi, ma il vero Fio e i miei genitori vivono e pensano in modo molto diverso dalla vostra esistenza attuale. Sareste ancora voi stessi, ovviamente, ma col tempo, nel nostro mondo, diventereste capaci di imprese che la lingua che sto usando adesso non può descrivere. È come la differenza tra un bambino e un adulto."

Mentre assimilo queste informazioni, Fio si siede per imitare la posizione a gambe incrociate di Phoe. "Altre opzioni includono mondi minori" prosegue, "ma non per questo meno interessanti. Abbiamo mondi virtuali simili ai videogiochi, in cui fisica e matematica funzionano in modo diverso. Abbiamo anche simulazioni degli antenati. Sono interi universi virtuali popolati da menti che comprendono esseri antecedenti ai cittadini della Matrioska, Intelligenze Artificiali come le avete sempre immaginate, primitivi ibridi tra umani e Intelligenze Artificiali, fino ad arrivare a un universo abitato da menti di livello umano... un luogo in cui, sospetto, molti precedenti abitanti del Regno vorranno abitare, quando proporremo loro le stesse opzioni. So che tu, Theo, non vorrai unirti a questo gruppo di universi in particolare, perché a Phoe non sarà permesso di venire con te."

La mia mente è travolta dalle implicazioni di queste scelte. Sta dicendo che possiamo vivere in molte realtà, ciascuna delle quali sembra più meravigliosa della successiva, e che anche le persone attualmente nel Limbo potranno scegliere, il che è un bene.

Noto che Phoe e Fio mi guardano, pieni di aspettativa, perciò rispondo: "Hai ragione. Andrò dove andrà Phoe, quindi sì, gli universi puramente umani non fanno per me."

"A meno che io non decida di declassarmi per raggiungere il livello di intelligenza degli umani" interviene lei. "Non è impossibile, vero?"

"No, è fattibile, e alcuni di noi ci hanno perfino provato. Ma non soffermiamoci su questo esempio. Quell'universo di livello umano è soltanto una delle opzioni a vostra disposizione. Le altre possibilità sono davvero infinite. Una delle opzioni possibili è questa." Allarga le braccia per indicare il mondo che abbiamo creato. "Possiamo fornirvi tutte le risorse computazionali necessarie per costruire un vostro universo basato sul mondo che avete iniziato. Potete resuscitare tutti gli abitanti di Oasis, permettere loro di funzionare alla vostra stessa velocità, permettere loro di generare figli..."

"Dobbiamo scegliere una singola opzione?" chiede Phoe. "Io e Theo siamo solo dati. Non potete creare una copia esatta di noi due e offrirci più di un risultato?"

"Possiamo farlo, se lo desiderate" risponde Fio. "Possiamo creare copie esatte di voi due. Nel nostro mondo, lo facciamo continuamente con noi stessi."

"Bene, allora non potete creare una serie di nostre copie e permettere loro di popolare ogni universo disponibile, così come permetterci di stare qui e di costruire un nostro pianeta, ma di vivere anche nel vostro mondo Matrioska e così via? In altre parole, possiamo scegliere tutte queste opzioni contemporaneamente?"

Mi siedo accanto a loro. Mi fa male la testa, mentre immagino questo scenario.

Fio ci mostra un largo sorriso, molto simile a quello di Phoe. "Questo è un raro passaggio della nostra conversazione a proposito del quale mia madre non sapeva bene se avresti escogitato da sola la soluzione appena descritta. In caso contrario, l'avrei proposta io."

"Quindi è un sì?" chiede Phoe, sgattaiolando vicino a me. "Non siamo costretti a scegliere?"

"Potete avere quello che volete" risponde Fio. "Lo scenario 'di cui sopra' è sicuramente un'ottima scelta per un essere della tua levatura. Così, ogni mondo potrà conoscervi e molte entità saranno molto felici.

Quando io raggiunsi la maggiore età, feci proprio quello che hai appena descritto. Ci sono mie copie in esecuzione in molti universi... copie a cui non posso accedere. Se vi capitasse di incontrarle... ah, chissà quali conversazioni potreste affrontare..." Lo sguardo di Fio diventa vacuo, mentre lui si perde in quella fantasia.

"Okay. Io e Theo dovremo pensarci su, ovviamente" conclude Phoe, massaggiandomi delicatamente la parte posteriore della testa. "Ma sai già in quale direzione propendo."

"Sì" afferma Fio. "E so anche in quale direzione propende Theo."

Annuisco. "Sono rimasto allibito, ma voglio essere anch'io in ogni luogo e sperimentare tutto ciò che il tuo mondo ha da offrire." Poso una mano sulla coscia di Phoe. "Finché starò con Phoe, propenderò per l'opzione 'di cui sopra'."

"Certo" sussurra Fio con un sorriso d'intesa. "In base a ciò che mi hanno detto i miei genitori a proposito di questo momento, credo di dovervi lasciare un po' di privacy. A nome di tutte le persone là fuori, vi do il benvenuto. Siamo onorati di conoscervi."

Detto questo, Fio sparisce. Non rimane nemmeno l'impronta del suo sedere sulla sabbia.

Mi giro verso Phoe, sussurrando: "Accidenti."

Mi guarda e le sue labbra quasi sfiorano le mie. "Già."

"È tutto vero quello che ha detto?" chiedo, anche se, dentro di me, ne sono convinto.

"Dev'essere vero" mormora lei. "L'opzione da lui citata, quella a proposito di trasformare questo luogo nel nostro universo... l'ha già resa possibile. Quand'è scomparso, le mie risorse sono aumentate in una maniera esponenziale inimmaginabile. Possiamo addirittura costruire universi multipli con tutto questo computronio. È pazzesco."

"E sei sicura che dovremmo seguire tutte le altre opzioni?" La attiro più vicina. "Permettere loro di creare altre nostre copie che se ne andranno in giro a scorrazzare in tanti luoghi diversi?"

"Certo che sì" mormora. "Saremo insieme. È un'opportunità che non mi sarei mai sognata."

"So che mi accuserai di nuovo di essere sdolcinato ma, finché starò con te, affronterò qualsiasi cosa." Guardo nei suoi insondabili occhi azzurri e trovo finalmente il coraggio di dare voce ai miei sentimenti. "Ti amo, Phoe. Non come amica, ma come lo intendevano gli antichi."

Si avvicina ancora di più e le sue labbra si piegano in un sorriso. "Hai ragione. Sei stato *davvero* supersdolcinato, ma lascerò correre, solo per stavolta, perché provo anch'io la stessa cosa. Credevo fosse ovvio, ma forse bisognava dirlo esplicitamente."

Accorcio la distanza millimetrica che separa le nostre labbra e, dopo un lungo bacio, cadiamo all'indietro sulla sabbia. Sono assolutamente felice del fatto che il nostro nuovo membro della famiglia ci abbia lasciato la privacy di cui avevamo bisogno.

Alla fine, restiamo sdraiati col respiro affannoso e le meravigliose opzioni che ci attendono sembrano ancora più accoglienti ed eccitanti di prima. Sarà anche un'idea sdolcinata, ma scegliere tutte le opzioni 'di cui sopra' significa che esisteranno infinite versioni di me stesso in grado di fare ciò che ho appena fatto con una miriade di versioni di Phoe in una moltitudine di mondi inimmaginabili, e la prospettiva è estremamente allettante. Mi gira la testa – ma in senso positivo – se cerco di immaginare tutte le avventure che noi due vivremo in quei mondi. Penso a come sarebbe costruire il nostro pianeta all'interno di un intero universo, ed è facile immaginarlo, perché sarebbe un'esperienza molto simile a quella degli ultimi giorni, ma su scala molto più ampia. Poi cerco di immaginare l'incontro con i nostri alter ego della Matrioska e con il resto di quell'enigmatica società... ma fallisco miseramente. Con un risultato migliore, penso ai mondi limitati di cui parlava Fio. Riesco ad immaginarne uno con delle intelligenze pari a quella di Phoe, e perfino un universo in cui gli abitanti possiedono un'intelligenza pari al doppio di quella di Phoe, ma alla fine questa strada mi riporta agli esseri simili a quelli della Matrioska, e ho l'impressione che la mia testa stia per esplodere.

"Siamo pronti a darti una risposta!" grido verso il

cielo, nel caso in cui Fio e la sua gente stessero ascoltando... e sospetto che sia proprio così.

"Vogliamo tutte quelle opzioni contemporaneamente!" afferma Phoe, aggiungendo la propria voce. "Noi siamo pronti, se lo siete anche voi."

Ci teniamo per mano e chiudo gli occhi, percependo una serenità simile a quella data dall'Unione che mi invade. So cosa significa questa sensazione: si stanno producendo altre copie di me stesso, che vengono mandate in tutte le varie destinazioni.

Quando la sensazione si interrompe, rimango lì con gli occhi chiusi. So che, quando li riaprirò, potrei ritrovarmi ancora sulla spiaggia, dato che era una delle possibilità incluse nell'opzione 'di cui sopra', e potrei anche vedere qualunque cosa si possa trovare in un mondo Matrioska. Non so quale opzione io stia per scoprire, ma so che tutte le copie di me stesso si ritroveranno contemporaneamente in questa incredibile posizione.

Indipendentemente dalla nostra posizione, sto tenendo Phoe per mano e non mi serve sapere nient'altro.

Con un sorriso, apro gli occhi.

ANTEPRIME

Spero che il finale della storia di Theo e Phoe ti sia piaciuto. Se sì, considera la possibilità di lasciare una recensione.

Se vuoi sapere di più sulle mie prossime uscite, iscriviti alla newsletter sul mio sito <u>www.dimazales.com/book-series/italiano</u>.

Vorresti leggere altri miei libri? Puoi dare un'occhiata a:

- *La Serie di Sasha Urban* – l'emozionante storia di Sasha Urban, un'illusionista di scena che scopre di possedere dei poteri segreti inaspettati

- *Le Dimensioni della Mente* – le avventure urban fantasy ricche di azione di Darren, che può fermare il tempo e leggere la mente
- *La serie di Bailey Spade* – la saga travolgente di una ragazza capace di esplorare i sogni e rubare i ricordi

Ora, per favore, voltate pagina per leggere un estratto da *I lettori di pensieri*.

ESTRATTO DA I LETTORI DI
PENSIERI DI DIMA ZALES

Tutti pensano che io sia un genio.

Si sbagliano.

Certo, mi sono laureato ad Harvard a diciotto anni e
ora guadagno cifre folli con delle speculazioni
finanziarie, ma questo non dipende dal fatto che io sia
incredibilmente intelligente o un gran lavoratore.

È perché baro.

Vedete, ho un'abilità unica. Posso uscire dal tempo,
entrare nella mia personale versione della realtà, il
luogo che io chiamo "la Quiete", dove posso esplorare
ciò che mi circonda mentre il resto del mondo rimane
immobile.

Pensavo di essere l'unico a poterlo fare, almeno fino a quando non ho incontrato *lei*.

Il mio nome è Darren e questa è la storia di come ho capito di essere un Lettore.

Quando ho terminato di servirmi della Quiete, ritorno dove c'è il me stesso immobile. Oh, già, ho accennato al fatto che vedo me stesso seduto al mio posto, congelato come tutto il resto della gente? Questa è la parte più strana, è come avere un'esperienza extracorporea.

Avvicinandomi al mio corpo immobile, lo guardo. Di solito evito di farlo, in quanto è troppo inquietante: nessun quantitativo di tempo trascorso a fissare se stessi allo specchio, o a guardare i propri video su YouTube, può preparare all'esperienza di vedere da vicino il proprio corpo tridimensionale. È qualcosa che non dovrebbe succedere, a parte, immagino, nel caso di gemelli identici.

È difficile da credere che questa persona sia me. Sembra più un ragazzo qualunque, o meglio, forse qualcosina di più di quello. È un ragazzo che troverei interessante, che sembra figo, intelligente. Penso che le donne probabilmente lo considererebbero attraente, anche se so che non è un pensiero modesto.

Non che io sia un esperto nel valutare quanto un uomo sia attraente, ma in alcune situazioni si tratta semplicemente di buonsenso. Riconosco quando un tizio è brutto, e questo me congelato non lo è. So anche che, generalmente, la bellezza fisica richiede un viso simmetrico, e la me-statua ce l'ha. Una mascella volitiva non guasta, e ho anche quella. Avere spalle larghe è un punto a favore e aiuta anche essere alti. Fin qui ho tutto. Ho anche gli occhi azzurri, che sembrano un ulteriore bonus. Le ragazze mi hanno detto che amano i miei occhi, anche se, ora come ora, gli occhi del me congelato risultano inquietanti. Sono velati, come se fossero quelli senza vita di una statua di cera.

Rendendomi conto di essermi soffermato su quello studio fin troppo a lungo, scuoto la testa, mentre immagino la mia strizzacervelli che analizza un simile momento. Chi potrebbe immaginare di ammirare se stessi in quel modo come parte della propria malattia mentale? Posso figurarmela alla perfezione mentre annota *Narcisista* sul suo blocco e lo sottolinea più volte per enfatizzarne l'importanza.

Ma basta, per ora. Devo lasciare la Quiete. Sollevando la mano, tocco il me stesso congelato sulla fronte e sento di nuovo tutti i rumori nel momento in cui torno alla realtà.

Tutto è di nuovo normale.

La carta che ho guardato solo un istante prima, il re che ho lasciato sul tavolo da gioco, è di nuovo nell'aria e da lì segue la traiettoria che gli era stata destinata, atterrando vicino alle mani del Professionista. Nonnina sta ancora guardando le sue carte con grande disappunto e il Cowboy ha di nuovo il cappello sulla testa, malgrado io gliel'abbia tolto durante la Quiete. Ogni cosa è esattamente com'era prima.

A un certo livello, il mio cervello non smette mai di sorprendersi per la mancanza di continuità tra l'esperienza nella Quiete e quella al di fuori di essa. Come umani, siamo programmati per mettere in discussione la realtà, quando succedono cose simili. Cercando di dimostrarmi più furbo della mia strizzacervelli, ai tempi dei primi incontri, una volta ho letto un intero libro di psicologia durante un appuntamento. Lei naturalmente non l'ha notato, visto che l'ho fatto mentre ero nella Quiete. Il libro parlava del fatto che perfino i bambini di due mesi si sorprendono, se vedono qualcosa al di fuori dell'ordinario, come ad esempio la gravità che funzionasse al contrario, quindi non c'è da stupirsi che il mio cervello abbia difficoltà ad adattarsi. Fino ai miei dieci anni, il mondo si comportava normalmente; da allora ogni cosa è diventata strana, per usare un eufemismo.

Abbassando lo sguardo sulle carte, mi rendo conto di avere un tris. La prossima volta guarderò le mie carte prima di effettuare la transizione, visto che se ho qualcosa di buono in mano potrei sfidare il fato e giocare in modo leale.

Poiché so già che carte hanno tutti, il gioco si svolge in modo prevedibile, fino a quando Nonnina si alza. Deve avere perso abbastanza soldi, ormai.

Ed è in quel momento che vedo la ragazza per la prima volta.

È sexy. Bert, l'amico che ho dove lavoro, afferma che io ho un "tipo", ma non sono d'accordo. Non mi piace pensare di essere così superficiale o prevedibile, eppure, in realtà, potrei essere un po' entrambi, perché questa ragazza rientra alla perfezione nell'analisi che ha fatto Bert su quale sia il mio tipo. E la mia reazione è di estremo interesse, giusto per non esagerare.

Grandi occhi azzurri, zigomi ben definiti in un viso ovale con una sfumatura esotica, lunghe gambe affusolate, come quelle di una ballerina. Ha i capelli ondulati legati in una coda, un tipo di pettinatura che mi piace molto, e non ha la frangia, cosa che rende il tutto ancora migliore. Odio le frange e non so per quale motivo le ragazze si facciano delle cose simili. Anche se la mancanza della frangia non è uno dei punti salienti della descrizione del mio tipo fatta da Bert, probabilmente dovrebbe esserlo.

Continuo a guardarla mentre si unisce al mio tavolo. Con i tacchi alti e la gonna attillata, è vestita fin troppo bene per questo posto, o forse sono io che sono vestito in modo troppo informale, con i miei jeans e maglietta. In ogni caso non mi importa, perché ho tutta l'intenzione di parlarle.

Considero l'idea di entrare nella Quiete e avvicinarmi a lei, così da fare qualcosa di estremamente inquietante come guardarla da vicino, o magari perfino frugare nelle sue tasche, cercando qualcosa che mi aiuti per quando le parlerò, ma alla fine, forse per la prima volta, decido di non farlo.

So che il ragionamento per cui ho infranto la mia abitudine è strano, ammesso che si possa considerare un ragionamento, ma la verità è che mi sono immaginato una simile sequenza di avvenimenti: lei accetta di uscire con me, ci frequentiamo per un po', la nostra relazione si fa seria e, grazie alla profonda connessione che instauriamo, le rivelo della Quiete. A quel punto lei si rende conto che ho fatto qualcosa di inquietante, si infuria e infine mi scarica. È ridicolo pensarlo, naturalmente, considerando che non abbiamo ancora nemmeno parlato. Bel modo di fasciarsi la testa prima di rompersela. Quella ragazza potrebbe avere un QI al di sotto dei settanta, o la personalità di un comodino. Ci potrebbero essere venti motivi diversi per i quali io decida di non voler uscire con lei e, tra l'altro, non dipende nemmeno tutto da me. Può anche succedere che lei mi dica di andare a fanculo la prima volta che provo a cominciare una conversazione.

Eppure, lavorare nelle speculazioni finanziarie mi ha insegnato a speculare. Per quanto quel ragionamento possa essere folle, seguo comunque la mia decisione di non effettuare la transizione perché so che è come si comporterebbe un uomo ben educato. Attenendomi a questo momento di insolita cavalleria, decido anche di non barare in questa mano.

Mentre le carte vengono di nuovo distribuite,

penso a quanto mi faccia sentire bene aver scelto di comportarmi in modo onorevole, anche se questo non lo saprà nessuno. Forse dovrei cercare di rispettare la privacy altrui più spesso. *Sì, proprio.* Devo essere realista. Non sarei dove sono ora se avessi seguito una simile risoluzione. In effetti, se avessi stabilito di rispettare la privacy della gente con cui sono entrato in contatto, avrei perso il mio lavoro in pochi giorni e con esso molte delle comodità a cui mi sono abituato.

Copiando la mossa del Professionista, copro le mie carte con la mano non appena le ricevo. Sto giusto per dare un'occhiata a quello che mi è capitato, quando succede qualcosa di insolito.

Il mondo diventa silenzioso, esattamente come succede quando effettuo la transizione... ma questa volta non ho fatto nulla.

E in quel momento vedo *lei*, la ragazza che mi si è seduta di fronte, quella a cui stavo pensando. È in piedi accanto a me e sta allontanando la sua mano dalla mia o, per meglio dire, dalla mano del me congelato, visto che io sono in piedi accanto a lei, impegnato a guardarla.

E anche lei è seduta al tavolo, di fronte a me, una statua immobile come tutti gli altri.

La mia mente va in sovraccarico mentre mi ritrovo con il cuore in gola. Non ho considerato nemmeno per un istante la possibilità che la seconda ragazza sia una sua gemella, o una cosa del genere. So che è lei. Sta facendo ciò che ho fatto io solo pochi minuti prima.

Sta camminando nella Quiete. Il mondo attorno a noi è congelato, ma noi non lo siamo.

Un'espressione d'orrore si allarga sul suo viso mentre si rende conto della stessa cosa. Prima che io possa reagire, balza sul tavolo, allungandosi a toccare la sua stessa fronte, e il mondo torna di nuovo normale.

Lei mi guarda dall'altro lato del tavolo, scioccata, con gli occhi sgranati e il viso pallido, poi si alza in piedi e, senza una parola, si gira e comincia a camminare per allontanarsi, prima di mettersi a correre nel giro di un paio di secondi.

Una volta superato lo shock, mi alzo per inseguirla. Non è la cosa più intelligente da fare, perché se si accorge di un ragazzo sconosciuto che la sta inseguendo, uscire con lui sarà l'ultima cosa che vorrà fare, ma adesso non mi importa più di quello. Quella ragazza è l'unica persona che ho incontrato che può fare ciò che faccio io, è la prova che non sono pazzo e potrebbe avere ciò che voglio di più al mondo.

Potrebbe avere delle risposte.

Volete continuare a leggerlo? Visitate
www.dimazales.com/book-series/italiano.

BIOGRAFIA DELL'AUTRICE

Dima Zales è autore bestseller del *New York Times* e di *USA Today* con romanzi fantasy e di fantascienza. Prima di diventare scrittore, ha lavorato nel settore dello sviluppo software a New York, sia come programmatore che come dirigente. Dima ha fatto di tutto, dai software di trading ad alta frequenza per importanti banche alle mobile app per le riviste più famose. Nel 2013 ha lasciato l'industria del software per dedicarsi alla sua carriera di scrittore e si è trasferito a Palm Coast, in Florida, dove vive attualmente.

Per saperne di più visita www.dimazales.com/book-series/italiano.